W0222669

KAPITEL I

Liebesäpfel

Mit zitternden Händen umfasste Ariane ihr Sektglas. Wenn Gregor von Haldersleben sie nicht endlich küssen würde, wäre das ihr baldiges Ende. Noch nie hatte sich Ariane derart danach gesehnt, in den Armen eines Mannes zu liegen. Während sie verzückt seine muskulösen, gebräunten Unterarme betrachtete, auf denen sich goldgelber Flaum abzeichnete, schwelgte sie in Fantasien. Es war schon sehr lange her, dass ein Mann sie derart fasziniert hatte. Doch wie sollte sie es anstellen, dass der Zauber, dem sie bereits vollends erlegen war, endlich auch ihn ergriff?

Seufzend drücke ich auf »Speichern« und betrachte die Zeilen, die ich soeben in meinen Laptop getippt habe. Heute bin ich überhaupt nicht in Form und erst recht nicht in Stimmung für meine Arbeit.

Kann man das, was ich da treibe und womit ich zugegebenermaßen ziemlich viel Geld verdiene, überhaupt guten Gewissens als Arbeit bezeichnen?, siniere ich, während ich mit mir ringe, den PC ganz auszuschalten und es für heute gut sein zu lassen.

Schließlich habe ich schon fünf Seiten geschrieben! Natürlich habe ich Ariane gegenüber ein schlechtes Gewissen, denn so wie es aussieht, muss sie sich wohl noch bis morgen gedulden, bis sie sich endlich in Gregors Armen rekeln darf. Aber wieso sollte es ihr bessergehen als mir?

Immer noch ein wenig traurig, denke ich an den vergangenen Abend und meine Verabredung mit Ben, meiner ersten großen Liebe. Dem ersten Mann (dummerweise einer von vielen), der mir das Herz gebrochen hat.

Ich sehe es noch wie heute vor mir, wie wir Seite an Seite zusammen über den Verkehrsteppich robben und bei Fräulein Waterbeck die Bedeutung des Stopp-Schildes und der Ampelfarben erlernen.

Das »Stopp«-Schild hätte sich Ben lieber gleich auf die Stirn tätowieren lassen sollen, damit ich es nicht übersehen konnte, wie ich es damals in meiner grenzenlosen Naivität tat. Doch weil ich das Leben schon immer gern als Herausforderung betrachtet habe, tapste ich in die erstbeste Falle – die ich mir zugegebenermaßen selbst gestellt hatte. Zu meiner Verteidigung kann ich nur hervorbringen, dass Ben mich vom ersten Tag an total umhaute. Schon in dem Moment, als er in einem coolen, riesigen Wagen vorfuhr, im Gegensatz zu mir, die auf dem Fahrrad gekommen war. Ich hatte gerade meinen Helm abgenommen, da öffnete sich die Tür (Bis heute könnte ich schwören, dass es damals ein Chauffeur war, der Ben den Weg ins

Freie und damit direkt in mein Herz ebnete) und heraus sprang, total lässig, BEN. Das blonde Haupthaar zerzaust und Sommersprossen über sein ganzes Gesicht verteilt, als hätte man Konfetti über Parkett gestreut. Seine Zahnlücke zwischen den Vorderzähnen fand ich mindestens ebenso charmant wie seine leicht abstehenden Ohren. Ich fürchte nur, dass Ben sich trotz (oder gerade wegen?) dieser kleinen Unzulänglichkeiten schon damals seiner Wirkung auf Frauen bewusst war – erstaunlich für einen vierjährigen kleinen Kerl!

Mein Gedankenausflug in eine längst vergangene Zeit wird jäh von einem Klingelton unterbrochen.

Eigentlich habe ich keine Lust zu telefonieren. Ich telefoniere nämlich ausgesprochen ungern. Aber heute könnte ich mal eine Ausnahme machen, für den Fall, dass es Ben ist, der mir sagen möchte, dass er gestern Abend etwas immens Wichtiges vergessen hat: nämlich mich zu küssen.

Ich melde mich mit der samtigsten und schmusigsten Stimme, zu der ich um diese Tageszeit fähig bin.

»Ach, du bist's!«, sage ich eine Sekunde später, zugegebenermaßen nicht besonders charmant. Und ganz und gar nicht samtig. Eher kratzig.

»Entschuldige bitte, wenn ich störe, Nelly. Wen hast du denn erwartet? Den Dalai-Lama?«, ertönt es fröhlich am anderen Ende der Leitung. Es ist meine Freundin Tinette. Offensichtlich hat sie gerade Langeweile und ist in Plauderstimmung. Ohne meine Antwort abzuwarten, startet sie auch schon ihr Inquisitionsprogramm: »Wie war's gestern Abend? Was hattest du an? Wo wart ihr? Und habt ihr's getan?«

Für einen kurzen Moment schließe ich die Augen und zähle bis zehn. Tinette ist eigentlich eine intelligente, gestandene Frau, die ganz nebenbei auch noch erfolgreich im Beruf ist. Aber wenn es um das Thema Männer geht, sinkt ihr IQ binnen Sekunden Richtung null, und sie mutiert zu einer dieser Frauen, die wir sonst gemeinschaftlich verabscheuen. Zusammen mit Inka, der Dritten unseres Kleeblatts.

Man sollte meinen, dass es im Leben dreier Freundinnen Mitte dreißig Wichtigeres gibt als Männer und Liebe, auch wenn ich mit dem Schreiben über genau diese Themen mein Geld verdiene. Aber das ist eine andere Sache.

»Bist du noch dran?«, quengelt Tinette, und ich kann förmlich spüren, wie sie beinahe an ihrer Neugier erstickt. Ob ich sie noch ein wenig zappeln lasse?

»Ja, ich bin noch dran«, antworte ich zögerlich und ergebe mich dann in mein Schicksal. Schließlich weiß ich, dass meine Freundin nicht eher Ruhe gibt, bis sie auch das letzte Detail aus mir herausgequetscht hat. Und da ich sowieso gerade eine Arbeitspause eingelegt habe, kann ich es genauso gut gleich hinter mich bringen …

Aber nun zurück zu Ben und unserer Liaison im Kindergarten. Der Held meiner Kindertage stieg also aus seiner Limousine, sah mich, entblößte seine sexy Zahnlücke, und ich wäre vor Aufregung beinahe über meinen offenen Schnürsenkel gefallen. Hätte ich zu dieser Zeit schon über das lange, honigblonde Lockenhaar verfügt, das ich heute mein Eigen nennen darf, hätte ich es geschüttelt und Ben damit um den Finger gewickelt. Doch meine Mutter war damals (zusammen mit vielen anderen ihrer Generation) dem Aberglauben aufgesessen, dass Haare durch regelmäßiges Schneiden dicker würden, und so sah ich Prinz Eisenherz zu meinem großen Bedauern weitaus ähnlicher als Rapunzel.

Um es kurz zu machen: Ich verliebte mich augenblicklich in Ben, und für eine wundervolle Woche dachte ich, dass es ihm genauso ginge. Wir teilten einträchtig unsere Pausenbrote, und ich fütterte ihn mit Apfelschnitzen. Eva hatte mit diesem Obst bekanntlich auch schon Erfolg. Ich hingegen hatte nichts weiter davon als Vitaminmangel, denn Ben liebte Äpfel, wie sich schnell herausstellte. Gerührt sah ich zu, wie sich seine kleinen Zähnchen genussvoll in das saftige Obst schlugen und sich in der Lücke zuweilen ein wenig weißer Brei sammelte.

Nach dem dritten Tag beschloss ich – fürsorglich, wie ich es heute immer noch bin –, mein Repertoire zu erweitern. Ich leierte meiner Mutter Apfelsaft im Tetrapack, Joghurt mit Apfelgeschmack und getrocknete

Apfelringe aus den Rippen. Natürlich hätte ich auch mein kostbares Taschengeld dafür opfern können, doch damit hatte ich etwas anderes vor: Ich wollte Ben ganz groß zum Eisessen ausführen. Ob es auch Apfeleis gab, hatte ich noch nicht herausgefunden, aber das würde ich bald.

Doch gerade, als ich zu ihm nach draußen in den Garten stürmen wollte, um ihm meine Einladung zu übermitteln, sah ich das UNFASSBARE, das absolut UNAUSSPRECHLICHE!

Dort, wo ich meinen Helden, meinen Gott, mein Universum vermutet hatte, gähnte ganz große Leere; von Ben weit und breit keine Spur. Zunächst rieb ich mir verwundert die Augen, bis ich schließlich aus einer Ecke weit hinten im Garten etwas vernahm, das wie Kichern klang. Und dann sah ich es auch schon und könnte heute immer noch losheulen, wenn ich an diese unsägliche Schmach denke: Dahinten im Gebüsch war eindeutig etwas im Busch! Zuerst sah ich einen kurzen, knallroten Minirock, bestrumpfte lange Beine und dann die dunkelblaue Cordhose, die eindeutig zu Ben gehörte. Die Wollstrumpfwaden waren für meinen Geschmack ein wenig zu dicht an dem Cordstoff, doch fürs Erste dachte ich noch nichts Negatives. Noch war meine Kinderwelt in Ordnung, ungetrübt von Enttäuschungen und Traumata aller Art. Leise schlich ich näher und spitzte meine Ohren. Immer noch Gekicher. Das dünne Stimmchen klang nach Luisa, der ungekrönten Königin des Waldkindergartens. Ben und sie waren anscheinend so mit dem beschäftigt, was sie da gerade taten, dass sie mich nicht kommen hörten. Also ging ich weiter.

Und was ich dann sah, ließ mir schier den Atem stocken: Luisa fütterte Ben, der dies widerstandslos, ja ich möchte fast sagen *genussvoll*, mit sich geschehen ließ, mit Apfelmus.

Apfelmus – dass ich nicht selbst längst darauf gekommen war! Strafend tippte ich mir selbst an die Stirn, bis mir einfiel, dass es momentan nicht darum ging, dass ich einen Fehler gemacht hatte, sondern darum, dass ich anscheinend nicht länger Bens exklusive Apfellieferantin war.

Fast zwanzig Jahre später kreuzten sich Bens und meine Wege erneut – passenderweise auf dem Wochenmarkt. Zwar nicht an einem Stand mit Äpfeln aus dem Alten Land, dafür aber bei einem mit Birnen, was ja so ähnlich ist.

Beinahe hätte ich Ben nicht erkannt, denn seine Sommersprossen waren etwa auf ein Drittel dezimiert (Bleichmittel? Laseroperation? Gesichts-Camouflage?), seine Ohren nicht mehr ganz so abstehend (mit Sicherheit das Ergebnis eines chirurgischen Eingriffs), und auch die Zahnlücke war professionell geschlossen.

Im Grunde war es auch nicht ich, die Ben erkannte, sondern – erstaunlich, erstaunlich – er mich.

»Nelly, bist du's?«, fragte er mit weit aufgerissenen

Augen, und ich war nicht minder überrascht. Vor allem, weil ich im ersten Moment keine Ahnung hatte, wer da vor mir stand.

»Ja, das bin ich«, antwortete ich und lächelte, während ich versuchte, Zeit zu gewinnen und mein Gedächtnis zu durchforsten. Wer war dieser unverschämt gut aussehende Mann?

»Ben – erinnerst du dich nicht mehr?«

Ben – Ben …? Erneut rief ich die Suchfunktion in meinem Kleinhirn auf (oder ist das Großhirn für derlei Aufgaben zuständig?), und irgendwo tief in meinem Inneren klingelte es.

»Ben aus dem Waldkindergarten.« Der attraktive Mann half mir auf die Sprünge, und da fiel mir alles wieder ein. Ein bisschen beschämt war ich schon, denn ich war bislang davon ausgegangen, dass man eine Art von Dauersensibilität dafür haben müsste, wenn man einem so wichtigen Menschen wie der ersten großen Liebe wieder begegnet. Doch meine Freundin Inka, ihres Zeichens diplomierte Psychologin und Paartherapeutin a. D., hat mir erst vor Kurzem bestätigt, dass das Gehirn eines Menschen bei traumatischen Erfahrungen durchaus in der Lage ist, partielle Amnesie zu erzeugen. Dieser temporäre Gedächtnisverlust ist ein wunderbarer Schutzmechanismus für die Seele, der offenbar nach meinem Apfelmus-Desaster bestens funktioniert hat.

»Na, das ist ja eine Überraschung«, entgegnete ich freudig erregt, obwohl tief in meinem Inneren die

Warnblinkanlage losging. »Was machst du denn hier?«, fuhr ich fort – zugegebenermaßen nicht besonders intelligent. Denn was macht man im Allgemeinen an einem sonnigen Nachmittag auf dem Isemarkt in Eppendorf?

Richtig! Einkaufen!

»Dasselbe wie du, einkaufen.«

»Ach so, schön«, antwortete ich und wünschte verzweifelt, mich auf der Stelle in jemanden zu verwandeln, der all das war, was ich gerade nicht war: schlagfertig, witzig – und geschminkt! Wie so oft war ich auch heute nach mehreren Stunden am Schreibtisch vollkommen benebelt aus den rosigen Gefilden meiner Fantasiewelten aufgetaucht und hatte nun Probleme, mich wieder in der Realität zurechtzufinden. Das Leben ist eben kein Roman, das weiß ich auch, aber gelegentlich neige ich leider dazu, beide Ebenen miteinander zu verwechseln.

»Die Birnen hier sind besonders gut«, fuhr ich fort, obwohl ich Birnen hasse.

Ben grinste und sagte nichts.

»Groß bist du geworden«, war alles, was mir noch einfiel.

»Du auch«, entgegnete Ben, auch wenn das bei einer Größe von einem Meter sechzig nicht ganz stimmen konnte. Andererseits: Wie groß war ich im Kindergarten gewesen? Mit Sicherheit war im Laufe der letzten Jahre der eine oder andere Zentimeter dazugekommen. Aber bei Weitem nicht so viele wie bei

Ben, der sich bei geschätzten ein Meter neunzig und gefühlten zwei Meter fünfzig befinden musste. Ich verrenkte mir den Hals bei dem Versuch, an ihm hochzusehen, und blinzelte hilflos in die Frühlingssonne. Dann warf ich verlegen fünf Birnen in meinen geflochtenen Weidenkorb. Keine Ahnung, was ich mit denen machen würde. Vielleicht verschenken?

Und dann stellte Ben die Frage aller Fragen, nach der ein jedes Mädchen sich sehnt, wenn es darauf hofft, eine zweite Chance zu bekommen. Eine zweite Möglichkeit, sich auf ein Treffen vorzubereiten und dann souverän und wunderschön aufzutreten.

»Wollen wir mal einen Kaffee zusammen trinken gehen?«

Nun, da die magischen acht Worte über Bens volle Lippen gekommen waren, wurde ich auf einmal übermütig.

»Ich trinke eigentlich keinen Kaffee. Aber Rotwein!«

KAPITEL 2

Liebe mit Hindernissen

Drei Tage später saß ich, gestylt und geschminkt, im Bistro *Guter Wein* und wartete mit klopfendem Herzen auf Ben. Obwohl ich aus taktischen Gründen fünfzehn Minuten zu spät gekommen war, fehlte vom Hauptdarsteller des von mir so sorgfältig geplanten Szenarios jede Spur. Obwohl ich zum x-ten Mal gecheckt hatte, dass mein Handy sowohl über genug Saft verfügte (ja, tat es) als auch Empfang hatte (auch das) und vor allem laut genug gestellt war, um die Stimme von Jacques Brel zu übertönen, dessen Chansons dem Bistro einen Hauch von französischem Flair verliehen, passierte … gar nichts. Die Kellnerin warf mir bereits mitleidige Blicke zu, die ich in einem trockenen Sherry zu ertränken suchte.

Um zwanzig Uhr fünfundvierzig, also exakt eine Dreiviertelstunde zu spät, betrat Ben schließlich das Bistro und schenkte mir sein unschuldiges Jungenlächeln, mit dem er schon den Apfelmus-Betrug wegzulächeln versucht hatte.

Nicht mit mir!, hatte ich wütend gedacht, als er auf mich zukam und mir eine langstielige rote Rose überreichte. »Als kleine Entschuldigung für die Verspätung«, murmelte er zerknirscht, und ich überlegte fieberhaft, woher ich diese Szene und diese Worte kannte.

Richtig: Das war exakt die Geste, mit der Gregor von Haldersleben Ariane, die Heldin meines neuesten Romans, um Verzeihung gebeten hatte.

Weshalb sind Männer nur so einfallslos?, sinnierte ich, während ich huldvoll Bens Wangenkuss entgegennahm und die freundliche Kellnerin die Rose ins Wasser stellte.

»Sorry, aber ich hatte unendlich viel zu tun und habe gar nicht gemerkt, wie die Zeit verflogen ist«, setzte Ben seine Verteidigung fort, und ich wartete gespannt darauf zu erfahren, was so wichtig gewesen war, dass er Zeit und Raum, vor allem aber MICH vollkommen vergessen hatte.

Das Telefon klingelt schon wieder.

Wahrscheinlich ist es Inka, die ebenfalls wissen möchte, wie es mit Ben gelaufen ist. Offensichtlich hat Tinette ausnahmsweise nicht bei ihr angerufen, um sofort alles brühwarm weiterzutratschen. Okay, heute kann ich das Schreiben wohl endgültig vergessen, seufze ich innerlich, schließe den Deckel meines Laptops und gehe ans Telefon.

»Lydia Fuchs hier«, ertönt es am anderen Ende der Leitung, und binnen Sekunden bin ich das personifizierte schlechte Gewissen. Doktor Lydia Fuchs ist nämlich meine Lektorin und wartet zusammen mit meiner Protagonistin Ariane darauf, dass es endlich zum ersehnten Happy End mit Gregor und damit zur längst überfälligen Veröffentlichung meines Romans kommt.

»Ich wollte mich erkundigen, wie es bei Ihnen läuft und wann ich mit dem Manuskript rechnen kann«, fragt sie in strengem und unnachgiebigem Tonfall. Ich werfe schuldbewusst einen Blick auf meinen Tischkalender, in dem ganz deutlich der kommende Freitag als Abgabetermin notiert ist.

»Alles super. Ariane und Gregor geht's bestens!«, lüge ich, dass sich die Balken biegen, und habe das dumpfe Gefühl, dass ich erröte. »Ich gebe pünktlich am Freitag ab. Wenn nicht sogar schon vorher«, erkläre ich mit so fester Stimme wie möglich. Muss ja keiner wissen, dass es mir dieses Mal erstaunlich schwerfällt, das Buch zu schreiben, und vor allem, es zu beenden.

»Das höre ich gern. Dann will ich Sie mal nicht länger in Ihrem Schreibfluss stören«, antwortet Lydia Fuchs und beendet das Gespräch zum Glück ohne weiteren Small Talk, wofür ich ihr äußerst dankbar bin. Schreibfluss! Von wegen … Meine Produktivität ähnelt momentan eher einem Stausee, was mir noch nie passiert ist, schließlich bin ich ein echter Profi auf dem Gebiet der Liebesromane. Nicht, dass ich das immer schon werden wollte. Ich habe Germanistik studiert, und ursprünglich hatte ich mal vor, meinen

Doktor zu machen (und wäre damit auf Augenhöhe mit DOKTOR Lydia Fuchs!), aber dann ist mir der *Amor*-Verlag dazwischengekommen. Ich musste während des Studiums schließlich meinen Lebensunterhalt verdienen, und Kellnern war irgendwie nicht so mein Ding. Da war das Angebot, Liebesromane mit garantiertem Happy End zu schreiben, doch ziemlich verlockend. Zu meiner eigenen Überraschung trafen meine Geschichten und meine Art zu schreiben offensichtlich genau den Nerv der *Amor*-Leserinnen, sodass man mir schließlich sogar meine eigene Buch-Reihe *(Herzblatt!)* anbot. Was zunächst ganz harmlos als kleine Auftragsarbeit begonnen hatte, wurde so zu einem echten Beruf. Und zwar zu einem, in dem ich richtig gut bin. Normalerweise wenigstens. Nur eben nicht in letzter Zeit. Hm …

Kaum habe ich aufgelegt, klingelt das Telefon schon wieder. Diesmal ist es tatsächlich Inka. Während ich ihr alles Nennenswerte erzähle, koche ich zu meiner Beruhigung einen Melissentee (allmählich habe ich *wirklich* Angst, dass mein Roman nicht pünktlich fertig wird) und gehe in rosa Fellpuschelschuhen in der Altbauwohnung auf und ab. Die Lektorin ist momentan nicht mein einziges Problem. So ganz habe ich die Geschichte mit Ben nämlich auch noch nicht verdaut, wenn ich ehrlich bin.

»Da bist du schon mal mutig, und dann muss so was passieren«, kommentiert Inka meinen Bericht, und ich höre ehrliches Bedauern in ihrer sonst so strengen Stimme. »Aber ich finde es toll, dass du endlich mal selbst die Initiative ergriffen hast«, sagt meine Freundin lobend. Als Therapeutin weiß sie natürlich, dass es gut ist, einen Menschen nach einer Niederlage durch bedingungslose Affirmation aufzubauen. Ich nicke, und erneut steigt mir Schamesröte ins Gesicht. Wenn ich nur daran denke …

»Außerdem finde ich nicht, dass es eine Katastrophe ist, wenn man versucht, einen Mann zu küssen, und dieser sich abwendet, ohne den Kuss zu erwidern. Du wirst sehen, dass es bei eurem zweiten Date ganz anders laufen wird. Vermutlich will er nur nichts überstürzen«, redet Inka weiter, doch ich kann ihr an diesem Punkt einfach nicht zustimmen. Sie sagt das sicherlich nur, weil *ihr* so etwas noch nie passiert ist. Auch ich habe eine derart peinliche Abfuhr nicht mehr bekommen, seit Hanno (Nachfolger von Ben) sich in der Schule von mir wegsetzte, weil er sich dadurch gestört fühlte, dass ich ihn fortwährend anhimmelte und seine Mathehefte mit roten Herzchen verzierte. Ich persönlich fand das alles sehr romantisch, aber Männer und Frauen empfinden ja bekanntlich unterschiedlich. Und wie hätte ich damals schon von diesem dummen Venus/Mars-Ding wissen sollen? Selbst heute kann ich kaum glauben, dass das schon in der zweiten Klasse voll zum Tragen kam.

»Mhm«, nuschle ich undefiniert – was im Klartext heißen soll: Ich möchte jetzt nicht länger über den vergangenen Abend und die damit verbundene Niederlage reden.

»Okay, du willst nicht darüber reden, verstehe«, entgegnet Inka, ganz verständnisvolle Psychologin. »Was hältst du davon, wenn Tinette und ich heute Abend vorbeikommen? Dann bist du nicht allein mit *Doctor House* – es sei denn, du möchtest ihn lieber exklusiv für dich.«

Ich überlege kurz. Stimmt, heute ist Dienstag. Das hätte ich ja fast vergessen.

Vielleicht ist das gar keine schlechte Idee. Ich habe meine Freundinnen in den letzten Wochen nicht so häufig gesehen wie sonst, und außerdem kann ich eine kleine Aufmunterung gebrauchen.

»Okay, ich besorge Sushi«, antworte ich fröhlich. »Rufst du Tinette an?«

Nachdem ich den Hörer aufgelegt habe, tigere ich durch meine Wohnung. Bevor die Mädels kommen, sollte ich lieber meine Stofftierkollektion in den Schrank verbannen. Als Therapeutin weiß Inka zwar, wie wichtig es auch für eine Fünfunddreißigjährige ist, das *innere Kind* in sich zuzulassen, aber ich habe den Verdacht, dass ich jedes Mal wieder in ihrer Achtung sinke, wenn ich gestehe, dass ich unmöglich an dem Hasen mit den roten Socken vorbeigehen konnte, ohne ihn zu kaufen. Im Laufe der Jahre ist meine Sammlung größer und größer geworden. Wenn die Erwachsene in mir wieder das Regiment übernimmt, beschließe ich, das Ganze schnellstmöglich einem

Kinderheim zu spenden und nur einen kleinen, exquisiten Rest zu behalten, für den Fall, dass ich wider Erwarten eines Tages selbst Kinder haben sollte. Aber meine erwachsenen Phasen waren leider bislang zu kurz, und so kommen die Tiere eben in den Schrank.

Punkt neunzehn Uhr klingelt es, und meine Freundinnen strahlen mich an.

Bewaffnet mit Stäbchen, geben wir uns Minuten später dem Genuss von Sushi und Sashimi hin. Dazu trinken wir Jasmintee.

»Ich finde das total retro«, kommt es von Tinette, die gerade rohen Thunfisch verspeist.

»Retro?«, fragt Inka irritiert und vermischt ihr Wasabi mit Sojasoße.

»Ja«, antwortet Tinette kauend. »Sushi ist doch irgendwie Endachtziger, oder irre ich mich?«, fragt sie, und ich denke nach. Stimmt, momentan sind Sushi & Co. nicht gerade hip. Aber das tut doch ihrem Geschmack keinen Abbruch? Für Tinette, Mitarbeiterin einer Künstleragentur, sind Mode und Trend allerdings Lebenselixier. Wenn es sie nicht gäbe, hätte ich absolut keine Ahnung davon, dass der momentan herrschende *Shabby-Chic* im Bereich Interieurdesign nur eine nette Bezeichnung dafür ist, Möbel vom Sperrmüll zu holen und schlecht zu streichen. Und dass *Sleek-Look* nichts anderes bedeutet, als sich die Haare endlich mal ordentlich glatt zu bürsten und zu föhnen. Nicht, dass mein Leben ohne dieses Wissen irgendwie anders oder gar glücklicher verlaufen wäre …

Nachdem wir zu Ende gegessen haben, beginnt der Frageteil des Abends. Bis *Doctor House* bleiben uns fast achtzig Minuten. Das sollte reichen, um uns gegenseitig auf den neuesten Informationsstand zu bringen. Zumal mein persönliches Debakel heute bereits ausreichend thematisiert wurde.

»Also, Inka«, beginne ich und mustere meine kluge Freundin. Inka ist im Gegensatz zu mir in Beziehungsfragen komplett desillusioniert, was unter anderem daran liegt, dass sie nach ihrer Ausbildung zur Therapeutin lange Zeit in der Paarberatung gearbeitet hat. Dieser Beruf ging ihr irgendwann so auf die Nerven, dass sie ihn von heute auf morgen an den Nagel gehängt hat. Den winzigen Teil von ihr, tief in ihrem Inneren, der doch noch an die Liebe glaubte, zog es dann dahin, wo der Weg zur Paartherapie beginnt: zur Eheschließung. Seit nunmehr zwei Jahren arbeitet sie freiberuflich als Organisatorin von Hochzeiten, weist jegliche Ähnlichkeit mit Jennifer Lopez in *Wedding Planner – Verliebt, verlobt, verplant* aber energisch von sich. Da sowohl der Akt selbst als auch das damit verbundene Feierspektakel durchaus psychologisches Fingerspitzengefühl erfordern, ist dies genau die Art von Aufgabe, die Inka braucht. Und Inka ist genau die Art von Hochzeitsplanerin, welche die Paare brauchen, die sie beauftragen. Also ist Inka sehr erfolgreich in ihrem Beruf.

Eigentlich sind wir das alle drei – erfolgreich im Beruf, denke ich und schaue stolz auf meine Freundinnen.

»Was gibt's bei dir Neues?«, fahre ich fort.

»Nur das Übliche«, entgegnet Inka knapp, aber wer sie so gut kennt wie ich, sieht in ihren dunkelgrünen Augen ein verdächtiges Funkeln. O nein – ist es etwa wieder so weit?

Auch Tinette schwant nichts Gutes, das sehe ich an der Art, wie sie den harten, rabenschwarzen Strich über ihrem linken Auge – auch Braue genannt – pikiert nach oben zieht. Niemand, den ich kenne, beherrscht diesen Gesichtsausdruck so perfekt wie Tinette. Hätte sie ein besseres Textgedächtnis, könnte sie problemlos die Seiten wechseln und in ihrer Agentur als Schauspielerin arbeiten, anstatt immer nur selbige zu vermitteln und zu betreuen.

»Wo wohnt er denn diesmal?«, fragt Tinette streng.

»Gar nicht sooooo weit weg«, verteidigt sich Inka, und ich beobachte amüsiert, dass sie sich trotz ihres sonst so ausgeprägten Selbstbewusstseins in Beziehungsfragen immer wieder von uns verunsichern lässt.

»Also, wo genau?«

Tinette lässt nicht locker, und auch ich bin gespannt, in welche Stadt Inka für die Dauer ihrer neuesten Affäre jetten wird. Im Laufe der Jahre ist sie schon ziemlich weit herumgekommen, da Inka einen fatalen Hang zu Männern hat, die es in die Ferne zieht: Piloten, Hotelmanager, neulich sogar einen Entwicklungshelfer. Es gab Zeiten, da hörten wir hauptsächlich durch Postkarten von ihr – aus New York, Hongkong, Dubai …

»Wuppertal«, erwidert Inka zögerlich, und ich unterdrücke ein Kichern. Wow, das nenne ich mal einen exotischen Ort! Tinette sieht irritiert aus, aber ihre Braue befindet sich mittlerweile wieder an ihrem angestammten Platz.

»Wuppertal? Du meinst die Stadt mit dieser – äh, Dingsbums – äh …«

»Schwebebahn«, vervollständigt Inka Tinettes Satz.

Stimmt, etwas anderes als Schwebebahn fällt mir zu dieser Stadt ehrlich gesagt auch nicht ein. Ich muss zu meiner Schande gestehen, dass ich noch nicht einmal weiß, in welchem Bundesland sie liegt.

»Die Schwebebahn ist technisch gesehen eine Hängebahn«, erklärt Inka ungefragt, was ich als Versuch werte, uns in die Irre zu führen und davon abzulenken, dass sie es – trotz aller Beteuerungen, Schwüre und Versprechen – wieder getan hat: Sie hat eine Fernbeziehung.

»Na, wenn das so ist«, entgegnet Tinette und schenkt uns Tee nach. »Und diese Stadt findest du also wirklich schön?«, fragt sie, ihre hellgrauen Augen zu schmalen Schlitzen verengt. Das sieht immer sehr bedrohlich aus, aber wer Tinette kennt, weiß, dass dahinter nur die Angst steckt, Inka eines Tages wirklich als Freundin zu verlieren, weil sie einem australischen

Farmer ins Outback folgt oder beschließt, es mal in der Mongolei zu versuchen.

Inka räuspert sich kurz, scheint aber für einen Angriff dieser Art gewappnet zu sein. »Na, immerhin ist Wuppertal die siebtgrößte Stadt Deutschlands, hat eine Uni, das berühmte Straßenbahn- und Uhrenmuseum, einen Zoo, einen botanischen Garten, dreihundertachtundfünfzigtausend Einwohner und sogar ein eigenes Sinfonieorchester.«

»Ich würde lieber wissen, wann das passiert ist und wo du den Mann kennengelernt hast, der dir weismachen will, dass eine Stadt in Nordrhein-Westfalen toller ist als Hamburg.«

»In der U-Bahn«, entgegnet Inka.

»Wie, in der U-Bahn?«, echot Tinette fassungslos, und ich verspüre den Impuls, ihren helmartigen, rabenschwarzen Pagenkopf zu zerzausen, damit sie ein bisschen lockerer wird. Schließlich spricht sie mit ihrer Freundin Inka und nicht mit einem dieser grenzdebilen Starlets, die sie persönlich zum Filmset schleifen muss, weil die sich sonst verlaufen oder statt ins Taxi in einen Abschleppwagen steigen.

»Jetzt hab dich mal nicht so«, sage ich und schlage mich damit auf Inkas Seite, während ich meinen CD-Bestand nach dem *ROMANTIK-Album* von *Element of Crime* durchwühle. Ah, da ist es ja!

»Wulfger ist Ingenieur und spezialisiert auf den öffentlichen Nahverkehr«, erklärt Inka. »Er war zu Feldforschungszwecken in Hamburg, sah mich in der U1 und lud mich auf ein Bier ein. Das ist auch schon die ganze Geschichte.«

»Wulfger?«, frage ich nach, in der Hoffnung, mich verhört zu haben. Was ist denn das nun wieder für ein Name? Wulfger aus Wuppertal? Zu Feldforschungszwecken in der Hamburger U-Bahn?

Ich sehe Tinette an, dass auch sie mit dem Lachen kämpft.

Im Laufe der Zeit ist bei uns ja schon einiges an seltsamen Männernamen zusammengekommen, aber *Wulfger*? Wenn das kein Kandidat für die Top Five ist! Damit sehen die Spitzenplätze auf der Liste der skurrilsten Männernamen unter unseren Exfreunden jetzt so aus:

1. Adalbrand
2. Drudmunt
3. Ingram
4. Richbert

   und nun, neu im Programm:

5. Wulfger

»Na dann …«, ist alles, was Tinette dazu sagt, und ich sehe mit einer gewissen Erleichterung, dass es jetzt einundzwanzig Uhr zehn ist. Bis zum Beginn von *Doctor House* bleiben uns nur noch fünf Minuten.

Wir machen es uns auf meinen geblümten Sitzkissen vor dem Fernseher gemütlich, was offensichtlich sogar Rosamunde, meine Katze, die sich bislang dezent im Hintergrund gehalten hat, animiert, sich zu uns zu gesellen. Genussvoll lässt sie sich von mir unter dem Kinn kraulen, und ich stelle den Lautstärkeregler höher, weil ihr Schnurren sonst die sonore Stimme von Hugh Laurie, dem neuen Gott am Fernseharzthimmel, übertönt. Während die Vorgeschichte zu *Doc Houses* neuestem Fall über den Bildschirm flimmert, denke ich an Ben. Für immerhin zwei Stunden hatte ich ihn vergessen. Aber nun, da Inka offensichtlich frisch verliebt ist, fällt es mir wieder ein, wie schön es ist, jemanden zu haben, an den man voller Sehnsucht denken kann …

Mit großer Faszination verfolge ich in den nächsten sechzig Minuten, wie sich die weiblichen Kollegen von *Doctor House* vergeblich darum bemühen, dessen ungeteilte Aufmerksamkeit zu bekommen, zumindest, wenn es darum geht, sie als Mensch, respektive Frau, wahrzunehmen. Doch da haben sie die Rechnung mit dem falschen Mann gemacht, denn diese Figur verkörpert beides: Er ist zugleich Traum und Albtraum der modernen Frau.

Die Tatsache, dass die meisten Männer bindungsunfähig und emotional gestört sind, ist ja hinlänglich bekannt und muss an dieser Stelle nicht weiter thematisiert werden. Aber allen Vertretern der männlichen Spezies ist normalerweise zumindest eine Fähigkeit gemein: nämlich die, sich selbst ganz, ganz toll zu finden. Dieser Arzt jedoch ist eine ganz eigene Spezies – er liebt niemanden, noch nicht mal sich selbst.

Doch zurück zu meinen Freundinnen. Während Inka an Hugh Lauries Lippen hängt und sich versonnen das lange rote Haar zu einem Zopf flicht, beobachte ich Tinette, die mit unbeweglicher Miene vor dem Fernseher sitzt, in Gedanken aber offensichtlich woanders weilt. Ich bin mir sicher, dass sie an Alexander denkt, ihre derzeitige Affäre. Wo Inka einen fatalen Hang zu Fernbeziehungen ohne jede Aussicht auf Zukunft hat, jagt Tinette permanent nach einem anderen Typ Mann: dem V-Mann.

Nein, nicht die Art von V-Mann, die als Teil einer Eliteeinheit undercover arbeitet, um die Welt zu retten, sondern einer von der anderen Sorte, die zwar auch undercover agiert, aber mit dem wenig hehren Ziel, Herzen zu brechen. Dieser V-Mann ist entweder VERLIEBT (natürlich in eine andere!), VERLOBT (heutzutage eher selten, kommt aber immer noch vor) oder, last but not least, VERHEIRATET (ebenfalls mit einer anderen). Um welche Variante von V-Mann es auch immer sich handelt – sie bedeutet vor allem eines: NICHTS GUTES!

KAPITEL 3

Der V-Mann

Inka verabschiedet sich etwas früher, weil sie am darauffolgenden Tag um fünf Uhr aufstehen muss, um irgendwo in der Schleswig-Holsteinischen Pampa ein Landgut auf Hochzeitstauglichkeit hin zu überprüfen. Trauungen auf dem Land sind wahrlich nicht Inkas Liebstes, aber was tut man nicht alles, um seine Miete zu bezahlen?

Während sich meine Freundin auf den Fahrradsattel schwingt und auf den Weg ins Schanzenviertel macht, wo sie sich mit einer militanten Kampflesbe namens Ruthild eine Wohnung teilt, kehre ich zu Tinette zurück.

»Du warst ja heute so still«, sage ich in der Hoffnung zu erfahren, was hinter ihrer Stirn vor sich geht. »Ist alles in Ordnung mit Alexander und dir? Wie war denn euer Date im Strandhotel?«

»Beschissen!«, knurrt sie und sieht in diesem Moment richtig gefährlich aus. Das findet auch Rosamunde, die mit einem Satz von Tinettes Schoß springt und anschließend einen nicht minder bedrohlichen Katzenbuckel macht.

»Oh«, antworte ich bedauernd. »Aber was ist denn passiert?«

»Nichts«, antwortet sie, und ich lasse meinen Fantasien freien Lauf. Hat sie etwa versucht, ihn ins Bett zu zerren, und Alexander hat, nennen wir es mal vorsichtig … versagt? Worin auch immer? Zum Beispiel im pannenfreien Öffnen einer Magnumflasche Champagner?

»Er ist nicht gekommen.«

Aaaaaah, schreie ich in Gedanken und setze mein unschuldigstes Gesicht auf. Man muss bei doppeldeutigen Bemerkungen dieser Art schließlich nicht gleich von dem einen ausgehen.

»Ich habe fantastischen Zander gegessen und einen Neunziger Château Petrus dazu getrunken.«

So weit, so gut, denke ich und warte auf eine Fortsetzung.

»Ich habe in einem traumhaft schönen Badezimmer gebadet, habe in blütenweißer Bettwäsche gelegen, in einem wunderschönen Erkerzimmer mit Blick auf die Elbe, und am nächsten Morgen mit Elbblick gefrühstückt. Allein.«

»Aber das klingt doch trotzdem alles sehr gut«, erwidere ich und versuche, aus dem berühmten halb leeren Glas ein halb volles zu machen. Funktioniert bei meinen eigenen Problemen übrigens so gut wie nie, aber vielleicht klappt es ja bei Tinette?

Es klappt nicht!

»Sehr witzig«, lautet ihre genervte Antwort, und

nun verzieht Rosamunde sich endgültig. So viel negative Energie ist nichts für eine sensible Katze. »Ich möchte dich mal sehen, wenn du dich auf ein Date freust, unglaublich viel Geld für Dessous und Trallala ausgibst, Himmel und Hölle in Bewegung setzt, damit auch alles so klappt, wie du es haben möchtest, und dann taucht der Hauptdarsteller des Ganzen einfach nicht auf.«

Hauptdarsteller – das ist typisch Tinette. So wie ich gelegentlich Fiktion und Realität miteinander vermenge, vergisst auch meine Freundin mit schöner Regelmäßigkeit, dass das Leben nicht immer drehbuchgemäß verläuft oder eben zuweilen nur nach einem sehr schlechten Skript. Und was, bitte, ist in diesem Fall unter Trallala zu verstehen?

Ich beschließe, zunächst einmal nichts zu fragen oder zu sagen und Tinette einfach in Ruhe erzählen zu lassen.

Alexander ist Tinettes neueste Eroberung auf dem Sektor V-Mann. In diesem Fall: »V« für »verheiratet«. Der smarte Herzchirurg fällt per se in das Beuteschema von Millionen Frauen, doch bislang hatte es nur eine geschafft, ihn fest an sich zu binden: Isabella. Sie ist ebenfalls sehr erfolgreich, und zwar als Anwältin für Familienrecht. Trotz der Existenz dieser Ehefrau techtelten Tinette und Alexander, was das Zeug hält, obwohl es bisweilen schwierig war, Zeit und Ort dafür zu finden. Umso erstaunlicher, dass sich schließlich sogar die Möglichkeit ergab, sich an einem lauschigen

Sonntagnachmittag zu treffen und die Zeit bis zum darauffolgenden Vormittag gemeinsam zu verbringen. Tinette war dementsprechend komplett aus dem Häuschen. Um alles so romantisch wie möglich zu haben, hatte sie ein Zimmer im *Strandhotel Blankenese* gebucht und sich zuvor ausgiebig ihrem äußerst aufwendigen Beautyprogramm gewidmet.

»Wir sind eben nicht mehr die Jüngsten«, pflegt sie in regelmäßigen Abständen zu sagen, und ich frage mich, was sie eigentlich machen will, wenn sie mal fünfzig Jahre alt ist. Oder gar sechzig, siebzig. Will sie sich dann mumifizieren lassen? Oder begeht sie Selbstmord, weil sie ihrer Meinung nach das Verfallsdatum überschritten hat?

Doch trotz der sorgfältigen Vorbereitung fehlte Tinette letztlich ihr entscheidender Faktor zum Glück: Alexander.

»Als ich die Nummer seines Handys gewählt habe, um ihn zu fragen, wo er bleibt, höre ich plötzlich eine Stimme sagen: ›Die gewählte Rufnummer ist uns nicht bekannt.‹«

»Hä?«, frage ich und ziehe meine Nase kraus.

»Nach einer weiteren Stunde, in der nichts passiert ist und meine Strapshalter mich beinahe umgebracht haben, habe ich schließlich bei ihm zu Hause angerufen.«

Momentan weiß ich nicht, was mich mehr schockiert: die Tatsache, dass Tinette Strapse trägt, oder dass sie etwas getan hat, das im Umgang mit einem verheirateten Mann absolut verboten ist: sich auf dem ehelichen Festnetzanschluss zu melden.

»Und?«, frage ich gespannt.

»Nichts«, lautet die lapidare Antwort. »Wie sollte es auch? Weder Isabella noch Alexander war ja zu Hause.«

Auch wieder wahr …

»Es wurde zehn Uhr, und allmählich gingen mir die Nerven durch. Ich wusste nicht, ob ich sauer sein oder mir Sorgen machen soll. Es gibt ja wirklich nichts Schlimmeres, als zu Passivität verdammt zu sein und nicht zu wissen, wie es weitergeht.«

Ich nicke wieder zustimmend, denn das ist ein Zustand, den ich auch nur schwer ertragen kann. Um nicht zu sagen, gar nicht. Genau genommen neige ich in solchen Situation dazu auszuflippen.

»Um halb elf klingelt dann endlich mein Handy. Am Apparat ein total zerknirschter Alexander, der mir erzählt, dass sein Wagen einen Totalausfall in der Elektronik hat, er gerade auf den Abschleppwagen wartet und vom Telefon eines ADAC-Mannes anruft, da er sein Handy verloren hat.«

Tja, denke ich mitfühlend, solche Autopannen sind blöd, und habe fast schon ein wenig Mitleid mit dem armen, überarbeiteten Herzchirurgen, der durch die Macht des Schicksals daran gehindert wurde, zu seiner Herzdame zu gelangen … Doch dann werde ich stutzig …

»Aber wieso hat er sich nicht einfach ein Taxi genommen?«, frage ich, auch auf die Gefahr hin, dass Tinette mir gleich ein Kissen an den Kopf wirft.

»Weil er am Morgen mit einem Freund an die Schlei zum Angeln gefahren war, und Kappeln ist nicht gerade um die Ecke, wie du weißt.«

ANGELN? Vor einem Rendezvous mit Tinette?

»Und dann habt ihr euch also gar nicht mehr gesehen?«, frage ich.

»Nein, denn genau in dem Moment, als er sich endlich mit einem Leihwagen auf den Weg machen wollte, kam ihm eine Not-OP in die Quere.«

An dieser Stelle beschließe ich, nichts mehr zu sagen, denn dieser Mann scheint ein echter Märchenerzähler zu sein. Vielleicht sollte er in Zukunft lieber Bücher schreiben, als am offenen Herzen zu operieren?

»Alexander war genauso am Boden zerstört wie ich. Aber er hat versprochen, sich noch diese Woche von Isabella zu trennen und dann so bald wie möglich auszuziehen.«

Ich habe Mühe, mir ein skeptisches »Na, ich weiß ja nicht so recht« zu verkneifen, aber ich will Tinettes Hoffnungen nicht durch Unkenrufe zerstören. Schließlich gibt es wirklich Männer, die ihre Ehefrauen verlassen und mit der Geliebten ein neues Leben beginnen. Ich persönlich kenne zwar keinen solchen Fall, aber das heißt ja nichts. Also sage ich stattdessen: »Ich freue mich für dich!«, und umarme Tinette zum Abschied.

Dann schnappe ich mir Rosamunde, und wir kuscheln uns gemeinsam in mein breites Doppelbett.

Dass Ben hier aller Voraussicht nach nie liegen wird, scheint mehr als klar zu sein. Denn er hat nicht angerufen und auch keine SMS geschickt. Das wäre also das zweite Mal, dass sich unsere Wege trennen, bevor wir wirklich zusammengefunden haben. Vielleicht lag es daran, dass ich ihn am Birnen-Stand getroffen hatte und nicht bei den Äpfeln.

KAPITEL 4

Birnen statt Äpfel

Träume ich, oder klingelt schon wieder das Telefon?

Ich hebe meinen Kopf derart schwungvoll aus dem Daunenkissen, dass ich dabei aus Versehen Rosamunde aus dem Bett schmeiße, die offensichtlich einen Teil der Nacht dicht neben mir geschlafen hat.

Ich bete inständig, dass es nicht Lydia Fuchs ist, von der ich gerade einen schweren Albtraum hatte.

Doch es ist nicht meine Lektorin sondern – o Wunder! – BEN.

Er will mich am Samstag zu einem Brunch ausführen und anschließend mit mir spazieren gehen. Ich bin vollkommen verwirrt. Kann mir bitte mal jemand erklären, weshalb der Mann mich vier Tage vorher nicht küssen wollte und mich nun zu einem Wochenend-Date einlädt? Ich schaffe es gerade noch, seinen Vorschlag »Ich hole dich um zehn Uhr ab« mit einem »Gern« zu kommentieren, und lasse mich dann in die Kissen zurückfallen. Dort bleibe ich erschöpft liegen, denn ich fühle mich schlichtweg überfordert. Ich glaube, aus der Ferne das klägliche Maunzen meiner Katze zu hören, doch dann versinke ich auch schon wieder ins Reich der Träume …

Als ich gegen zwölf Uhr (Mist, Mist, Mist, der Abgabetermin!) immer noch völlig verschlafen in die Küche schlurfe und überlege, ob ich Bens Anruf nicht nur geträumt habe, krallt sich auf einmal etwas unsanft in meinen linken Knöchel.

»Aua!«, schreie ich schmerzerfüllt und kann es nicht fassen: Rosamunde, dieses kleine Biest, ist offensichtlich über Nacht zu einem gefährlichen Raubtier mutiert und macht mir unsanft klar, dass sie Hunger hat.

Während ich im Bad meine blutende Wunde mit Pflaster verarzte und überlege, wann ich eigentlich zuletzt meine Tetanusimpfung aufgefrischt habe, sitzt Rosamunde genüsslich kauend vor ihrem pinkfarbenen Futternapf. Possierlich und zierlich, als könne sie kein Wässerchen trüben und als hätte sie niemals ihr Frauchen so hinterrücks angefallen …

Eine Stunde später sitze ich endlich an meinem PC. Wenn ich die nächsten Tage jeweils zehn Seiten schreibe, müsste ich es inklusive aller Korrekturen bis kommenden Freitag schaffen. Doch anstatt mich zusammen mit Ariane und Gregor ins Liebesgetümmel zu werfen, wandern meine Gedanken zu Ben und dem bevorstehenden Rendezvous. Als gäbe es neuerdings keinen anderen Ort mehr, lädt er mich ausgerechnet zu einem ausgiebigen Frühstück ins *Strandhotel Blankenese* ein. Ich hoffe nur, dass mir dieses Hotel mehr Glück bringt als Tinette! Und ich hoffe, dass das Wetter mitspielt, denn es gibt kaum etwas Frustrierenderes als graues Regenwetter, wenn man an der Elbe spazieren gehen möchte.

Eng umschlungen gingen Ariane und Gregor am Flussufer entlang. Arianes Herz pochte. Endlich war sie Gregor so nah, wie sie es noch nie zuvor gewesen war. Sie atmete den Duft seines würzigen Aftershaves ein und genoss die Wärme, die sein Körper ausstrahlte …

Mein Herz pocht heftiger, als ich diese Sätze lese. Aber eher aus Angst. Irgendetwas hindert mich daran weiterzuschreiben. Ich habe das untrügliche Gefühl, jeden dieser Sätze bereits in zahlreichen Variationen zu Papier gebracht zu haben. Was ist auf einmal mit mir los? Weshalb fällt mir nichts Originelleres ein? Das war doch bislang immer genau der Punkt der Handlung, an dem ich am meisten Spaß hatte. Ich, die heillose Romantikerin. Doch irgendwie fühlt sich das alles mit einem Mal anders an. Die Sätze strömen nicht mehr so aus mir heraus wie früher.

Um zwölf Uhr dreißig stehe ich auf, um mir einen Kaffee zu kochen. Ich bin immer noch sehr müde und brauche dringend einen Energieschub. Immerhin habe ich tapfer ein paar weitere Seiten geschrieben. Aber es fließt noch immer nicht so, wie ich es mir wünsche.

Um zwölf Uhr fünfzig (der Kaffee hat lediglich bewirkt, dass ich Herzrasen bekommen habe) unterziehe ich meine Wohnung einer genaueren Betrachtung. Die Sonne scheint herein und beleuchtet alles gnadenlos; hier müsste dringend mal wieder geputzt werden!

Um vierzehn Uhr fünfzig (Wohnung und Fenster blitzen um die Wette) bekomme ich Hunger. Vielleicht sollte ich mir anstelle des üblichen Sandwichs etwas Richtiges kochen?

Um fünfzehn Uhr fünfzig schleppe ich mich mit vollem Magen vom Küchentisch auf die Couch. Offensichtlich habe ich doch ein bisschen viel Pasta mit Sahnesoße und Lachs gegessen!

Um achtzehn Uhr fünfzig erwache ich blinzelnd und traue meinen Augen kaum. Ich muss wohl wieder eingeschlafen sein. Jetzt aber schnell an den PC!

Um neunzehn Uhr zehn schreibe ich schließlich folgenden Satz

»Weißt du eigentlich, wie schön du bist?«, fragte Gregor, und Ariane wähnte sich im siebten Himmel. Gregor fand sie also schön …

»Nein, nein, nein«!, rufe ich so laut durch die Wohnung, dass Rosamunde aus ihrem Katzenkorb kriecht. Vermutlich, um nachzusehen, was mich derart aus der Fassung gebracht haben könnte.

Das darf alles nicht wahr sein. Ich werde doch wohl noch in der Lage sein, dieses Buch zu Ende zu schreiben?! Während ich fieberhaft überlege, wie ich aus diesem kreativen Kellerloch herausklettern könnte, klingelt das Telefon. Am anderen Ende der Leitung eine todunglückliche Tinette. Ihre verheißungsvolle Liebesgeschichte hat sich wie durch Zauberhand von selbst erledigt. Ich will ja nicht sagen, dass ich es vorher gewusst habe …

Schnell verständige ich Inka – schließlich sind wir ein erprobtes Trost-Team. Um zwanzig Uhr (für die paar Minuten hat es sich nicht gelohnt, noch zu schreiben, ehrlich!) treffen wir uns alle bei mir, um zu hören, was passiert ist.

Alexander hat sich natürlich nicht von Isabella getrennt, sondern stattdessen Tinette den Laufpass gegeben. Und zwar auf eine absolut feige und unehrenhafte Art und Weise, nämlich per SMS.

Immerhin scheint er wieder ein funktionsfähiges Handy zu haben, ist mein erster Gedanke, als meine Freundin tränenüberströmt vor mir sitzt, und ich versuche, sie mit unserer Lieblingspizza »Kleeblatt« aufzumuntern. Sie heißt »Kleeblatt«, weil sie unsere Dreier-Freundschaft symbolisiert und sich drei unabdingbare Beläge darauf befinden: Blattspinat, Mozzarella und Cherry-Tomaten. Wenn ich ganz groß in Form bin, röste ich auch noch Pinienkerne und streue sie als krönenden Abschluss auf das Ganze. Dass der hauchdünne Boden von mir stammt, versteht sich von selbst. In dieser Beziehung bin ich absolut konservativ, getreu dem Motto: Trau keinem Pizzateig, es sei denn, du hast ihn selbst gemacht.

Während also dicke Tränen über Tinettes Wangen laufen (aber erstaunlicherweise ihr Augen-Make-up in keiner Weise tangieren), machen Inka und ich betretene Gesichter. Ich aus Mitgefühl und Inka, weil sie (wieso erfahren wir das eigentlich erst jetzt?) gerade Wulfger aus Wuppertal den Laufpass gegeben hat. Und zwar auf eine absolut feige und unehrenhafte Weise, nämlich per SMS. Doch Tinettes unter Schluchzen hervorgebrachte Flüche, die sich auf die Tatsache beziehen, per Kurzmitteilung abserviert worden zu sein, scheinen irgendetwas in Inka zu bewegen.

»Kann ich mal kurz telefonieren?«, fragt sie unvermittelt, und ich deute ihr mit einem Kopfnicken an, dass sie den Apparat in meinem Arbeitszimmer benutzen kann.

»Na, dann sind wir ja alle wieder solo«, seufze ich und vergesse dabei fast, dass ich am Samstag ein Date habe.

»Ich will nicht mehr allein sein. Ich habe es so satt!«, schluchzt Tinette erneut und wirft sich in meine Arme. Ob es an meinem kuscheligen hellblauen Angorapulli liegt oder daran, dass Tinette ein Defizit an Zärtlichkeit hat, weiß ich nicht, aber verstehen kann ich sie absolut. Ich ertappe mich selbst gelegentlich dabei, meinen Pulli zu streicheln oder mit ins Bett zu nehmen, weil Rosamunde wieder einmal genau dann fahnenflüchtig geworden ist, wenn ich in Schmusestimmung bin.

Das ist ja das wirklich Traurige am Single-Dasein: Man kann ein noch so perfektes Leben haben (tollen und erfüllenden Beruf, familiären Rückhalt, gute Freundinnen, eine schöne Wohnung, ausreichend Geld und Erfolg, stabile Gesundheit) und verspürt dennoch immer wieder einen emotionalen Mangel und ist einsam. Der Mensch ist nun mal nicht wirklich für das Alleinleben gemacht, das bekommen wir alle drei phasenweise bitter zu spüren. Und wenn ich ganz ehrlich bin, sehe ich nicht unbedingt optimistisch in die Zukunft, was unsere Aussichten in dieser Beziehung betrifft – bevorstehendes Rendezvous hin oder her. Da erhalte ich eher noch den Nobelpreis für Literatur, Tinette den Oscar, und Inka wird Unternehmerin des Jahres. Was ja auch alles toll wäre, aber die Erfolge würden wir dann wieder in der altbekannten Konstellation feiern: zu dritt. Und kein noch so hoch dotierter Preis ersetzt das wohlige Gefühl, in den Arm genommen zu werden, jemanden zu haben, der einem die Hand hält, wenn man gemeinsam durch die Straßen bummelt, oder einem die Haare wäscht (laut Umfragen DIE Lieblingsszene aller Frauen im Film *Jenseits von Afrika*). Jemanden zu haben, an den man sich nachts kuscheln kann, wenn die Gespenster ums Haus schleichen, der einem bei Grippe Hühnersuppe kocht oder, oder, oder …

»Das wird schon wieder.« Ich versuche, meine Freundin zu trösten, und streiche ihr über den Kopf. Bei Tinette mache ich mir ehrlich gesagt am wenigsten Sorgen. Mit ihrer geradezu sphinxartigen Ausstrahlung ist sie ein echter Männermagnet, zumindest was das Kennenlernen betrifft. Sie wirkt unnahbar und uneinnehmbar wie Fort Knox. Dass dem in Wahrheit natürlich überhaupt nicht so ist, wissen wir, ihre Freundinnen, nicht aber die Männer, mit denen sie es zu tun hat. Wenn diese aber im Laufe der Zeit dahintergekommen sind, dass hinter der Fassade von Fort Knox ein weites Feld brach liegt und darauf wartet, bestellt zu werden, ergreifen potenzielle Kandidaten gern mal die Flucht. Wodurch genau Tinette Alexander wieder in die Arme seiner Gattin getrieben hat, werden wir wohl nie erfahren, aber vielleicht ist das auch nicht wichtig. Wichtig ist nur, dass sie endlich begreift, was Inka und ich ihr seit Jahren predigen: Hände weg von V-Männern!

»Na, alles klar?«, frage ich, als Inka wieder auftaucht, und nun hebt auch Tinette ihren Kopf. Rasch zupfe ich ihr einige Angoraflusen aus dem Haar. Nein, Hellblau ist überhaupt nicht ihre Farbe!

»Ja, ich denke schon«, murmelt Inka und schenkt uns allen Rotwein nach. Dem Anlass entsprechend, haben wir zur Pizza eine Flasche Bio-Wein geköpft.

»Ich glaube, es war ganz gut, dass ich angerufen habe. Ist ja doch irgendwie fairer …«

Ich beschließe, dass wir das Thema wechseln sollten. Für meinen Geschmack verwenden wir viel zu viel Zeit auf Männer und all ihre Macken und Neurosen. Wir sind drei erfolgreiche, intelligente Frauen, und man sollte meinen, dass es genug anderes gibt, worüber wir sprechen können. Zum Beispiel darüber, wie ich mein Buch zu Ende bekomme. Doch es erscheint mir momentan unpassend, über meine beruflichen Probleme zu sprechen oder zu erzählen, dass ich mich am Samstag mit Ben treffe. Und so halte ich mich dezent im Hintergrund und verabschiede meine Freundinnen weit nach Mitternacht.

KAPITEL 5

Siebter Himmel

Samstagmorgen holt mein Wecker mich um acht Uhr aus dem Schlaf. Irritiert reibe ich mir die Augen und überlege, weshalb ich am Wochenende eigentlich so früh aufstehen muss. Doch dann fällt es mir wieder ein: Ich habe eine Einladung zum Brunch!

Beschwingt hüpfe ich aus dem Bett und ziehe die Vorhänge zur Seite. Tatsächlich, das Universum hat meine Gebete erhört – draußen wartet ein strahlender Frühlingstag auf mich. Oder vielmehr auf uns.

Auf uns …

Wir und *uns* … Wörter, die ich gern mal wieder in einem Zusammenhang denken und aussprechen würde …

Während ich mich ermahne, nicht allzu euphorisch an die Sache heranzugehen, mache ich mich zurecht. Nachdem ich am Tag zuvor wieder eine massive Schreibstörung hatte (das Wort »Blockade« mag ich momentan noch nicht einmal denken), war ich einkaufen gegangen. Nicht, dass ich wirklich irgendetwas gebraucht hätte. Aber manchmal fällt einem die

Arbeit leichter, wenn man einen gewissen Perspektivwechsel vornimmt. Zwecks eben dieses Wechsels hatte ich halb Eppendorf durchgekämmt und war mit folgender Ausbeute zurückgekehrt: ein roséfarbener Lippenstift mit rein ökologischen Inhaltsstoffen (Reformhaus), ein neues Katzendeckchen für Rosamundes Korb (Cats & Dogs), ein kuscheliger Kaschmirschal in Beige (Closed) und – wie die in meinen Einkaufskorb geraten waren, weiß ich auch nicht – Fruchtriegel, Geschmackssorte Apfel (ebenfalls Reformhaus, allerdings auf dem Rückweg). Als ich die Riegel auf mein Küchenbord legte und es gerade noch schaffte, rechtzeitig die linke Tür aufzufangen (sie fällt gelegentlich heraus), bevor sie Rosamunde traf, überlegte ich kurz, ob ich nicht wieder in ein altes Muster verfiel.

Und genau darüber denke ich immer noch nach, während ich mir erst die Haare zu einem Pferdeschwanz binde und dann in meine hautenge beigefarbene Jeans schlüpfe, zu der mein neuer Schal wunderbar passen wird. Dass es eigentlich zu warm dafür ist, ignoriere ich. Im Grunde genommen geht es ja auch eher um den Kuscheleffekt, nicht um Wärme.

Wenn das mit Ben irgendwie funktionieren soll, muss ich ein neues Muster entwickeln, auch wenn es schon ein bisschen spät dafür ist, denn in vierzig Minuten werde ich wohl kaum herausfinden, was ich bei Männern bislang falsch gemacht habe. Meine Freundinnen will ich zu dieser frühen Stunde keinesfalls aus dem Bett klingeln. Außerdem wissen die beiden ja nichts von meiner Verabredung. Und das ist auch gut so. Dann muss ich ihnen auch nichts davon erzählen, wenn ich dieses Projekt gepflegt in den Elbsand gesetzt habe.

STOPP, rufe ich mich selbst an dieser Stelle zur Ordnung. Was ist das denn für eine negative Herangehensweise! Die führt doch nur zur Selffulfilling Prophecy, wie jeder einigermaßen aufmerksame Leser von *Emotion* oder *Psychologie heute* weiß. Ich versuche es also mit der gegenteiligen Methode, dem positiven Denken.

Natürlich wird das ein ganz wundervolles Treffen, denn draußen scheint die Sonne, ich bin ausgeruht, sehe blendend aus, trage meinen neuen Ökolippenstift und diesen wunderbar kuscheligen Schal. Außerdem bin ich intelligent, warmherzig, sensibel, eine gute Zuhörerin und eigentlich auch ganz lustig. Zumindest, wenn ich gut drauf bin. Und das bin ich ja heute wohl. Dass ich momentan eine klitzekleine Schwierigkeit bei meiner Arbeit habe, ist vollkommen irrelevant. Ich glaube auch nicht, dass mein Beruf Ben überhaupt interessiert. Und sollte er wider Erwarten doch nach meinem aktuellen Projekt fragen, kann ich ja was von »Ist noch in der Entwicklungsphase« oder wahlweise auch »Muss noch recherchiert werden« murmeln. Das klingt immer ungeheuer kompetent und engagiert und hat den Vorteil, dass man auf nichts festgenagelt werden kann. Außerdem weiß ich gar nicht, ob Ben liest. An unserem Abend im *Guter Wein* hat er zwar überwiegend von sich selbst erzählt, aber in erster Linie über seinen Beruf gesprochen. Und ich habe andächtig zugehört, mich allerdings zuweilen gefragt, ob es ihm auffallen würde, wenn ich mich auf einmal in Luft auflöste. Wenn ich gemein wäre, würde ich sagen, er ist einer von *der* Art Mann, die sich furchtbar gern selbst reden hört.

Und genau so ist es auch heute. Kaum sitze ich in seinem rotem Alfa Spider, geht es schon wieder los. Sein Handy klingelt ununterbrochen. Und wie gut, dass der liebe Gott die Freisprechanlage erfunden hat, so komme ich nämlich in den höchst zweifelhaften Genuss, das Gespräch komplett verfolgen zu können. Ben ist Eventmanager und damit ein vielbeschäftigter Mann. Freie Abende und Wochenenden kennt er eher vom Hörensagen, und ich überlege, wie er wohl auf Dauer so ein Pensum durchsteht und die Art von Schwachsinnskonversation, die zu führen ganz offensichtlich zu seinem Job gehört.

Nach dem fünften Telefonat überlege ich, wie ich unsere Verabredung durchstehen soll, wenn das jetzt in einer Tour so weitergeht. Ob ich einfach sein Handy aus dem Fenster werfe?

Natürlich tue ich nichts dergleichen, sondern freue mich, als wir endlich auf dem Parkplatz des Hotels ankommen und Ben tatsächlich sein Telefon ausschaltet. Na, wenn das kein gutes Zeichen ist …

Zehn Minuten später sitzen wir an einem Tisch mit Elbblick (Ob das der Tisch ist, an dem Tinette Wein trinkend auf Alexander gewartet hat? Wenn ja, möchte ich sofort einen anderen!) und haben alles vor uns stehen, was das Frühstücksherz begehrt. Wenn Ben weiterhin so viel vom Büfett heranschleppt, brauchen wir einen Beistelltisch. Beeindruckt sehe ich zu, was alles den Weg in seinen Magen findet. Rührei und Speck, Trüffelleberwurst, Salami und Krabbensalat – gut, dass dieser Mann so groß ist, sonst würde sich das auf die Dauer bestimmt irgendwo unangenehm niederschlagen. Nicht, dass ich in dieser Hinsicht irgendwelche Vorstellungen habe. Ich bin keine Frau, die auf Sixpacks und Waschbrettbäuche abonniert ist. Ein gut funktionierender Kopf und Humor sind mir immer noch das Wichtigste an einem Menschen, egal, welchen Geschlechts. Während ich andächtig kaue, unterhält mich Ben mit Anekdoten aus seinem Berufsalltag. Soll er ruhig – vielleicht finde ich ja dabei die eine oder andere Inspiration für mein nächstes Buch. Oder vielmehr für mein aktuelles, was viel wichtiger wäre.

»Aber nun rede ich hier ohne Punkt und Komma von mir. Wie läuft es eigentlich bei dir? Was macht das Schreiben?«, fragt Ben plötzlich überraschenderweise, und ich verschlucke mich beinahe an meinem frisch gepressten Orangensaft.

»Läuft alles super«, nuschle ich, während Ben mir

netterweise auf den Rücken klopft, weil mein Hustenanfall kein Ende nimmt.

»Kann ich mal was von dir lesen?«

Von mir lesen? Ist der Mann noch ganz dicht? Ich will momentan nicht, dass irgendjemand etwas von dem liest, was ich da tagtäglich meinen Leserinnen und dem Verlag zu Gefallen produziere.

»Öhümpf« ist in etwa alles, was ich dazu zu sagen habe, und ich trinke grünen Tee, um Zeit zu gewinnen. Dann kläre ich ihn der Fairness halber darüber auf, welche Kategorie von Büchern ich verfasse. Mein Pseudonym verschweige ich sicherheitshalber. Nicht, dass er noch auf die Idee kommt, sich am nächstbesten Kiosk eines meiner *Herzblatt*-Hefte zu kaufen.

Ben grinst.

»Okay, ich versteh schon. Vermutlich ist es dir unangenehm, so etwas zu schreiben, und du träumst im Grunde deines Herzens davon, den Büchner-Preis zu gewinnen – habe ich recht?«

Noch während ich damit beschäftigt bin, eine Antwort auf seine Frage zu formulieren, durchschießt mich der Gedanke, dass er intuitiv den Kern des Problems getroffen hat. Mir wird ganz elend zumute. Damit verdiene ich aber doch meinen Lebensunterhalt. Was soll ich denn sonst tun? Ich mache seit fast zehn Jahren nichts anderes. HILFE!

Doch so schnell wie diese Selbstzweifel aufgekommen sind, so schnell versenke ich sie auch in den

Tiefen meines Unterbewusstseins. Momentan ist es weder der Ort noch die Zeit, mich mit diesem Thema zu beschäftigen. Und Ben scheint mir nicht der Typ von Mann zu sein, der Lust hat, mit einer Frau Sinnkrisen aller Art zu debattieren. Die Tatsache, dass er zahlt und nicht weiter nachfragt, nachdem ich nicht geantwortet habe, bestätigt meine Theorie. Deshalb nicke ich schweigend, als er vorschlägt, spazieren zu gehen.

Eine halbe Stunde später arbeite ich daran, mich dem siebten Himmel ein gutes Stück zu nähern. Wenn schon meine Romanfiguren momentan Probleme haben, einander in die Arme zu sinken, dann sollte es zumindest bei mir selbst besser klappen. Also beschließe ich, in die Offensive zu gehen, und bleibe stehen. Diesmal werde ich zwar nicht den Fehler machen, ihn mit einem Kuss zu überfallen, aber ich hoffe doch sehr, dass meine vollen Lippen, die verführerisch in der Frühlingssonne glänzen müssten, einladend genug sind, um ihn von selbst auf diese Idee zu bringen.

Sie sind es … Gott sei Dank!

Die darauffolgende halbe Stunde stehen wir am Wasser und knutschen wie frisch verliebte Teenager. Während die Sonne das Elbwasser mit kleinen goldenen Sprenkeln verziert und sich im Hintergrund Elbkähne träge über den Horizont schieben, sind mein Körper und meine Seele in hellem Aufruhr. So gut habe ich mich seit Ewigkeiten nicht mehr gefühlt, und auch Ben scheint es ähnlich zu gehen. Er fährt mir mit wahrer Begeisterung durch das volle Haar und schnuppert an meinen Locken.

»Du duftest so gut«, flüstert er wieder und wieder, und ich schicke ein Dankgebet an den Parfumeur von *Dior Addicte* und an das Team von *Guhl* (Duftnote Mandelöl).

Während die Möwen kreischend über unseren Köpfen ihre Kreise ziehen und wir uns verliebt an den Händen fassen, wähne ich mich für einen kurzen Moment in einem meiner Romane. Das ist es! Mir hat einfach die Inspiration aus dem wahren Leben gefehlt! Jetzt muss ich nur noch genau dieses Gefühl in mein aktuelles Buch einbringen, und dann sollte es sich wie von selbst zu Ende schreiben. Ade Schreibblockade!

»Wie du duftest«, hauchte Gregor verliebt und knabberte verspielt an Arianes Ohrläppchen, während sie versonnen in den Himmel sah. Am Horizont zog ein Möwenpaar seine Kreise, und Ariane fühlte, dass sich nun ihr sehnlichster Wunsch erfüllen würde. Gregor und sie würden endlich ein Paar sein.

Nun ja, nicht gerade Büchner-Preis-verdächtig, aber genau der Ton, den meine Leserinnen lieben, denke ich und spüre dem Tag mit Ben nach, während ich versonnen an einem Glas Rotwein nippe. Noch nie habe ich bislang Alkohol getrunken, während ich schreibe, aber heute ist ein absoluter Ausnahmetag. Heute ist Tag zwei in meinem neuen Leben. In meinem »Ben und ich sind jetzt ein Paar«-Leben.

Nach dem gestrigen Elbspaziergang, einer ausgiebigen Kuscheleinlage im Schutz einer Trauerweide, einem ausgedehnten Abendessen im Portugiesenviertel am Hafen und einer wilden Knutscherei im Alfa Spider haben wir uns heute zum zweiten Mal gesehen. Diesmal waren wir an der Alster, so wie sonntags alle verliebten Hamburger Pärchen, wenn sie es nicht bis an die Elbe schaffen. Erst hat Ben mir erklärt, weshalb er meinen ersten Kuss nicht erwidert und sich erst Tage später gemeldet hat (er hatte sich gerade erst getrennt und war deshalb noch ein wenig durcheinander), und dann hat er sich sogar für den Fauxpas mit Luisa entschuldigt (über den wir im Kindergarten übrigens nie gesprochen hatten) und gesagt, dass er die verlorenen Jahre mit mir bereut. Hätte er damals nicht von den Früchten aus Nachbars Garten genascht, wären wir vielleicht seit Lichtjahren verheiratet und würden schon fünf entzückende Kinderchen unser Eigen nennen – wer weiß?

»Oder ihr wärt längst geschieden, und du wärst eine alleinerziehende, vergrämte Mutter«, kommentierte Inka bissig, als ich ihr vor einer Stunde meine *Was-wäre-gewesen-wenn*-Theorie unterbreitet hatte.

»Herzlichen Dank auch. Bist du heute mit dem falschen Fuß aufgestanden, oder weshalb hast du so miese Laune?« Nach einigem Nachfragen erfuhr ich schließlich den Grund für Inkas Verstimmung: Sally, ihre rechte Hand in Sachen Hochzeitsplanung, hat spontan gekündigt, weil sie sich in den Bruder eines Bräutigams verliebt hat, und ist Knall auf Fall mit ihm nach Rom gezogen. Fatalerweise beginnt aber gerade jetzt die Hochzeitssaison, und Inka weiß nicht so recht, wie sie das alles schaffen soll.

»Kann ich dir irgendwie helfen?«, fragte ich in einem Anfall von Selbstlosigkeit. »Ich könnte ab Samstag kommender Woche. Ich habe zwar keine Ahnung, was du da so treibst, aber Kaffee kochen, telefonieren und Mails schreiben kann ich allemal.«

»Das wäre wirklich sensationell«, antwortete Inka, und ich fühlte mich augenblicklich wie Mutter Teresa persönlich.

Beschwingt von der Aussicht darauf, in der nahen Zukunft meinem öden Schreiballtag für einige Zeit entfliehen zu können (vorausgesetzt, ich habe bis dahin dieses Elendsmanuskript abgegeben!), lege ich mich am Abend dieses ereignisreichen Tages ins Bett, nachdem ich noch mehrere Stunden tapfer auf die Tastatur gehauen habe. Erstaunlicherweise nähere ich mich doch allmählich dem Ende meiner Geschichte. Die Liaison mit Ben wirkt sich positiv auf meine Kreativität aus, und ich hoffe inständig, dass das zumindest bis kommenden Freitag anhält, damit ich Lydia Fuchs nicht enttäusche. Etwas benebelt vom Lavendelaroma, mit dem ich Decke und Kopfkissen getränkt habe, werde ich schließlich schläfrig. Morgen sehe ich Ben wieder, ist mein letzter Gedanke, bevor der Sandmann meine Hand ergreift und mich sanft in die Nacht hinübergeleitet.

KAPITEL 6

Hochzeitsfieber

Am Montag der darauffolgenden Woche ist es so weit: Ich klingle an der Tür von *Alternative Weddings*. Mit dem guten Gefühl, mein Buchprojekt abgeschlossen und den Text an meine Lektorin gemailt zu haben, freue ich mich auf meine neue Aufgabe. Die Abwechslung wird mir mit Sicherheit guttun.

Inkas Büro liegt im Herzen des Hamburger Schanzenviertels. Die Schanze, so die saloppe Bezeichnung dieses Stadtteils, ist seit der Besetzung der *Roten Flora* nahezu jedem Hamburg-Touristen bekannt. Im bunten Straßengewirr findet man originelle kleine Lädchen, Cafés, Galerien und jede Menge Büros von Freischaffenden. Hier tummeln sich Agenturen, Friseure, Asia-Läden, Secondhandshops, ein Kino und vieles mehr. Am Wochenende wird es dort ein wenig ungemütlich, weil es sich mittlerweile herumgesprochen hat, dass man hier gut ausgehen, Spaß haben und toll einkaufen kann. Jeder echte Schanzenbewohner bleibt zu Hause, wenn das Hamburger Umland einfällt, um Shoppingtourismus zu betreiben.

»Da bist du ja!«, sagt Inka erfreut, als sie die Tür

öffnet, um mich hereinzulassen. Ich stelle fest, dass sich einiges geändert hat, seit ich zuletzt hier war. Und ich stelle fest, dass das Interieur mitnichten dem entspricht, wie ich ein Hochzeitsplanungsbüro eingerichtet hätte. Sosehr ich mich auch bemühe, ich kann keine noch so klitzekleine Spur von Romantik, geschweige denn das kleinste bisschen Kitsch entdecken. Keine Fotos von glücklichen Paaren, keine begeisterten Grußpostkarten aus den Flitterwochen, keine …

»Na? Gefällt's dir?«, fragt Inka und grinst. Natürlich kennt sie mich gut genug, um meine Gedanken lesen zu können.

»Aber wo ist denn das schöne rote Sofa mit dem Samtbezug geblieben?«, frage ich enttäuscht und nehme in Ermangelung dieses Möbelstücks auf einer schnörkellosen dunkelbraunen Couch Platz. Inkas Assistentin Viv steckt den Kopf zur Tür herein und fragt, ob ich einen Chai Latte haben möchte oder lieber einen Galao und ein Nata. In letzterem Fall würde sie mal eben auf den *Galaostrich* hüpfen, wie die Ansammlung von portugiesischen Kaffeebars von einem Hamburger Journalisten getauft wurde. Ich entscheide mich für den indischen Gewürztee und knabbere lustlos einige staubtrockene Hafer-Dinkel-Kekse, die Inka noch irgendwo in den Tiefen ihrer Schreibtischschublade gefunden hat.

Seit ich sie kenne – und das tue ich seit unserer gemeinsamen Zeit auf dem Helene-Lange-Gymnasium –, fühlt sich meine Freundin magisch von der Öko- und Alternativ-Szene angezogen. Ich wundere mich immer wieder, wie sie eigentlich ernsthaft mit Tinette und mir befreundet sein kann, denn im Grunde verkörpern wir beide aus unterschiedlichen Gründen den Klassenfeind. Das war schon in der Schule so. Während Inka mit hennarot gefärbtem Haar, ein Palästinensertuch um den Hals gewickelt und Kant und Nietzsche lesend, auf dem Rasen saß und mit sich und der Welt haderte, trug ich Ballerinas aus glänzendem Lackleder, einen Haarreifen aus Samt und einen Faltenrock. Anstelle großer Philosophen las ich *Sturmhöhe* von Emily Brontë und *Stolz und Vorurteil* von Jane Austen. Tinette war schon damals einen Tick extravaganter als ich und auch wesentlich teurer gekleidet. Ihre bevorzugte Farbe war Schwarz, auch wenn das energetisch und karmatechnisch keine besonders gute Farbwahl ist. Ich sage nur: zu viel negative Energie! Auch Tinette las gern, war aber auf Starbiografien abonniert. Von der Garbo über Coco Chanel bis zu Marlene Dietrich war sie immer schon ein wandelndes Personenlexikon, und ich habe zuweilen noch heute den Verdacht, dass sie sich viele ihrer Verhaltensmuster bei all diesen Damen abgeschaut hat. Brauche ich an dieser Stelle noch zu betonen, dass meines Wissens keine von ihnen ein besonders glückliches Leben geführt hat? Zumindest nicht, was Liebesbeziehungen betrifft?

»Also, wobei kann ich dir helfen?«, erkundige ich

mich bei Inka und verschlucke mich fast an dem trockenen Keks. Öko hin oder her – echte Butterkekse sind mir lieber. Am liebsten mag ich eigentlich saftige, cremige Schokocroissants, wenn ich ganz ehrlich bin.

»Wir haben da als Nächstes so ein Schlossdings laufen«, beginnt Inka, und mein Herz schlägt ein paar Takte schneller. Ein Schloss – das klingt, als sei ich wie gemacht für diesen Job!

»Und zu so was lässt du dich herab?«, frage ich skeptisch nach, weil diese Form der Feier überhaupt nicht zu dem Konzept von *Alternative Weddings* passt. Es sei denn, das Schloss wäre irgendwie alternativ. Gibt es Öko-Schlösser?

»Ja, ja, ich weiß, was du sagen willst«, wiegelt Inka ab. »Aber dieses Paar ist so sympathisch, dass ich einfach nicht Nein sagen konnte. Gernot ist ein schnuckeliger, verschüchterter Literaturwissenschaftler, und Estella schreibt gerade ihre Doktorarbeit über feministische Theatertheorien im einundzwanzigsten Jahrhundert.«

Ich schlucke kurz. Ob ich als Unterhaltungsautorin die geeignete Person bin, um für diese geballte Ladung an Intelligenzia eine Hochzeit zu planen?

»Wie viele Leute kommen denn?«, frage ich, um mir ein Bild vom Ausmaß des Ganzen zu machen.

»In etwa fünfzig«, lautet Inkas Antwort.

Ich schaue ein wenig skeptisch drein. Ganz schön viel Verantwortung!

»Du schaffst das schon«, sagt Inka beschwichtigend. »Mit Viv an deiner Seite kann dir überhaupt nichts passieren. Außerdem bin ich ja auch noch da. Gernot und Estella kommen übrigens um ein Uhr. Wir wollen zusammen im *Schanzenstern* essen gehen. Dann könnt ihr euch gleich mal beschnuppern. Du wirst sehen, die beiden sind das absolute Traumpaar!«

Nanu? Solche euphorischen Worte aus Inkas Mund? Ich bin erstaunt.

Zwei Stunden nach der Besprechung – Gernot und Estella sind wirklich ein Traumpaar und äußerst sympathisch – erstellen Inka und ich eine To-do-Liste (Ich liebe solche Listen!). Während ich gerade überlege, beruflich ganz auf Hochzeitsplanerin umzusatteln, klingelt mein Handy. Am Apparat eine völlig überdrehte Tinette.

»Du ahnst nicht, was gerade passiert ist«, sagt sie nahezu atemlos, und ich überlege fieberhaft, was sie derart aus der Fassung gebracht haben könnte. Doch weil ich gerade nicht in Stimmung für heitere Ratespielchen bin, beschließe ich eine kommunikative Abkürzung zu nehmen. »Hör mal, ich bin gerade bei Inka, und wir besprechen eine Hochzeit. Kannst du es kurz machen?«

»Okay.« Tinette ist einfach zu überzeugen, dann muss ihr die Neuigkeit wirklich sehr auf den Nägeln brennen. »Folgendes ist passiert: Wir drehen bald wieder einen Rosamunde-Pilcher-Film, und dreimal darfst du raten, wer diesmal die männliche Hauptrolle spielt.«

Irre ich mich, oder hatte ich Tinette nicht gerade gesagt, dass ich jetzt etwas anderes zu tun habe?

»Süße, ich weiß es nicht. Es gibt Dutzende Schauspieler, die dafür infrage kommen. Warum sagst du es nicht einfach, und dann haben wir es hinter uns?« Inka sieht mich fragend an, und ich male ein großes »T« in die Luft.

»Es ist Dominic Grafenberg«, haucht sie in den Hörer. Für eine Sekunde weiß ich nicht, von wem sie spricht, aber dann fällt es mir wieder ein: Dominic Grafenberg ist ein schlaksiger, sympathisch aussehender Mittvierziger mit rotblonden Locken und einem leichten Dreitagebart. Welche Augenfarbe er hat, kann Tinette mir vermutlich sofort sagen, mir persönlich war sie bislang nicht so wichtig. Dominic kommt eigentlich vom Theater – genauer gesagt von den Münchner Kammerspielen. Die Tatsache, dass er seit einiger Zeit häufiger im Fernsehen auftaucht, ist in erster Linie sicher der Tatsache geschuldet, dass er eine Exfrau nebst kleiner Tochter unterstützen muss. Soweit ich weiß, ist Dominic Grafenberg zum zweiten Mal verheiratet, aber diesmal mit einer zehn Jahre älteren Frau, die nicht ganz unvermögend ist. Genau genommen ist sie eine stinkreiche Bankierswitwe. Die beiden leben in München-Grünwald, einem noblen Villenvorort. Woher ich das alles weiß? Natürlich von

Tinette. Dominic ist seit einem knappen Jahr unter Vertrag bei *Actors and Artists,* der Künstleragentur, für die sie arbeitet. Tinette ist die rechte Hand des Geschäftsführers, der allerdings in erster Linie damit beschäftigt ist, »Kontakte zu knüpfen«, wie er stets sagt, wenn meine Freundin sich gelegentlich darüber beschwert, dass er so gut wie nie in der Agentur ist und der Hauptteil der Arbeit an ihr hängen bleibt. Thomas Grabau lässt sich indes durch Tinettes regelmäßige Schimpftiraden nicht davon abhalten, die eine Hälfte seines Arbeitstages auf dem Golfplatz zu verbringen (Kontakte!) und die andere Hälfte in teuren Restaurants und Bars (Kontakte!). Und so bleibt meiner Freundin nichts anderes übrig, als mit einer Handvoll Mitarbeitern den Laden zu schmeißen. Was nicht immer ganz einfach ist, denn der Künstler an sich neigt ja gelegentlich zu Sensibilitäten, Neurosen oder auch schlichtweg zu Größenwahn.

»Na, da gratuliere ich dir«, antworte ich und weiß selbst nicht genau, wozu. Vermutlich dazu, dass Tinette nun in den Genuss kommt, Dominic endlich einmal persönlich kennenzulernen, nachdem sie mir seit etwa einem Jahr in regelmäßigen Abständen von ihm vorschwärmt.

»Triffst du dich denn dann mal mit ihm?«, hake ich nach, weil Inka und Viv aus dem Büro gegangen sind.

»Ja, morgen«, haucht Tinette in den Hörer, und ich kann mir jetzt schon lebhaft vorstellen, wie ihr Abend aussieht: Beautyprogramm und Kostümprobe, bis auch das letzte kleine Detail sitzt …

»Na, dann hast du ja heute sicher noch einiges zu tun, wie ich im Übrigen auch«, entgegne ich und hoffe, dass sie den Wink mit dem Zaunpfahl verstanden hat. Sie hat, und ich bin froh, mich wieder sinnvolleren Dingen zuwenden zu können. Zumindest aus meiner Sicht.

KAPITEL 7

Verdammt berühmt

Zwei Wochen später treffen wir uns an einem verregneten Sonntagmorgen (dieser Sommer lässt sich etwas holprig an) im *Gnosa,* unserem Lieblingscafé, zu einem ausgiebigen Frühstück. Die vergangenen Tage sind so schnell verflogen, dass ich kaum zum Nachdenken gekommen bin. Die Organisation der Schloss-Hochzeit und mein Liebesglück mit Ben haben all meine Energien in Anspruch genommen, und ich habe kaum noch eine freie Minute zum Nachdenken. Aber ich bin glücklich. Zum ersten Mal seit Langem!

Inka und ich kommen in etwa zur selben Zeit im Café an, nur von Tinette fehlt weit und breit jede Spur. Wir trinken unsere erste Schale Milchkaffee und wundern uns. Gerade, als wir sie anrufen wollen, stürmt sie mit hochroten Wangen in den Raum und zieht alle Blicke auf sich.

»Nun setz dich erst mal, und atme tief durch«, sagt Inka resolut und drückt Tinette in den freien Sessel mit Samtbezug. »Was ist denn passiert? Wir haben uns schon Sorgen gemacht.«

»Bitte entschuldigt, aber Dominic hatte so eine Art Nervenzusammenbruch, und ich konnte ihn nur mit Müh und Not davon überzeugen, den Vertrag für den Pilcher-Film nicht zu kündigen, sondern wie geplant nächsten Monat zu den Dreharbeiten zu fahren«, erklärt Tinette, hektische rote Flecken im Gesicht.

»Hier, trink erst einmal einen Schluck«, schlage ich vor und schiebe ihr meinen Kaffee hin. Währenddessen übernimmt Inka die Bestellung. Da wir uns ein Mal im Monat hier treffen und immer das Gleiche nehmen, ist das nicht weiter schwierig.

»So, jetzt mal der Reihe nach«, fordert sie dann. »Was hast du an einem Sonntagmorgen mit diesem Dominic zu schaffen, und wieso will er seinen Vertrag kündigen?«

Tinette erzählt, dass Dominic sie – frühmorgens und völlig aufgelöst – auf ihrem Handy angerufen (Wie oft habe ich ihr schon geraten, das Ding wenigstens nachts auszumachen?) und um ein Treffen gebeten hat. Daraufhin ist Tinette sofort zum Atlantic-Hotel geeilt, wo die Produktionsfirma ihn untergebracht hat.

»Ihr glaubt gar nicht, was für ein Nervenbündel ein erwachsener Mann sein kann«, erzählt Tinette, und ich schmunzle. Wer sonst hat in der Regel schwache Nerven, wenn nicht ein erwachsener Mann?

»Er war kalkweiß im Gesicht, hat am ganzen Körper gezittert, und wenn ich nicht gekommen wäre und ihm die Hand gehalten hätte, hätte er bestimmt hyperventiliert.« Inka runzelt die Stirn. Als Psychologin kann sie natürlich eins und eins zusammenzählen.

»Das klingt nach einer Panikattacke, wie sie im Lehrbuch steht«, resümiert sie. »Passiert ihm das öfter?«

»Keine Ahnung.« Tinette schüttelt den Kopf und hat mittlerweile meinen Milchkaffee bis zum letzten Tropfen ausgetrunken. Nun gut, ich will mal nicht so sein; schließlich teilen echte Freundinnen alles, auch den Kaffee.

»Die Male, die wir uns bislang getroffen haben, wirkte er eigentlich immer ganz souverän.«

Irre ich mich, oder bekommen ihre Augen gerade etwas Verklärtes? Inka und ich wechseln bedeutungsvolle Blicke. »Wie oft war das denn?«, frage ich besorgt – denn immerhin waren Inka und ich in den vergangenen zwei Wochen so gut wie kaum ansprechbar gewesen. Weshalb Tinette auch noch gar nichts von Ben und mir weiß. Aber auch sie scheint so ihre Geheimnisse zu haben …

»Oooch«, antwortet sie, leicht verlegen. »So um die fünf, sechs Mal. Kann auch sieben Mal gewesen sein …«

Aha! Es ist also wieder so weit: Tinette hat ganz offensichtlich nichts aus der Geschichte mit Alexander, dem Kardiologen, gelernt und ist nun auf dem besten Wege, sich erneut das Herz brechen zu lassen. Und zwar wieder von einem V-Mann, diesmal sogar im doppelten Wortsinn: VERHEIRATET und VERDAMMT berühmt.

Während ich im Geiste all die Männer Revue passieren lasse, über die wir Tinette im Laufe unserer langjährigen Freundschaft hinweggeholfen haben, kann Inka ihre Skepsis nicht verbergen. Eines muss man ihr ja lassen: Sie hat zwar ebenfalls regelmäßig Pech in der Liebe, aber in erster Linie deshalb, weil sie sich notorisch in Männer verliebt, die nicht in Hamburg wohnen, und irgendwann genug davon hat, ständig unterwegs zu sein, um Zeit mit dem Mann ihres Herzens verbringen zu können. In der Regel hinterlassen diese Fern-Affären keine weiteren Spuren. Zumindest kann ich mich nicht daran erinnern, dass irgendwann einmal ein anderer diese Geschichte beendet hätte als Inka selbst. Wenn jemand im Anschluss daran Liebeskummer hat, sind es die Männer. So wie zuletzt Wulfger aus Wuppertal, der sich nicht ganz so schnell abschütteln ließ, wie sie sich das vorgestellt hatte.

»Versteh mich jetzt bitte nicht falsch«, sagt Inka in ihrem typischen Therapeuten-Ton, der einem bisweilen etwas auf die Nerven gehen kann. »Aber findest du, dass es eine gute Idee ist, etwas mit einem Schauspieler anzufangen, der nicht nur verheiratet ist, sondern auch noch unter Vertrag in der Agentur steht, in der du arbeitest?«

Tinette rührt derart schwungvoll im Schaum ihres Milchkaffees (sie hat jetzt ihren eigenen), dass dieser überschwappt und zum Teil auf meinen neuen Rock tropft. Inka und Tinette gehen in Männerfragen teilweise hart miteinander ins Gericht, und als Außenstehender käme man oft gar nicht auf die Idee, dass die beiden wirklich gut miteinander befreundet sind. Doch das ist es, was echte Freundschaft ausmacht, betonen die beiden immer wieder, wenn ich schon befürchte, dass es wirklich mal unüberbrückbare Differenzen gibt.

»Man kann den anderen doch nicht immer kommentarlos seinen falschen Weg gehen lassen, nur weil das bequemer ist«, pflegt Inka an dieser Stelle jedes Mal zu sagen. Und Tinette ergänzt: »Wahre Freundschaft muss Kritik verkraften können.«

Der Standardsatz, den ich mir immer wieder von den beiden anhören muss, lautet: »Nelly, das Leben ist nicht wie einer deiner Romane. Wach endlich auf und stell dich der Wirklichkeit!«

Während ich beim Anblick eines knutschenden Pärchens unweigerlich an Ben denken muss und mich furchtbar nach ihm sehne, lässt Tinette ihrer persönlichen Form von Wahrnehmungsverlust freien Lauf: Sie erklärt mit Händen und Füßen, weshalb es mit Dominic Grafenberg diesmal etwas ganz anderes ist und Aussicht auf eine Zukunft hat. Irgendwie kann ich mich des Eindrucks nicht erwehren, dass sie eher versucht, sich selbst zu überzeugen als uns.

»Dominic und Sandra verstehen sich schon lange nicht mehr«, sagt sie gerade, und mich überfällt schlagartig bleierne Müdigkeit. Wie oft habe ich diesen Satz schon gehört? Aus Tinettes Mund und auch sonst?

»Im Grunde sind sie schon seit Anfang des Jahres getrennt und warten nur noch auf den passenden Zeitpunkt, um das Ganze offiziell zu machen. Das ist aber gerade jetzt, wo Dominic so gut im Geschäft ist, nicht ganz so einfach. Ihr wisst ja, wie schnell so eine Scheidung das Renommee zerstören kann.«

Inka und ich nicken synchron – diesbezüglich sind wir seit Jahren ein eingespieltes Team!

»Seit Silvester schlafen die beiden in getrennten Betten, und auch davor lief so gut wie gar nichts mehr zwischen ihnen.«

Inka und ich nicken wieder. Klar, solche Beziehungen sind ja immer so was von geschwisterlich. Seltsam nur, wenn aus einer rein platonischen Geschichte dann plötzlich ein Kind entsteht.

»Und verdient Dominic genug, um sich von Sylvia trennen zu können?«, fragt Inka, und ich werde kurz wieder wach.

»Sandra«, korrigiert Tinette streng. »Dominics Frau heißt Sandra.«

»Na, wie auch immer«, knurrt Inka. »Die Frau ist doch, soweit ich weiß, schwerreich, und die beiden leben in großem Stil in München. Das gibt man doch nicht so mir nichts, dir nichts einfach auf. Oder verdient man mit TATORT und PILCHER so gut?«

»Kommt darauf an«, entgegnet Tinette vage. »Ich denke, dass Dominic seine wirklich große Zeit noch vor sich hat. Aber momentan zahlen die Produktionsfirmen eigentlich ganz gut, finde ich.«

Aha, denke ich und übersetze die Worte meiner Freundin für mich. Unterm Strich bedeutet das, dass es für Dominic gar nicht gut aussieht. Und damit auch nicht für Tinette …

Nun sieht auch Inka ein, dass sie für heute genug unangenehme Fragen gestellt hat. Tinette ist schon ganz blass und hat dunkle Schatten unter den Augen. Wie früh hat dieser Schauspieler sie denn aus dem Bett geklingelt? Oder musste er das am Ende gar nicht, weil sie sowieso die Nacht bei ihm verbracht hat? Ich ertappe mich bei dem Gedanken, darüber zu grübeln, wie es wohl ist, eine Affäre mit einem prominenten Mann zu haben. Küssen die anders? Ist der Sex besser?

»Sag mal, müsst ihr nicht unglaublich vorsichtig sein, nicht von der Presse erwischt zu werden?«, frage ich, weil mir gerade einfällt, dass Paparazzi nur auf eine Geschichte wie diese lauern.

»Doch, müssen wir«, antwortet Tinette mit einer Mischung aus Zerknirschtheit und Stolz. Zumindest reckt sie selbstbewusst ihr Kinn vor, und ich denke zum wiederholten Mal, dass meine Freundin, die im Sternzeichen des Löwen geboren wurde, wie prädestiniert ist für die große Bühne.

Während ich gedankenverloren ein Croissant mit Erdbeermarmelade esse, glaube ich auf einmal, einer Halluzination erlegen zu sein. Träume ich, oder ist es tatsächlich Ben, der da plötzlich vor mir steht und fröhlich in die Runde lächelt? Hatte er nicht erwähnt, dass er heute noch ins Büro muss?

»Hallo, die Damen«, sagt er lässig grinsend. »Du musst Inka sein«, begrüßt er meine rothaarige Freundin mit Handschlag. »Und du bist sicher Tinette.« Wir sind sprachlos. Vor allem ich, die Tinette erklären muss, warum ich seit nunmehr drei Wochen mit Ben liiert bin, ohne ihr gegenüber auch nur einen Ton davon gesagt zu haben, während Inka in mein Geheimnis eingeweiht ist.

»Und du bist?«, fragt Tinette und sieht aus wie ein lebendes Fragezeichen. Und jetzt kommt's: (Erde, tu dich auf und verschling mich! BITTE!) »Ich bin Ben, Nellys Freund.«

Tinette klappt die Kinnlade herunter, anders kann ich es nicht beschreiben. Inka hüstelt verlegen und deutet auf den freien vierten Sessel. »Na, wenn das so ist, dann setz dich doch«, sagt sie und hält Ben die Speisekarte unter die Nase. Heißt das, dass sie so nett ist und vorgibt, nichts von ihm und mir zu wissen, damit wir Tinette nicht unnötig verletzen?

»Ich weiß zwar nicht, weshalb Nelly uns deine Existenz bislang verheimlicht hat, aber sie wird wohl ihre Gründe dafür haben, nicht wahr, Nelly?«

Ich könnte Inka küssen – wie lieb von ihr!

Nun habe ich noch maximal das Problem, dass sich Ben eventuell gekränkt fühlen könnte. Aber Männer sind in diesen Dingen nicht so empfindlich wie wir

Frauen. Wir werden ja schon nervös, wenn wir nicht in der ersten Woche den besten Freund und nach Ablauf des dritten Beziehungsmonats die Mutter kennenlernen dürfen.

Ben scheint damit wirklich kein Problem zu haben, denn er widmet sich ausgiebig dem Studium des *Gnosa*-Angebots, während Inka und Tinette ihn mustern wie ein exotisches Tier im Zoo. Was natürlich in erster Linie daran liegt, dass es Ewigkeiten her ist, seit sie zuletzt einen Mann an meiner Seite gesehen haben, der nicht mein Bruder oder ein Taxifahrer ist.

»Einen doppelten Espresso und die Philadelphia-Torte, bitte«, bestellt mein Freund und gibt mir anschließend einen langen, zärtlichen Kuss. Den ich allerdings kaum genießen kann, weil ich weiß, dass Inka und Tinette jede noch so kleine Bewegung beobachten.

Eine Stunde Essen und Small Talk später verabschieden sich meine Freundinnen, und ich bin froh, wieder mit Ben allein zu sein.

»Wir telefonieren«, sage ich reflexartig zum Abschied, als ich die beiden umarme.

»Toller Typ, Glückwunsch«, raunt Tinette mir zu, und Inka wünscht uns: »Viel Spaß noch«, was auch immer sie damit meint.

»Na, das war ja eine schöne Überraschung«, sage ich und gebe Ben einen Kuss. »Wie bist du denn auf die Idee gekommen?«

»Ich wollte mal sehen, was du an einem Sonntagvormittag ohne mich treibst, und natürlich deine besten Freundinnen kennenlernen.«

Merkwürdig … Wie kann es sein, dass ein Mann, mit dem ich eine existenziell schlechte Erfahrung gemacht habe, zwanzig Jahre später wieder in meinem Leben auftaucht, und auf einmal fühlt sich alles so richtig an? Vielleicht stimmt die These wirklich, dass es für alles im Leben den geeigneten Zeitpunkt gibt.

Als ich nach einigen lauschigen Stunden in Bens Wohnung nach Hause komme und Rosamunde versorgt habe, checke ich meine E-Mails. Seit knapp zwei Wochen warte ich auf Nachricht meiner Lektorin, was ziemlich ungewöhnlich ist. Und als hätte ich es geahnt, finde ich Post von DOKTOR Lydia Fuchs vor. Und die ist alles andere als erfreulich …

KAPITEL 8

Mist, Mist, Mist

Von: Dr.Lydia.Fuchs@Amor-verlag.de
An: Nelly.Sander@gmx.de

Betreff: Ihr Manuskript

Sehr geehrte Frau Sander,
haben Sie recht herzlichen Dank für die Zusendung Ihres Manuskripts mit dem Titel Wohin deine Sehnsucht dich trägt. Wie immer habe ich mich erwartungsvoll an die Lektüre gemacht und mir dafür sogar das Wochenende frei gehalten, weil wir ja diesmal etwas knapp mit dem Abgabetermin sind.
Um es auf den Punkt zu bringen: In dem Zustand, in dem sich der Text momentan befindet, sehen wir uns außerstande, ihn zu veröffentlichen. Wir vermissen eine spannende Handlung, der die Leserin atemlos und gebannt folgt, die nötige Romantik, Originalität und in gewisser Weise auch einen charismatischen Helden. Ich brauche Ihnen, liebe Frau Sander, ja nicht zu sagen, von welch immenser Wichtigkeit es ist, dass sich die Leserin mit derselben Intensität in den Protagonisten verliebt, wie es die Heldin tut. Nur so ist gewährleistet, dass man der Liebesgeschichte von Gregor und Ariane bis zur letzten Seite folgt.

Ich habe leider bereits an den letzten beiden Büchern feststellen müssen, dass es Ihnen im Laufe der Zeit immer mehr an dem Zauber mangelt, den wir so dringend benötigen. Ich hielt das zunächst für ein Formtief und wollte Sie aus diesem Grunde nicht unnötig beunruhigen. Nun scheint es mir aber dringend notwendig zu sein, dass wir uns einmal persönlich zusammensetzen, um über Ihre Zukunft beim Amor-Verlag zu sprechen. Schließlich würden wir Sie nur äußerst ungern als Autorin verlieren.

Mit den besten Wünschen,
Dr. Lydia Fuchs
Programmleitung

Bäng – das saß!

Als ich die Mail gelesen hatte, blieb ich zunächst regungslos auf meinem Stuhl sitzen. Mein Kopf war schlagartig leer. Alles, woran ich denken konnte, waren die Worte: »Sie als Autorin zu verlieren.«

Auch wenn ich vor Kurzem noch einen gewissen Anfall von Widerwillen gegenüber meiner Profession an den Tag gelegt hatte, so war es doch etwas vollkommen anderes, plötzlich um seine Einkünfte bangen zu müssen, weil der Auftraggeber nicht mehr mit dem Ergebnis meiner Tätigkeit zufrieden war.

»Was mache ich denn jetzt bloß?« Ich jammere am Abend in mein Kissen und versuche, die Tränen zu unterdrücken, die fließen möchten. Meine Lektorin bittet mich – nein, sie *zitiert* mich – ins Headquarter des Amor-Verlags nach München. Schlaflos wälze ich mich hin und her und überlege fieberhaft, was ich jetzt tun soll. Ich fühle mich total allein und hilflos. Aber ich mag um diese Uhrzeit auch niemanden anrufen, um mich trösten zu lassen. Schließlich bin ich ja kein kleines Kind mehr.

Andererseits: Wozu habe ich eigentlich einen Freund? Gilt das »In guten wie in schlechten Zeiten«-Prinzip nicht auch dann, wenn man nicht verheiratet ist? Ein Blick auf die Uhr sagt mir, dass es fast Mitternacht ist. Doch Ben geht selten vor ein Uhr nachts ins Bett, also wage ich einen Versuch. Auf seinem Festnetz meldet sich niemand, was ich ein wenig seltsam finde. Aber was soll's, vielleicht ist Ben noch spontan mit einem Freund unterwegs. Oder es gab mal wieder Probleme bei einem seiner zahlreichen Wochenend-Events, und der arme Kerl muss arbeiten. Ich versuche es also auf dem Handy, das Ben Tag und Nacht eingeschaltet hat.

Doch hier meldet sich – und das ist wirklich ungewöhnlich – eine Frauenstimme, die mir freundlich mitteilt: »The person you called is temporarily not available.« Noch nicht einmal die Mailbox ist an. Ich beruhige mich mit der Vorstellung, dass

a. Ben in einem Funkloch ist
b. sein Akku leer ist

c. er auf einer lauten Party arbeiten muss und das Telefon nicht hört.

Seufzend ziehe ich mir die Decke über die Ohren und versuche, ruhig zu bleiben. Immer schön positiv denken, ermahne ich mich, während ich überlege, ob eigentlich noch ein Schluck von dem Portwein da ist, den meine Eltern aus dem letzten Madeira-Urlaub mitgebracht haben. Aber Alkohol ist ja bekanntlich auch keine Lösung.

Ob ich noch Baldrian im Haus habe?

Müde und gleichzeitig hellwach schleppe ich mich in die Küche und öffne die Tür des Küchenschranks, die mir prompt auf den nackten Fuß fällt.

»Aua«, jammere ich und hüpfe auf dem eiskalten Steinfußboden hin und her. »Wieso, zum Teufel, habe ich eigentlich niemanden, der mir das verdammte Ding repariert?«, fluche ich in die sternklare Nacht. »Und du brauchst auch nicht so dumm zu grinsen.« Nun bekommt auch der Mond meine geballte Ladung Wut zu spüren.

Beleidigt wendet er sich ab.

Und ich wende mich meiner Apothekenschublade zu und krame dort nach einer Schlaftablette, weil ich offensichtlich vergessen habe, Baldrian zu kaufen.

2005, lese ich mit Blick auf das Verfallsdatum. Stimmt, da hatte ich mir die Pillen besorgt, um einen Flug nach New York zu überstehen, als Tinette und ich Inka bei ihrem damaligen Freund, einem erfolgreichen Broker, besucht hatten. Hm, ob die Tabletten noch gut sind? Und wenn nicht, was kann dann schlimmstenfalls passieren? Wirken sie einfach nicht, oder schlafe ich komatös wie Dornröschen und wache erst wieder auf, wenn mein Prinz sich durch die meterhohen Hecken kämpft und mich wach küsst?

Die zweite Variante stellt unter Berücksichtigung der momentanen Gegebenheiten ein gewisses Risiko dar. Denn Ben ist ja verschollen. Und woher soll er wissen, dass ich hier bald den Schlaf der Gerechten schlafen werde? Meine Freundinnen würden denken, dass ich spontan beschlossen habe, zu meinem Lover zu ziehen, und sich erst wundern, wenn sie drei Folgen *Doctor House* ohne mich sehen mussten und keiner mehr Pizza für sie backt. Wie ich es auch drehe und wende, es bleibt mir nichts anderes übrig, als unverrichteter Dinge wieder ins Bett zu gehen und zu hoffen, dass der Sandmann Mitleid mit mir hat.

Hat er leider nicht.

Um drei Uhr morgens beschließe ich, bei Ben auf dem Festnetz anzurufen und das Ganze als Notfall zu deklarieren. Ich kann ja behaupten, dass ich unerträgliche Bauchschmerzen habe. Dafür wird er sicher Verständnis aufbringen, und dann wird er kommen, mir einen Kamillentee kochen und meinen Bauch streicheln. Ich werde so tun, als ginge es mir allmählich besser, und mich dann in seine Arme kuscheln. Und wenn wir beide noch wach genug sind, werde ich ihm kurz erzählen, wie gemein Dr. Lydia Fuchs zu mir war. Aber nur, wenn wir wach genug sind. Wenn nicht, kuscheln wir eben noch ein wenig weiter, und ich erzähle ihm das Ganze morgen früh.

»Hier ist der Anrufbeantworter von Ben Hartmann. Im Augenblick bin ich leider nicht zu Hause …«

Den Rest kann ich mir denken.

Aber ich will keine Nachricht hinterlassen. Ich will Ben sprechen, und zwar SOFORT! Ich versuche es noch zweimal, doch die Anrufe bleiben unerwidert. Bedeutet die Tatsache, dass sein AB läuft, dass er bereits im Reich der Träume oder einfach immer noch nicht zu Hause ist? Oder schläft Ben vielleicht mit Ohrenstöpseln? Ja, das wird es sein! Ein Mann, der dermaßen viel zu tun hat und bei dem schnell mal die Nacht zum Tag wird (und umgekehrt), schläft sicher mit Ohrenstöpseln. Wenn nicht gar mit einer Schlafmaske! Dabei fällt mir auf, dass wir trotz aller Innigkeit bislang noch keine Nacht zusammen verbracht haben – kein Wunder, dass ich seine Schlafgewohnheiten nicht kenne. Ben wollte »es« bisher nicht überstürzen, weil wir uns ja noch nicht so lange und so gut kennen, und schüchtern, wie ich bin, wollte ich keine Abfuhr riskieren. Die Erinnerung an den zurückgewiesenen Kuss sitzt immer noch tief. Also haben wir bislang nur ein wenig geschmust, was mir an sich auch ganz gut gefiel. Schließlich haben wir ja alle Zeit der Welt! Seufzend lege ich mich wieder ins Bett und hoffe, dass ich wenigstens jetzt schlafen kann. Mittlerweile ist es vier Uhr morgens. Ob ich Doktor Lydia

Fuchs eine Mail schreiben soll, dass ich mitnichten daran denke, in München vor ihr zu Kreuze zu kriechen? Und dass sie gefälligst nach Hamburg kommen soll, wenn sie mir etwas zu sagen hat? Muss ich mir eine derartige Behandlung nach zehnjähriger Zusammenarbeit eigentlich gefallen lassen? Schließlich hat der Amor-Verlag bislang sehr gut an mir verdient.

Die Empörung bewirkt, dass jeder Rest von Müdigkeit verfliegt und ich wach bin. Was heißt hier überhaupt *das Wochenende frei gehalten, weil wir diesmal etwas knapp am Abgabetermin sind?* Was kann ich denn dafür? Ich für meinen Teil habe pünktlich abgegeben – mich trifft also (zumindest daran) keinerlei Schuld! Was die Kritikpunkte *wenig charismatischer Held* und *mangelnde Spannung und Romantik* betrifft, so muss ich bedauerlicherweise zustimmen. Ich bin manchmal beim Verfassen des Buches fast selbst eingeschlafen. Weshalb sollte es also meiner Erstleserin besser ergehen? Zumal sie pro Woche mindestens zehn Bücher dieser Gattung zu lesen hat. Auch kein schöner Job!

Für einen kurzen Moment tut Doktor Lydia Fuchs mir leid. Tagaus, tagein diesen ganzen Unsinn lesen, redigieren und begutachten zu müssen, das ist ein echtes Stück Arbeit. Und mit Sicherheit hat auch sie einmal davon geträumt, etwas vollkommen anderes zu machen. Wozu hat sie schließlich promoviert? Kann es sein, dass meine Lektorin und ich mehr gemeinsam haben, als wir es uns eingestehen würden?

Mit einem Schlag werde ich versöhnlich. Schließlich haben wir all die Jahre gut miteinander gearbeitet, und ich habe viel von ihr gelernt. Vielleicht sollte ich doch nach München fliegen und mit ihr besprechen, was ich tun kann, um meinen Liebesroman-Karren wieder aus dem Dreck zu ziehen und nicht in den vorzeitigen Ruhestand für Autorinnen gehen zu müssen.

Gleich morgen früh rufe ich sie an, nehme ich mir vor. Und dann schlafe ich erschöpft ein.

Am darauffolgenden Morgen rufe ich allerdings zuerst bei Ben an. Ich hatte einen seltsamen Traum von uns beiden, und ich kann nicht behaupten, dass mich diese Fantasien optimistisch in den neuen Tag starten lassen.

»Kann ich bitte Herrn Hartmann sprechen?«, frage ich seine Sekretärin und erhalte die unerquickliche Antwort, Ben habe sich den ganzen Vormittag noch nicht in der Agentur blicken lassen, und kein Mensch wisse, wo er stecke.

Ich bin irritiert. Wenn seine engste Mitarbeiterin nicht weiß, wo er sich herumtreibt, wer dann?

»Ganz ruhig«, murmle ich, während ich frischen Ingwer in eine Kanne heißen Wassers werfe. Ingwer enthält nicht nur viele Vitamine, er entgiftet auch hervorragend. Ob nur den Körper oder auch die Seele, weiß ich nicht, aber einen Versuch ist es auf alle Fälle wert.

Okay, dann rufe ich also im Verlag an.

»Lydia Fuchs«, tönt es mit strenger, dunkler Stimme, und für eine Sekunde denke ich, dass ich doch besser auf dem schriftlichen Weg mit ihr kommuniziert hätte. Dummerweise hat mein Telefon aber Rufnummernerkennung, also bleibt mir nichts anderes übrig, als mich tapfer in die Höhle des Löwen zu begeben.

»Nelly Sander hier«, melde ich mich und ärgere mich über das Zittern in meiner Stimme. »Ich dachte, ich melde mich mal ...«

Schweigen am anderen Ende der Leitung.

Ich war noch nie gut darin, Gesprächspausen auszuhalten, und neige dummerweise immer wieder dazu, mich in ebensolchen um Kopf und Kragen zu reden.

»Klar komme ich gern nach München. Wann würde es Ihnen denn am besten passen?«

Mist, verfluchter. So war das Ganze doch gar nicht gedacht! ANFÄNGERFEHLER!

Ich vernehme etwas, das wie das Rascheln von Papier klingt. Offensichtlich blättert meine Lektorin gerade in ihrem Terminkalender.

»Wie wäre es mit morgen?«, fragt sie, und mir bleibt kurz die Luft weg. Morgen schon? Plötzlich habe ich das Gefühl, dass mein Hals kratzt und sich Kopfschmerzen ankündigen. Bestimmt habe ich mir durch den Schlafmangel eine Erkältung zugezogen. Die sich – wenn ich in einem klimatisierten Flugzeug nach München fliege – mit Sicherheit binnen vierundzwanzig Stunden zu einer richtigen Grippe ausweiten wird. Ach, was sage ich, Grippe? Eine ausgewachsene Influenza. Wenn nicht gar die spanische Grippe, die immerhin mal viele Menschen das Leben gekostet hat, nicht nur in Spanien. Und damit möchte sich Doktor Lydia Fuchs doch mit Sicherheit nicht anstecken. Zumal sie ja noch diese vielen Romane lesen, redigieren und …

»Sind Sie noch dran?«, fragt sie nun in einem Tonfall, den man getrost als unwirsch bezeichnen kann.

»Ja, bin ich. Kein Problem, ich komme morgen. Momentan arbeite ich ja an nichts anderem«, antworte ich lahm und stelle zu spät fest, dass ich schon wieder einen kapitalen Bock geschossen habe. Es ist nie gut, einem Auftraggeber ehrlich zu sagen, dass er der einzige ist. Was bei Männern gilt, gilt auch für Menschen, die für die Vergabe von Jobs zuständig sind: Man muss ihnen immer das Gefühl geben, dass es noch Konkurrenz gibt.

»Gut! Informieren Sie mich doch bitte per Mail, mit welcher Maschine Sie kommen. Ich erwarte Sie.« Danach legt Frau Fuchs (ich finde, man kann den Doktortitel auch ruhig mal weglassen!) ohne jedes weitere Wort auf. Kein *Ich freue mich auf Sie!* oder *Wir sehen uns dann beim Mittagessen!*. Dann werde ich also augenscheinlich auch nicht abgeholt, sondern muss mich zusammen mit allen anderen in die muffige S-Bahn quetschen und vom Flughafen in die Münchner Innenstadt fahren.

Bevor ich mich in Ruhe an den Frühstückstisch setzen kann, muss ich erst mal ins Netz, um einen Flug zu buchen. Dummerweise gibt es noch jede Menge freie Plätze, sodass ich keine Ausrede habe, um morgen nicht im Verlag zu erscheinen.

Wenn wenigstens Ben sich endlich melden würde. Allmählich mache ich mir echte Sorgen: Autounfall? Blinddarmdurchbruch? Entführung? Das Klingeln des Telefons unterbricht meine immer düsterer werdenden Fantasien. Inka ist dran. Sie will wissen, wo ich stecke. Mist – ich bin ja momentan Hochzeitsplanerin. Von wegen, ich arbeite derzeit an nichts anderem. Wie hatte ich bloß die Schlosshochzeit von Gernot und Estella vergessen können?

»Bin gleich da«, flöte ich in den Hörer und esse mein Nutellabrot, so schnell ich kann. Auch wenn schnelles Essen, Weißbrot und Nutella in höchstem Maße ungesund sind. Aber heute kann ich auf derlei Feinheiten keine Rücksicht nehmen. Meine Nerven brauchen jede Nahrung, die sie bekommen können. Und außerdem gab's ja Ingwerwasser.

KAPITEL 9

Und noch mehr Mist!

»Guten Tag«, begrüßt mich Frau Doktor Lydia Fuchs und bedeutet mir mit einem Kopfnicken, an ihrem Besuchertisch Platz zu nehmen. Sie trägt ein eng sitzendes anthrazitfarbenes Kostüm, das graue Haar zu einem strengen Knoten geschlungen, und sieht mich wenig herzlich über den Rand ihrer Lesebrille an. Leider bin ich nicht allein mit meiner Lektorin, sondern sitze einer Art von Tribunal gegenüber, das gleich über meine Qualitäten als Autorin richten wird.

»Herrn Dr. Senftleben kennen Sie ja bereits.«

So freundlich wie möglich lächle ich den Verlagsleiter an. »Und das ist Sabine Winter, unsere neue Cheflektorin für den Bereich *Young at heart*, zu dem auch Ihre *Herzblatt*-Romane gehören.«

Ich nicke und frage mich, was das alles zu bedeuten hat. Keiner lächelt, keiner macht auch nur den kleinsten Scherz. Ich habe das Gefühl, etwas sehr, sehr Schlimmes getan zu haben.

Dr. Senftleben blickt mit sorgenvoller Miene auf ein Blatt Papier, das mit Zahlen vollgekritzelt ist.

Dann erhebt er sich und malt eine Art Kurve auf das Flipchart, das zur obligaten Grundausstattung eines jeden Konferenzraums gehört. Interessiert verfolge ich seine Zeichenkünste und überlege, was das alles mit mir zu tun haben könnte.

Fünf Minuten später weiß ich es. Es handelt sich um ein Diagramm meiner Absatz- und Verkaufszahlen. Und selbst ich als Laie in diesen Dingen finde, dass das alles gar nicht gut aussieht.

Mist!

Seit meinem vorvorletzten Roman geht es – hier steht es rot auf weiß – eindeutig bergab. Noch nicht direkt mit mir, aber das wird unweigerlich bald der Fall sein. Ich bin eine Liebesromanautorin, die ihre besten Zeiten offensichtlich hinter sich hat. Zu dumm nur, dass ich mit fünfunddreißig Jahren eigentlich zu jung für einen derartigen Karriereknick bin.

Während im Raum betretenes Schweigen herrscht, rotiert es in meinem Kopf: Was genau soll ich sagen? Was erwartet man jetzt von mir?

Sabine Winter nimmt mir die Arbeit ab: »Liebe Frau Sander. Sie sehen selbst, dass die *Herzblatt*-Reihe nicht mehr ganz unseren Erwartungen gemäß läuft. Im ersten Quartal des Jahres haben wir im Schnitt ein Drittel weniger abgesetzt als in den vergleichbaren Zeiträumen zuvor. Ihre Zahlen sind zwar immer noch recht beachtlich (Irre ich mich, oder hat

Dr. Senftleben gerade gehüstelt?), bleiben aber dennoch weit hinter unseren Erwartungen zurück.«

Ich kann nichts anderes tun, als stumm dazusitzen und auf meine Schuhspitze zu starren. Wann habe ich meine cremefarbenen Stiefeletten eigentlich das letzte Mal zum Schuster gebracht?, überlege ich, während ich auf den Richterspruch und das damit verbundene Strafmaß warte. Wieso habe ich eigentlich keine Anwältin an meiner Seite? Oder zumindest eine Pflichtverteidigerin?

»Und was wollen wir jetzt tun?«, frage ich leise. Denn nur, um mir das hier um die Ohren hauen zu lassen und bei Kaffee mit Dosenmilch (die Zeiten, in denen man mir Cappuccino und Muffins angeboten hat, scheinen auch vorbei zu sein) herumzusitzen, bin ich nicht so früh aufgestanden und nach München geflogen.

»Könnten Sie sich vorstellen, unter einem anderen Pseudonym zu schreiben und etwas mehr in Richtung junge, freche Frauen zu gehen?«, fragt Sabine Winter.

Junge, freche Frauen? Was genau meint sie damit?

»Ich denke, dass unsere *Young-at-heart*-Leserinnen heutzutage einfach mehr erwarten als die romantischen, hoffnungslos verkitschten Klischees, die wir ihnen zu lesen geben. Unsere Zielgruppe will junge, frische Stoffe und sich bei der Lektüre nicht nur in die Liebesgeschichte hineinträumen, sondern auch lachen. Sie will modernere, realistischere Heldinnen mit hohem Identifikationspotenzial, im Stil von *Bridget Jones* oder *Der Teufel trägt Prada*, wenn Sie wissen, was ich meine.«

Ich nicke. Natürlich weiß ich, was Sabine Winter meint. Ich lebe ja nicht auf dem Mond. Was ich nicht weiß, ist allerdings, ob ich die richtige Person bin, um solche Bücher zu schreiben. Schließlich hänge ich irgendwie an meinen Vorstellungen und mag es momentan gar nicht, dass diese als »verkitschte Klischees« bezeichnet werden.

»Und was wird dann aus den *Herzblatt*-Titeln?«, erkundige ich mich. Keine Ahnung weshalb, aber plötzlich liegt mir meine Buchreihe wieder sehr am Herzen. Schließlich waren wir lange Jahre ein gutes Team. Sie war ein wichtiger Teil meines Lebens.

»Die werden wir vorläufig erst einmal aussetzen«, antwortet Lydia Fuchs.

Aussetzen …

»Ich würde vorschlagen, dass wir gleich nach nebenan in mein Büro gehen, ich Ihnen einige Romane dieses Genres mitgebe, die wir als Lizenz in Amerika eingekauft haben, und dazu Manuskripte von Kolleginnen, die bereits erfolgreich in diesem Bereich arbeiten. Die nehmen Sie mit nach Hause, lesen sie in aller Ruhe durch und überlegen, ob Sie es sich zutrauen, in diesem Stil zu schreiben. Andernfalls …«

Andernfalls war's das mit meinem Job, beende ich den Satz für mich. Na toll!

»Klingt gut«, sage ich tapfer zum Abschied in die Runde. Minuten später verlasse ich, schwer beladen mit Büchern und viel Papier, das Verlagsgebäude und überlege, wie ich das alles unfallfrei zum Flughafen transportieren soll. Ich bin hungrig und frustriert und neben meinem beruflichen Dilemma auch immer noch in Sorge um Ben. Oder vielmehr um Ben und mich. Alles, was ich bislang von ihm gehört habe, war eine lapidare SMS, in der er mir mitgeteilt hat, dass er unerwartet weg muss, allerdings ohne nähere Angabe des geplanten Zeitraums oder Ortes.

In solchen Momenten hilft bisweilen Powershopping, was sich in einer Stadt wie München auch absolut anbieten würde. Aber zum einen weiß ich nicht, wohin mit meinen »Junge, freche Frauen«-Manuskripten, und zum anderen habe ich im Laufe der Zeit gelernt, dass ich diese Frustkäufe fast immer bereue. Wenn man die Beute (zumeist Kleidung) später aus dem Schrank holt, ruft sie unweigerlich den Moment beziehungsweise die Stimmung wach, in der man sie gekauft hat. Und wer wird schon gern nachhaltig an Momente der Niederlage erinnert und will dieses Gefühl sogar am Körper tragen? Also beschließe ich stattdessen, tapfer zu sein und die Dinge positiv zu sehen. Was ist denn schon passiert? Mein Freund musste weg, hat sich aber immerhin verabschiedet, und ich habe einen beruflichen Dämpfer bekommen. Einen Dämpfer, jedoch mit der Option, etwas Positives daraus zu machen. Wer weiß? Vielleicht macht es mir ja sogar Spaß, diese *Romantic Comedys* zu schreiben. Und vielleicht bekomme ich dann ja auch mal ein etwas zeitgemäßeres Pseudonym als *Liane Herzblatt.*

Und so vertreibe ich mir während der S-Bahn-Fahrt zum Flughafen die Zeit damit, neue Namen zu überlegen und darüber zu grübeln, was eigentlich mit Ben los ist. So ganz in Ordnung finde ich sein Verhalten nämlich nicht.

In diesem Moment klingelt mein Handy.

»Wie war deine Besprechung?«, will Tinette wissen, und ich freue mich, dass sich wenigstens einer dafür interessiert, wie es mir geht. Ich erzähle ihr in knappen Worten, was Sabine Winter vorgeschlagen hat, und Tinette reagiert genau so, wie man es sich von einer guten Freundin wünscht. Sie fragt: »Magst du vorbeikommen und mir alles erzählen?«, und ich stimme sofort zu.

»Ist zwar kein selbst gemachter Boden, aber der Belag stammt von mir«, erklärt Tinette, als sie eine riesige Pizza vom Blech nimmt. Ich bin gerührt. Meine Freundin hat sich tatsächlich aufgerafft und mir eine »Kleeblatt« gebacken, obwohl sie normalerweise bereits Probleme mit dem Auftauen von Fertiggerichten hat.

Während wir beide genüsslich essen (wirklich gut, wenn man einmal davon absieht, dass der Rand vollkommen verbrannt ist), erzähle ich vom plötzlichen

Verschwinden Bens und meiner Verlagspleite. Und natürlich davon, wie es dazu gekommen ist, dass Ben und ich nach dem Flop des ersten Rendezvous plötzlich ein Paar sind (oder auch schon wieder nicht mehr).

Tinette nickt in regelmäßigen Abständen und hört mir mit voller Aufmerksamkeit zu. So durchgeknallt sie manchmal auch ist, so sehr kann man sich in Krisenzeiten wie diesen auf sie verlassen.

»Wozu soll ich mich zuerst äußern?«, fragt sie, und damit habe ich Gelegenheit, meine Prioritäten zu ordnen und mich zu fragen, was mir momentan wichtiger ist: die Geschichte mit Ben oder meine berufliche Situation. Ich entscheide mich für den Beruf.

»Die gute Nachricht ist doch« – Tinette startet ihr Nelly-Aufbauprogramm – »dass sie dich nicht gleich abgeschossen haben, sondern dir eine Chance geben. Und zwar innerhalb eines Genres, das für den Verlag sehr wichtig zu sein scheint und in dem sie offensichtlich Entwicklungspotenzial sehen.«

Aus dieser Perspektive habe ich das Ganze noch gar nicht betrachtet.

»Und wenn ich dich in den vergangenen Monaten richtig beobachtet habe, hast du doch seit einiger Zeit selbst keine Lust mehr auf diesen ganzen Käse.«

Käse? Das ist aber nun doch ein bisschen hart!

»Auf diese Weise kannst du doch wunderbar ausprobieren, ob dir Komödien liegen, und wenn nicht, überlegst du dir eben etwas anderes. Vielleicht schreibst du endlich mal ein Buch, hinter dem du wirklich stehen kannst. Und zwar unter deinem eigenen Namen. Oder du stellst fest, dass du genug vom Schreiben hast und etwas vollkommen anderes machen möchtest. Zum Beispiel bei Inka einsteigen und Hochzeiten organisieren.

Und nun zu Ben«, fährt Tinette fort und setzt eine strenge Miene auf. »Ich finde, er macht einen sehr netten Eindruck, und alles, was du bislang von ihm erzählt hast, gibt mir keinen Anlass, misstrauisch zu sein. Ich an deiner Stelle würde erst einmal ganz ruhig abwarten, bis er sich meldet, und dann hören, was so wichtig war, dass er dir noch nicht einmal in aller Ruhe tschüs sagen konnte, geschweige denn Bescheid gibt, wann er wieder aufzutauchen gedenkt. Wenn dir dann etwas seltsam vorkommen sollte, ist immer noch Zeit genug, ihn zum Teufel zu schicken.«

Klingt gut und logisch, aber ... Wenn ich wüsste, dass er sich bald meldet, könnte ich mich ja auch entspannen und in buddhistischer Gelassenheit üben. Aber so ...

»Und was macht Dominic?«, frage ich, denn ich finde, wir haben nun lange genug über mich geredet. »Geht es ihm wieder besser?«

Tinette grinst von einem Ohr zum anderen. »Ja, alles bestens; außerdem hatte er auch noch eine ganz tolle Idee.«

Aha, da bin ich ja mal gespannt.

»Er hat Thomas darum gebeten, dass ich ihn für die Dauer der Dreharbeiten nach Cornwall begleite, weil ich angeblich eine so beruhigende Wirkung auf ihn habe.«

Seit wann hat Tinette eine beruhigende Wirkung auf Männer?, frage ich mich verwundert, weil ich kaum jemanden kenne, der eine erotischere Ausstrahlung hat als sie.

»Und wie hat dein Chef darauf reagiert?«, frage ich skeptisch, weil das bedeuten würde, dass Thomas Grabau endlich einmal selbst arbeiten müsste, anstatt nur »Kontakte zu pflegen«. Tinette kann ja kaum Urlaub machen, weil sie in der Agentur nahezu unabkömmlich ist.

»Wirklich begeistert war er nicht. Aber vor die Wahl gestellt, Dominics Vertrag für den Film auflösen zu müssen oder mich mal zehn Tage zu entbehren, hat er sich doch lieber für die Interessen der Agentur entschieden.«

Wow – Tinette fährt zu Dreharbeiten eines Rosamunde-Pilcher-Films. Ich bin fast ein wenig neidisch! Auch wenn es in den Augen mancher Leute kaum etwas Peinlicheres gibt, als sonntagabends vor diesen Filmen zu sitzen, so muss ich doch zugeben, dass ich es immer wieder wunderschön finde, die Darsteller dabei zu beobachten, wie sie durch Rosengärten lustwandeln, in gepflegten, wundervoll bepflanzten Parks stilvoll ihren *Afternoon Tea* einnehmen oder auf wildromantischen Klippen stehen und in die tosende

Brandung schauen. Wie sie im Oldtimer zwischen blökenden Schafherden durchfahren, während der sympathische Schäfer ihnen freundlich zulächelt und daheim eine gutherzige Haushälterin mit einer heißen Suppe wartet. Ich liebe diese scheinbar heile Welt und möchte zuweilen selbst in ihr leben. Auch wenn ich englisches Essen nicht mag.

»Und wie verheimlicht Dominic das vor seiner Frau?«, frage ich, da mir gerade wieder die Existenz der Gattin einfällt. Ein immerhin nicht ganz unwichtiges Detail.

»Die weiß natürlich nichts davon«, beeilt sich Tinette zu versichern. »Beziehungsweise interessiert sich auch nicht dafür. Sie ist sowieso nicht damit einverstanden, dass Dominic in einem solchen Film mitspielt, weil sie der Ansicht ist, dass er sich dadurch seine Theaterlaufbahn ruiniert.«

Kluge Frau, denke ich. Vielleicht sollte Dominic sie lieber nicht hintergehen? Auch wenn ich es Tinette natürlich gönne, dass ihr Traum wahr würde. So allmählich könnte sie auch ein bisschen mehr Glück mit den Männern haben, finde ich.

Ich beschränke mich an dieser Stelle auf ein vielsagendes »tja«, und dann gehen wir zum entspannten Teil des Abends über. Denn irgendwie bin ich zu verwirrt und erschöpft, um mich noch länger zu unterhalten. Alles, was ich jetzt will, ist, mich berieseln und unterhalten zu lassen. Also schauen Tinette und ich uns einen unserer absoluten Lieblingsfilme an. *Tat-*

sächlich Liebe mit den wundervollen Darstellern Hugh Grant, Emma Thompson, Alan Rickman und Liam Neeson. Wäre das Leben ein solcher Film – es wäre wunderschön!

KAPITEL 10

Magic Moment

Eine Woche später habe ich immer noch nichts von Ben gehört. Inka und Tinette haben mir strengstens verboten, es in seiner Agentur oder auf dem Handy zu versuchen. Auf dem Festnetz ertönt die ewig gleiche Ansage des Anrufbeantworters, immerhin eine Möglichkeit, zumindest seine Stimme zu hören. Ben ist entweder wirklich tot oder, zumindest was mich betrifft, gestorben. Ich bin unsäglich enttäuscht. Und todtraurig!

Wenn ich nicht damit beschäftigt bin, zusammen mit Viv die letzten Details der Husumer Schlosshochzeit zu organisieren oder die Manuskripte des Amor-Verlags zu sichten, stelle ich eine Liste mit Bens Eigenschaften zusammen, die mir den Abschied erleichtern soll.

pro	**kontra**
höflich	meldet sich nicht
charmant	unzuverlässig
klug	ist verschollen

zärtlich
sensibel
witzig
attraktiv

Wie viele Umschreibungen von »meldet sich nicht« will ich eigentlich noch notieren, um die rechte Seite der Liste länger werden zu lassen als die linke?

Ich beschließe, das Thema *Ben* vorläufig zu den Akten zu legen, denn es ist ja hinlänglich bekannt, dass viele Probleme sich in dem Moment wie durch Zauberhand von selbst lösen, in dem man loslässt.

Aber kann mir mal jemand verraten, wie man loslassen soll, wenn man ständig mit dem Gedanken beschäftigt ist, dass man loslassen sollte? Das ist wie mit dieser dummen Geschichte von den blauen Elefanten. Man hat noch nie zuvor in seinem Leben Veranlassung gehabt, sich über einen blauen Elefanten Gedanken zu machen. Sobald aber jemand zu einem sagt: »Denken Sie an alles, nur nicht an einen blauen Elefanten«, wird man hundertprozentig an nichts anderes mehr denken als an blaue Elefanten.

So denke ich also die ganze Zeit daran, dass ich nicht an Ben denken soll. Nur dann wird er wieder in meinem Leben auftauchen, und alles wird gut werden.

Na ja, nicht alles, denn meine zweite Baustelle, die jungen, frechen Frauen, hat sich auch noch nicht erledigt. Ich habe zwar mit höchstem Vergnügen alle Bücher gelesen und Sabine Winter mitgeteilt, dass ich sie bis auf wenige Ausnahmen für amüsant halte, aber bislang ist es mir nicht gelungen, etwas zu Papier zu bringen, das auch nur ansatzweise mit den Texten der Kolleginnen vergleichbar wäre. Vermutlich liegt es daran, dass ich zurzeit, was Liebesdinge betrifft, nicht gerade bester Stimmung bin. Andererseits sind das die Protagonistinnen dieser Buchgattung auch selten, und ich schätze, das ist genau das, was Sabine Winter mit *Identifikationspotenzial* meinte. Ich ertappe mich gelegentlich bei dem Gedanken, mich hemmungslos meiner unmittelbaren Realität zu bedienen und all das aufzuschreiben, was mir und meinen beiden besten Freundinnen im Laufe der Jahre im Zusammenhang mit Männern passiert ist. Damit könnte ich locker mindestens zehn Bände dieser Reihe füllen und wüsste, dass jeder neue Tag Nachschub liefern würde.

Doch natürlich bringe ich es nicht übers Herz, unsere gesammelten Pleiten, Pech und Pannen als Romanstoff zu verarbeiten. Schließlich wurde all das schmerzhaft erlebt und erlitten. Also muss ich mir etwas anderes einfallen lassen, denn ich habe noch exakt drei Wochen Zeit für ein Exposé und ein zwanzigseitiges Probekapitel. Drei Wochen Zeit, um meine Existenz zu sichern und meine Karriere zu retten …

Zwei Tage später sitze ich an meinem PC, Rosamunde zu meinen Füßen, und Tränen tropfen auf die Tastatur. Wenn ich so weitermache, verursache ich einen Kurzschluss in der Elektronik.

Er war wie durch Zauberhand in ihrem Leben aufgetaucht und auf dieselbe Art wieder daraus verschwunden …

Hilfe, der Countdown läuft, und ich bringe nichts anderes zustande, als mich in Liebeskummer zu suhlen. Und das merkt man meinen Texten an. Ben hat sich gemeldet. Er ist wieder mit seiner Exfreundin Tanja zusammen, die ihn verlassen hatte, kurz bevor wir uns auf dem Isemarkt begegnet waren. Tanja war der Grund, weshalb er sich überhaupt mit mir treffen wollte, und ebenfalls der Grund, weshalb wir noch nie eine Nacht zusammen verbracht hatten. Wie sich herausstellte, hat unsere dreiwöchige Liaison dazu beigetragen, dass sie wieder Interesse an ihm gefunden hat. Na, wie schön, dass ich dem jungen Glück auf die Füße geholfen habe, denke ich missmutig, während ich den dritten Blaubeermuffin in mich hineinstopfe. Eigentlich mag ich keine Blaubeeren, aber die Schokoversion war gerade alle.

MEIN GOTT, HABE ICH SCHLECHTE LAUNE!

Ich muss dringend etwas gegen meine aufkeimende Depression unternehmen. Mit tränenverhangenen Blicken schaue ich aus dem Fenster. In mir ist es grau, wenn nicht gar anthrazitfarben, und draußen ist es so quietschhell, dass es schon fast in den Augen schmerzt. Vielleicht sollte ich lieber mal an die frische Luft, anstatt tonnenweise Kleenex zu verbrauchen und mir selbst leidzutun. Vielleicht sollte ich auch mal wieder Fahrrad fahren? überlege ich, weil ich keine Lust habe, spazieren zu gehen. Bei *Alternative Weddings* gibt es momentan nichts für mich zu tun. Die Hochzeit ist komplett organisiert und findet am Samstag statt, also in drei Tagen. Bis dahin muss ich mir allerdings noch etwas zum Anziehen gekauft haben, denn eine genaue Inspektion des Kleiderschranks hat ergeben, dass ich auf Events dieser Art nicht eingestellt bin. Was daran liegen mag, dass ich so gut wie nie aus dem Haus gehe, es sei denn, ich treffe mich mit Inka und Tinette.

Vielleicht sollte ich mal einen Abstecher zu meiner Lieblingsboutique *Elfenreich* am Gänsemarkt machen? Von Eppendorf aus ist das nicht so weit, und auf dem Rückweg kann ich noch im *Café Schöne Aussichten* reinschauen und mich dort auf die Terrasse setzen.

Nachdem ich mich im Eilverfahren restauriert habe, wuchte ich mit letzter Kraft das Fahrrad aus dem Keller. Die Treppe ist so steil, dass ich mir sicher den Hals brechen werde, wenn hier etwas schiefgeht. Doch es geht nichts schief, zumindest nicht in diesem Augenblick.

Aber dafür etwa fünf Minuten später, als ich schwungvoll um die Ecke des Abendrothwegs biege und – wie auch immer das passieren konnte – mit einem entgegenkommenden Fahrradfahrer kollidiere.

»Hoppla«, tönt es mir entgegen, während ich zu Boden gehe und unsanft, vor allem aber unelegant, auf dem Hintern lande. Neben mir fällt scheppernd mein fahrbarer Untersatz um, zeitgleich mit dem des Unfallverursachers. Oder bin ich etwa schuld gewesen?

Nachdem ich mir darüber klar geworden bin, dass es keinen Sinn macht, länger mit verrenkten Beinen auf dem Bürgersteig zu verweilen, rapple ich mich hoch und klopfe mir ein wenig Laub von der Kehrseite. Dann blicke ich in die schönsten braunen Augen, die ich je gesehen habe. Meine Knie zittern, als würden sie einen Wettbewerb gewinnen wollen, und ich klammere mich am Lenkrad meiner *Loreley* (Das ist der Kosename für mein Rad!) fest. Die schönsten Augen unter Gottes Himmelszelt mustern mich intensiv, und für einen kurzen Moment denke ich, das ist MAGIE!

»Alles in Ordnung mit Ihnen?«, erkundigt sich der Braunäugige und nimmt meine Hand. »Sie sehen ein wenig blass aus. Soll ich Sie zu einem Arzt bringen?«

Einem Arzt? Ich bin verwirrt. Wenn hier jemand gebraucht wird, dann ein Priester, damit er uns auf der Stelle trauen kann.

»Danke, geht schon«, höre ich mich murmeln und versuche, so ungerührt wie möglich zu wirken. »Aber was ist mit Ihnen? Sie haben ja auch ganz schön was abbekommen«, ergänze ich, auf das Knie meines Unfallgegners weisend.

Und dann wandert mein Blick von seiner Hose zu seinem Fahrrad. Ich sehe erst ein Mal hin und dann ein zweites und drittes Mal, nur zur Sicherheit: Der Drahtesel ist doch tatsächlich weiß. Ein edler Ritter auf einem weißen Pferd – ob das ein Zeichen ist?

»Darf ich mich vorstellen? Wolfhard von Sandersdorf«, vernehme ich wie in Trance und glaube, mich verhört zu haben. Ich selbst heiße ja Sander.

»Und Sie sind?«, fragt der Mann mit dem langen und meinem so ähnlichen Namen, und ich bin weder in der Lage, mich zu rühren, noch, etwas Intelligentes zu sagen. Was bei mir in Situationen, in denen es darauf ankommt, ja leider nicht ungewöhnlich ist. Hoffentlich denkt dieser Wolfhard, dass ich noch unter Schock stehe und deshalb keinen einzigen klaren Satz formulieren kann.

»Ich denke, Sie stehen noch unter Schock«, sagt Wolfhard in diesem Moment besorgt und sieht mich ernst an. »Was halten Sie davon, wenn wir auf einen Sprung zu mir gehen, ich Ihnen einen Tee koche und wir dann entscheiden, ob Sie nicht doch besser einen Arzt konsultieren?«

Ich nicke stumm und lasse mich von ihm führen wie ein kleines Kind an der Hand der Mutter. Auch wenn diese mir eingeschärft hat, niemals mit fremden Männern in deren Wohnung zu gehen, aber in diesem Fall mache ich mal eine Ausnahme! Zwei

Hausnummern weiter befinde ich mich im Treppenhaus einer alten Stadtvilla und erklimme knarrende Holzstufen. Wie gut, dass dieser Mann nicht im vierten Stock wohnt, denn es gibt keinen Fahrstuhl. Immer noch schweigend, folge ich ihm in eine geräumige Wohnung (vier Zimmer oder gar fünf?) mit gewachsten Dielenböden, Stuck, so weit das Auge reicht, und Hamburger Fußleisten. Dass ich in diesem Moment derlei Details wahrnehme, wundert mich selbst. Als mein Blick auf einen Kachelofen der Jahrhundertwende fällt, ist es endgültig um mich geschehen. Diese Wohnung ist ein Traum und der Mann vermutlich auch. Weshalb sollte er sonst wohl hier wohnen? Dass in der gemütlichen Wohnküche ein wunderschöner antiker Kronleuchter hängt, wundert mich beinahe nicht mehr. Auch nicht, dass dort ein altes Büfett steht. Den Tee bewahrt mein Gastgeber in alten Apothekergläsern auf. »Was halten Sie von Rosmarin?«, fragt er und deutet auf das umfangreiche Teesortiment. »Rosmarin fördert die Durchblutung, und das kann in einer Situation wie dieser nur hilfreich sein, oder?«, schlägt er fürsorglich vor und platziert mich auf einen Stuhl. Ich persönlich finde mich bereits ausreichend durchblutet, mein Gesicht müsste mittlerweile die Farbe eines Granatapfels haben.

»Ich liebe Rosmarin«, hauche ich.

»Schön.« Wolfhard lächelt und lässt Wasser in einen silberfarbenen Kessel laufen. Natürlich benutzt er keinen profanen Wasserkocher wie ich und vermutlich der gesamte Rest der Menschheit.

»Darf ich mich für einen Moment entschuldigen? Ich würde mich gern unkleiden«, sagt er, die Höflichkeit in Person, und ich nicke huldvoll. *Umkleiden*. Dieses Wort klingt so wunderbar antiquiert.

»Aber selbstverständlich. Gehen Sie nur; ich komme allein zurecht.« Was nicht so ganz stimmt, denn eine Minute später beginnt der Kessel bedrohlich zu pfeifen und Dampf auszustoßen. Ob ich irgendetwas damit tun sollte? Zum Beispiel, ihn vom Herd (natürlich Gas!) nehmen? Vorsichtig nähere ich mich dem schmauchenden Ungetüm, strecke die Hand aus und verbrenne mich binnen Sekunden am heißen Dampf.

»Aua, Mist, verfluchter!«, entfährt es mir wenig damenhaft, und just in diesem Moment steht Wolfhard dummerweise wieder in der Tür. Hoffentlich hat er das nicht gehört. Mit geübter Bewegung nimmt er den Kessel von der Platte (Das Geheimnis ist, sich dabei mit einem Geschirrtuch zu schützen, aha!) und gießt das siedende Wasser in eine Porzellankanne, die so dünnwandig ist, dass ich fürchte, sie werde der Hitze nicht standhalten. Doch sie hält. Das Rosenmuster und ein zarter Goldrand deuten darauf hin, dass es sich hierbei ebenfalls um eine Antiquität handeln muss. Wolfhard stellt eine Sanduhr auf den blank polierten Holztisch und erklärt, dass der Tee zehn Minuten ziehen muss. Ich bin beeindruckt. Ich bin in dieser Hinsicht mehr so der »Pi-mal-

Daumen«-Typ. Als Nächstes holt Wolfhard eine Blechdose aus dem Büfett und drapiert eine Auswahl an Keksen und Petit Fours auf einem silbernen Teller.

»Ein bisschen Zucker kann doch auch nicht schaden, oder?«, fragt er und lächelt. Ich lächle zurück. Nach der Blaubeermuffin-Orgie sollte ich eigentlich nichts Süßes mehr essen, sonst springt mein Insulinspiegel im Dreieck. Aber was soll's? Oder wäre es an dieser Stelle damenhafter abzulehnen? Ich erinnere mich an eine Stelle aus *Vom Winde verweht*, in der Mammy Scarlett einschärft, auf der Gartenparty von Ashley Wilkes nur ja nicht zu viel zu essen, weil das unfein sei.

»Danke, sehr reizend von Ihnen, aber für den Moment bleibe ich bei Tee«, entgegne ich und wundere mich, weshalb ich plötzlich ein Wort wie *reizend* benutze. Aber schließlich verfügt die deutsche Sprache doch über mannigfaltiges Vokabular. Warum also nicht einfach mal was Neues?

»Und wie ging es dann weiter?«, fragt Inka neugierig, als ich ihr abends am Telefon von meiner Begegnung mit Wolfhard von Sandersdorf erzähle.

»Wir sind für morgen Abend verabredet und gehen in die Kunsthalle«, entgegne ich und kann immer noch nicht fassen, was mir da widerfahren ist.

»In die Kunsthalle?«, fragt Inka verwundert, vermutlich weil sie diejenige von uns dreien ist, die am liebsten ihr halbes Leben in Museen, Galerien, im Theater oder in Konzerten verbringen würde.

»Wir sehen uns die *Seestücke*-Ausstellung an«, ergänze ich – zugegebenermaßen ein wenig stolz. So eine Neuigkeit hatte ich schon lange nicht mehr zu verkünden.

»Soll ich dich vorher noch ein bisschen briefen?«, bietet Inka netterweise an, doch ich lehne entschieden ab. Ich werde doch wohl in der Lage sein, zusammen mit diesem Mann in eine Ausstellung zu gehen, ohne dass ich zuvor meine Freundin um Hilfe bitten muss!

»Achte auf alle Fälle auf die wunderbaren Bilder von Gerhard Richter im zweiten Teil der Ausstellung. Etwas Schöneres zum Thema Meer habe ich bislang kaum gesehen. Da können selbst die Objekte von Anselm Kiefer nicht mithalten. Und neben diesem Raum hängen übrigens die acht Bilder des Zyklus S., die Richter selbst nach Fotografien seiner jungen Frau mit ihrem Neugeborenen gemalt hat.«

Aha, denke ich und werde tatsächlich ein wenig neugierig. Gerhard Richter. Ich fürchte, da klafft tatsächlich eine klitzekleine Lücke in meinem Allgemeinwissen. Vielleicht sollte ich lieber Inka an meiner Stelle schicken?

»Was macht dieser Wolfhard denn beruflich?«, erkundigt diese sich weiter. Die Tatsache, dass ich einen Mann kennengelernt habe, der mit mir eine Ausstellung besuchen will, scheint sie zu beschäftigen.

»Keine Ahnung«, antworte ich wahrheitsgemäß,

denn ich habe ja nicht den gesamten Rest des Tages in Wolfhards (pardon, in Herrn von Sandersdorfs – wir siezen uns ja noch) Wohnung verbracht. »Aber wenn es dich beruhigt, rufe ich gleich an, sobald ich zu Hause bin, und erzähle dir alles«, lache ich und stelle fest, dass sich mein Liebeskummer von heute Morgen auf wundersame Weise verflüchtigt hat. Und ich registriere, dass ich nervös bin.

Eine halbe Stunde später sitze ich gebannt vor meinem Laptop, allerdings nicht, um zu schreiben. Nein, ich google, was mir über die Künstler der Ausstellung in die Finger kommt, allen voran alles über Gerhard Richter. Und ich stelle fest, dass ich das ungeheuer spannend finde.

Was zieht man zu so einer Ausstellung eigentlich an? Ich würde furchtbar gern *sophisticated* aussehen, ein Ausdruck, den ich liebe und häufig in meinen Büchern verwende. Nachdenklich stehe ich vor meinem Kleiderschrank. Schwarz ist natürlich immer eine sichere Bank, um geheimnisvoll und intellektuell zu wirken. Vielleicht sollte ich dem Anlass entsprechend auch auf meine Kontaktlinsen verzichten und stattdessen die dunkle Hornbrille tragen? Während ich meinen schwarzen Rock entfussle (anscheinend hat sich Rosamunde darauf gewälzt), klingelt das Telefon. Und kurz darauf springt mein Anrufbeantworter an. Durch die abendliche Stille erklingt Bens Stimme, der mich um einen Rückruf bittet.

Ich denke nicht im Traum daran. Was soll der Anruf überhaupt? Will Tanja ihn nun doch nicht mehr, und jetzt bin ich wieder interessant? Nicht mit mir! Dieses Kapitel ist nach dem zweiten gescheiterten Versuch für mich beendet. Und diesmal endgültig, gemeinsame Kindheitserinnerungen hin oder her …

KAPITEL II

Hochzeitsglocken

Am Samstagmorgen klingelt mein Wecker zu einer mehr als unchristlichen Uhrzeit. Ich taste im Halbschlaf nach dem Übeltäter und mache seinem lästigen Piepen den Garaus. Dann versuche ich, zur Besinnung zu kommen, und überlege, wo ich bin, wie ich heiße und was als Nächstes auf dem Programm steht. Schließlich fällt es mir wieder ein: Heute ist der Tag, an dem Gernot und Estella sich in Husum das Jawort geben. Und ich bin frisch verliebt! WOLFHARD ist (bis auf seinen Vornamen) der tollste Mann, der mir je begegnet ist. Genau die Art von Mann, über die ich für den Amor-Verlag schrieb, als ich noch ein Gespür für charismatische Helden hatte, in die sich Protagonistin und Leserin (nebst Doktor Lydia Fuchs) gleichermaßen verliebt haben.

Beschwingt von diesen Erkenntnissen, hüpfe ich aus dem Bett, schmuse eine Runde mit meiner Katze und putze mir summend die Zähne. Ach, Wolfhard!

Ich bin derart in meine Träumereien versunken, dass ich beinahe vergesse, mich zu duschen und anzuziehen. Während ich mich dann schließlich doch noch *ankleide,* verweilen meine Gedanken so intensiv bei Wolfhard, als hielte er diese bei sich gefangen. Wie schade, dass ich keine Ahnung habe, wann (und ob) ich ihn das nächste Mal sehe. Denn nach unserem Abschied vor meiner Haustür war er, ohne ein weiteres Wort zu sagen, gegangen. Keine besonders befriedigende Situation für einen ungeduldigen Menschen wie mich. Wenn es nach mir ginge, säßen wir bereits im Flugzeug und wären auf dem Weg nach Paris.

Eine halbe Stunde später hupt es auf der Straße. Es sind Inka und Viv, die mich abholen. Ich bin froh, dass Viv am Steuer sitzt, denn Inka neigt zuweilen zum Verkehrsrowdytum. Ich bin immer wieder entsetzt, wie offensiv sie manchmal fährt und über welch ein Vokabular sie verfügt, wenn sie sich über einen anderen Autofahrer ärgert, was ziemlich häufig vorkommt.

»Wow«, ist alles, was Inka sagen kann, als sie meiner ansichtig wird. Das ist allerdings auch das Minimum, denn ich habe ein kleines Vermögen beim Friseur, der Kosmetikerin und zu guter Letzt bei *Elfenreich* gelassen, wo ich schließlich mein absolutes Traumkleid gefunden habe. Zu schade, dass Wolfhard mich jetzt nicht sehen kann. Und zu schade, dass ich aller Voraussicht nach bald vollkommen pleite sein werde, weil ich immer noch keine einzige Seite meiner *Romantic Comedy* geschrieben habe.

Was Wolfhard wohl gerade macht?

Seufzend nehme ich auf der Rückbank Platz und kraule Inka zur Begrüßung kurz den Nacken.

»Du siehst wirklich atemberaubend aus«, sagt nun auch Viv und lächelt anerkennend in den Rückspiegel.

»Das Kompliment kann ich nur an euch beide zurückgeben«, entgegne ich gut gelaunt und setze meine Sonnenbrille auf. Die Sonne strahlt vom Himmel, als plante sie, eine Sondervorstellung für das Brautpaar abzugeben.

Zwei Stunden später halten wir vor dem Nordportal der Husumer *Marienkirche*. Die Trauung beginnt in einer knappen Stunde. Rasch überprüfen wir, ob die ortsansässige Floristin auch alles zu unserer Zufriedenheit geschmückt hat und ob die Blumenkinder später ausreichend mit frischen Rosenblüten versorgt sind.

»Warum seufzt du denn ständig?«, fragt Inka und grinst. »Sind das die Nachwirkungen deiner Verabredung mit Wolfhard?«

»Ich fürchte, ja«, antworte ich und – seufze erneut. (Das muss ich mir dringend abgewöhnen!)

»Komm, du kleine Seufzerbrücke. Lass uns zum Pastor gehen. Ich muss noch kurz mit ihm klären, ob der Organist auch weiß, wann er sein *Ave Maria* zum Besten geben soll.«

Willig lasse ich mich von meiner Freundin mitschleifen, randvoll von romantischen Gefühlen, die mich angesichts dieser wunderschönen Kirche überfluten. So wünsche ich mir meine Hochzeit auch! Ob ich wohl jemals in diese Situation kommen werde? *Nelly von Sandersdorf.* Wie traumhaft das klingt! Und ich müsste mich auch kaum umgewöhnen, was den Nachnamen betrifft. Ich bekäme lediglich ein adliges »von« (gibt weiß Gott Schlimmeres) und ein »Dorf« dazu. Irre ich mich, oder sind Wolfhard und ich füreinander bestimmt? »Grüß Gott, ich bin der Max, Trauzeuge vom Gernot. Und eine von euch beiden muss Inka, die Hochzeitsplanerin, sein«, ertönt es auf einmal neben uns, und wir drehen uns synchron um. *Grüß Gott* ist nicht gerade die Begrüßungsformel, die bei uns im hohen Norden üblich ist. »Ich bin Inka«, sagt meine Freundin, die plötzlich aussieht, als wäre ihr die Jungfrau Maria persönlich erschienen.

»Und ich bin Nelly, ebenfalls von *Alternative Weddings*.«

Vor uns steht ein aschblonder, gut gebauter, baumlanger Kerl mit sonnengebräuntem Gesicht, das von sympathischen Lachfältchen durchsetzt ist. Inka starrt ihn weiter an und ist nicht fähig, etwas zu sagen oder sich zu rühren. Also muss ich wohl an ihrer Stelle die Initiative ergreifen. »Wenn Sie Max sind, dann übergeben Sie mir am besten gleich die Ringe, bevor wir sie vergessen und das Brautpaar am Ende ohne sie dasteht.«

»Gute Idee«, stimmt Max mir zu und nestelt in den Taschen seines … Irre ich mich, oder ist das tatsächlich ein Trachtensakko?

»Ah, da sind sie ja.« Der Trauzeuge strahlt und übergibt ein kleines, satinbezogenes Kästchen an Inka, deren Hände derart zittern, dass zu befürchten steht, die Ringe könnten gleich auf dem Boden landen. Was ist denn auf einmal mit meiner Freundin los?

Und dann weiß ich es: Der Mann ist offensichtlich Österreicher, und wenn er nicht ausgewandert ist und im Hamburger Exil lebt, fällt er damit genau in Inkas Beuteschema. O nein, denke ich und versuche, Näheres in Erfahrung zu bringen.

»Sie klingen ja nicht gerade so, als seien Sie an der Waterkant geboren?«, sage ich und wundere mich, weshalb ich plötzlich etwas von der WATERKANT fasle. Auch Inka sieht irritiert aus und nestelt nervös am Gurt ihrer Handtasche.

»Richtig«, stimmt Max mir strahlend zu. »Ich komme aus Österreich, wie man vermutlich unschwer hören kann.«

»Aus Wien?«, frage ich, in der Hoffnung, dass ich auf diese Weise Gelegenheit haben werde, Inka in der Stadt zu besuchen, die gleich nach Paris seit Jahren auf meiner Reise-Wunschliste ganz oben steht.

»Nein, tut mir leid, Sie enttäuschen zu müssen. Ich komme aus einem kleinen Dorf nahe Salzburg. Hallein.«

Hallein, äh … An dem Tag, an dem wir Österreich im Geografieunterreicht hatten, habe ich mit Sicherheit gefehlt. Sonst hätte ich selbstverständlich von der Existenz dieses Dorfes gewusst!

»Und woher kennen Sie Gernot?«, fragt nun Inka. »Haben Sie zusammen studiert oder so?«

Max lacht. »Erstens finde ich, dass wir uns duzen könnten« – (Inka nickt bestätigend, ich auch) – »und zweitens muss ich dich enttäuschen. Als Bergführer und Skilehrer braucht man kein Studium. Aber um deine Frage zu beantworten: Ich kenne Gernot und Estella vom Skilaufen. Estella hat einen Skikurs bei mir gemacht, als sie Gernot kennengelernt hat. Der ist nämlich ganz versessen aufs Snowboarden.«

Irgendwie kann ich mir den vergeistigten Bräutigam überall vorstellen, nur nicht auf Skiern, geschweige denn auf einem Snowboard. Dann schon eher Estella, auch wenn sie bei ihrer Körpergröße sicher Skischuhe aus der Kinderabteilung trägt. Aber wenn dieser Max das so sagt, wird es wohl stimmen. Ich finde es sympathisch, dass sich unter den Gästen demzufolge nicht ausschließlich Intellektuelle tummeln werden, wie ich befürchtet hatte.

Und dann ist es so weit: Durch einen Tränenschleier der Rührung beobachte ich gebannt, wie das Brautpaar die Ringe tauscht, vom Pastor gesegnet wird und sich schließlich küsst. Dabei nimmt Estella, die sich mächtig strecken muss, um an Gernot heranzureichen, dessen Gesicht so liebevoll und zärtlich zwischen ihre kleinen Kinderhände, dass aus meinen stummen Tränen beinahe ein lautes Schluchzen wird. Auch Gernot sieht sehr gerührt aus, ebenso wie Max (Ja, er trägt tatsächlich einen Lodenjanker!) und Astrid, Estellas Trauzeugin.

Auch Inka ist offensichtlich ergriffen, aber meines Erachtens eher vom Anblick des Trauzeugen als von dem des Brautpaars.

Nach den üblichen Honneurs und dem Posieren für die Hochzeitsfotos besteigen Gernot und Estella eine Kutsche und lassen sich von vier Schimmeln (sofort muss ich an Wolfhards Fahrrad denken) zum Husumer Schloss fahren, wo der Empfang und abends dann die Feier stattfindet. Der im Stil der niederländischen Renaissance erbaute Palast ist so wunderschön, dass mir der Atem stockt. Ich fürchte, ich bin ziemlich neidisch! Bevor das Brautpaar gemächlich gen Schlosspark trappelt, sehen Inka, Viv und ich im Café nach dem Rechten. Doch dort ist alles perfekt vorbereitet. Der Champagner befindet sich in silbernen Sektkühlern, die Cappuccino-Maschine ist einsatzbereit, und das Kuchenbüfett stellt alles in den Schatten, was ich bislang gesehen habe.

»Nelly, sind Sie es?« Auf einmal vernehme ich eine männliche Stimme dicht neben meinem Ohr. Ich drehe mich um und blicke unvermutet in die schokoladenfarbenen Augen von Wolfhard.

»Was machen Sie denn hier?«, frage ich, mehr als überrascht, und befürchte, einer Halluzination erlegen zu sein. Offensichtlich kann man es mit Sehnsuchtsfantasien auch übertreiben!

»Ich bin ein guter Freund von Gernot«, entgegnet Wolfhard.

Hm, vielleicht ist die vermeintliche Erscheinung ja doch real und kein Produkt meiner Wunschvorstellung? Um sicherzugehen, zupfe ich unauffällig am Ärmel seines Smokings. Er fühlt sich echt an.

»Und Sie? Was machen Sie denn hier? Ich dachte vorhin in der Kirche schon, dass Sie es sein könnten, war mir aber nicht ganz sicher, weil mir Astrids Hut immer im Weg war.«

Ja, Estellas Trauzeugin hat Husum ganz offensichtlich mit Ascot verwechselt und hat nun eine reale Chance, den Preis für den größten und auffälligsten Hut der Hochzeitsgesellschaft zu gewinnen.

»Ich helfe meiner Freundin Inka, die für die Planung hier verantwortlich ist«, beeile ich mich zu erklären, als eine attraktive Brünette auf Wolfhard zustöckelt und besitzergreifend ihre Hand auf seinen Arm legt.

»Da bist du ja, ich habe dich schon überall gesucht«, ertönt es in schriller Tonlage, und ich bin gespannt zu erfahren, wer die Dame ist, die sich das Recht herausnimmt, meinen zukünftigen Bräutigam so zu berühren.

»Darf ich bekannt machen? Das ist Lizzie van Düren, eine entfernte Cousine.«

Lizzie mustert mich unverhohlen von oben bis

unten. Bin ich froh, dass ich in einen Traum aus altrosa Chiffon gehüllt bin und so gut aussehe wie schon lange nicht mehr.

»Tut mir leid, Frau – ähem –, ich muss Ihnen Wolfhard jetzt entführen. Wir werden dort hinten erwartet.«

Wir werden dort hinten erwartet, äffe ich sie in Gedanken nach, während die beiden meinem Blickfeld entschwinden, weil sich just in diesem Augenblick die Hochzeitskutsche zwischen uns schiebt.

»Na, wie findest du ihn?«, fragt Inka, die wie aus dem Nichts aufgetaucht ist, und ich antworte: »Grandios!«

Zu spät bemerke ich, dass meine Freundin den Österreicher meint und nicht meinen weißen Ritter. Sie stimmt mir mit verträumter Stimme zu, und ich lasse sie gnädigerweise in dem Glauben, dass es Max ist, der mich so aus den Schuhen gehauen hat. Obwohl ich zugeben muss, dass ich ihn wirklich sympathisch finde, ganz im Gegensatz zu vielen anderen Männern, die Inka in der Vergangenheit angeschleppt hat. Wobei ich naturgemäß nicht alle kennengelernt habe. Wulfger aus Wuppertal, zum Beispiel, hatte es nie in unseren »Inner Circle« geschafft.

Einige Stunden, zwei Kuchenstücke und ein Glas Prosecco weiter beginnt die Hochzeitsfeier. Wir starten mit einem sensationellen Vier-Gänge-Menü, und ich ärgere mich, dass ich dem Gebäck nicht widerstanden habe. Und ich ärgere mich noch mehr, dass

Wolfhard nicht an meinem Tisch platziert wurde, sondern am anderen Ende des Saals. Während die Hochzeitsgesellschaft nach ihren Namenskarten Ausschau hielt, war ich für einen klitzekleinen Moment versucht, etwas an der Tischordnung zu ändern. Schließlich wäre ich als Mitarbeiterin von *Alternative Weddings* durchaus dazu in der Lage gewesen. Aber dann hätte ich ihn von seiner Cousine trennen müssen, und das wäre mit Sicherheit aufgefallen. Ob die beiden ein Paar sind? Ich durchforste mein Gehirn nach allem, was ich über das Verhältnis von nahen und entfernten Verwandten weiß. Doch ich fürchte, dass eine *entfernte* Cousine entfernt genug ist, um nicht als inzestuös zu gelten. Wie auch immer, ich werde schon noch herausfinden, wie die beiden zueinander stehen!

Mein Tischnachbar zur Linken ist ein distinguierter älterer Herr mit fatalem Hang zur Selbstdarstellung. Für die Dauer des Essens kann ich ihm nicht entgehen, da mein Nachbar zur Rechten ein kleiner Junge ist, der Mühe hat, nicht vom Stuhl zu plumpsen, und damit den ganzen Abend seine Eltern auf Trab hält. Die beiden scheinen sehr nett zu sein, aber insbesondere die Mutter sieht eine Stunde später aus, als wünschte sie sich Mary Poppins zu ihrer Rettung herbei. So bleibt mir nichts anderes übrig, als stumm den Worten von Herrn Degenhardt zu lauschen, der für die Hamburger Kulturbehörde arbeitet. Die Sachlage hat allerdings einen großen Vorteil: Ich kann mich ungestört auf den Genuss des Essens konzentrieren, denn Herr Degenhardt ist durchaus zufrieden, wenn ich gelegentlich ein »Ach« oder »Wirklich?« einstreue. Gelegentlich schiele ich unauffällig auf die Uhr und hoffe, dass dieser Teil des Abends bald ein Ende hat. Ich möchte jetzt viel lieber tanzen, und das natürlich am allerliebsten in den Armen meines Prinzen. Ich finde, er könnte mich allmählich aus den Fängen dieses Nervtöters retten!

Doch wenn Wünsche in Erfüllung gehen, muss man auch mit dem Ergebnis umgehen können … In meinem konkreten Fall bedeutet das, dass ich mich schon bald im Arm von Wolfhard von Sandersdorf befinde … und versuche, Walzer zu tanzen. Eins, zwei, drei, eins, zwei, drei, schwinge ich meinen inneren Taktstock und verfluche mich für meine pubertäre Renitenz gegenüber Tanzkursen. Statt mich in die Geheimnisse von Foxtrott, Samba und Walzer einführen zu lassen, habe ich es vorgezogen, zu Hause zu bleiben und meine sechzehnjährige Nase in Romane wie *Anna Karenina* oder *Madame Bovary* zu stecken. Ich war mir sicher, dass der Mann, der eines Tages um meine Hand anhalten würde, diese auch finden würde, ohne dass ich des Standardtanzens mächtig bin.

»Sie tanzen wohl nicht besonders gern? Oder vielleicht nur nicht mit mir?«, ertönt auf einmal Wolfhards Stimme dicht neben meinem Ohr. Ich kann nicht sofort antworten, da ich mich inmitten einer

Drehung befinde, die mit Sicherheit kein gutes Ende nimmt. Ah, gleich gehe ich zu Boden!

»Nein, so würde ich das nicht sagen«, erwidere ich, während ich mühsam mein Gleichgewicht wiederfinde. Weshalb diese Tanzform *Langsamer* Walzer heißt, ist mir ein absolutes Rätsel. Wenn das hier langsam ist, was bitte ist dann schnell? Aus dem Augenwinkel nehme ich wahr, dass Lizzi van Düren sich elfengleich in die Arme ihres Tanzpartners schmiegt. Und ich nehme ebenfalls wahr, dass ihre Blicke mich zu erdolchen drohen.

»Ich bringe Sie dann wohl mal besser wieder an Ihren Tisch«, stellt Wolfhard fest, und ich würde am liebsten laut rufen: »Nein, bitte tun Sie das nicht! Ich will nicht den Rest des Abends Herrn Degenhardt ausgeliefert sein. Ich will lieber mit Ihnen zusammen den Mond anbeten und Sternschnuppen fangen!«

»Oder hätten Sie Lust, mit mir zusammen auf dem Schlosshof frische Luft zu schnappen?«

Ich kann mein Glück kaum fassen. Kann der Mann Gedanken lesen?

»Sehr, sehr gern«, hauche ich und genieße es, dass Wolfhard mir formvollendet den Pashmina-Schal um die Schultern legt, der im Eifer des Walzergefechts hinuntergerutscht ist und eher meine Hüften umschmeichelt, als meine Rückenpartie zu wärmen.

Obwohl es ein schöner Frühsommerabend ist, ist es doch ein wenig kühl. Ich zittere vor mich hin und stelle mir vor, wie es wäre, jetzt in den Armen meines

Begleiters zu liegen. Die Sommerluft mischt sich mit dem würzigen Duft von Wolfhards Aftershave, und mir schwinden beinahe die Sinne. Am Himmel funkeln Millionen Sterne, und mein Herz schlägt so laut, dass ich befürchte, ganz Husum damit zu wecken.

Doch der Mann an meiner Seite scheint von alldem nichts zu bemerken und sieht stattdessen versonnen in die dunkle Nacht. Wenn er mir jetzt noch erklärt, wo sich Orion, Kassiopeia und womöglich Cleopatra befinden, fange ich an zu schreien.

»Haben Sie schon die Meeresgedichte gelesen?«, fragt Wolfhard, und ich bin für einen kurzen Moment verwirrt. Welche Gedichte? Wovon spricht er? Doch da fällt es mir wieder ein: Wir waren nach der *Seestücke*-Ausstellung noch im Museumsshop, und ich hatte mir neben diversen Postkarten einen kleinen Reclam-Band mit Meeresgedichten gekauft. Nach all dem Amor-Quark könnte es gewiss nicht schaden, mal wieder wirklich gute literarische Texte zu lesen. Allerdings war ich dermaßen damit beschäftigt, von Wolfhards unglaublich schönen Händen zu träumen und mein Hochzeitsoutfit auszusuchen, dass ich natürlich nicht dazu gekommen war, auch nur einen winzigen Blick in mein neues Buch zu werfen.

»Du bist mein Leuchtfeuer in der Nacht, hast meine Sehnsucht tief entfacht. Alle anderen zählen nicht, du, nur du bist mein Licht.«

Was um alles in der Welt sagt der Mann da? Ist das etwa eine Liebeserklärung? Kommt das jetzt nicht ein bisschen plötzlich?

Ich bin vollkommen verwirrt, während mein Begleiter sinnend in die Sterne schaut.

»Das sind übrigens die letzten Zeilen aus Ricarda Dussmans Gedicht ›Licht‹ aus dem Lyrikband, den Sie neulich im Museum erworben haben«, erklärt Wolfhard, und ich blicke nun ebenfalls gen Himmel. Was soll ich auch sonst anderes tun; schließlich muss ich nachdenken. Meint er mit »Alle anderen zählen nicht« etwa Lizzi van Düren? Will er mir auf diesem Weg sagen, dass ich für ihn nach langer Suche die Einzige, die Wahre bin? Sein Licht, sein weibliches Leuchtfeuer, das unendliche Gefühle in ihm entfacht? Für eine Sekunde stockt mir der Atem. Wird er mir jetzt etwa einen Heiratsantrag machen?

Ich rücke unauffällig ein Stückchen näher und gerate erneut in den Duftwirbel seines Aftershaves. Wenn jetzt noch irgendwo eine Zikade zu singen beginnt, kann ich für nichts mehr garantieren.

Zum Glück kommt es an der Nordsee aber eher selten vor, dass Grillen zirpen. Von daher bleibt mir nichts anderes übrig, als mich damenhaft gesittet zurückzuhalten und darauf zu warten, was als Nächstes geschieht …

Das Nächste, was uns geschieht, ist *Die Andere*. Offensichtlich ist es ihr nicht entgangen, dass ihr Cousin sich aus dem Staub gemacht hat und, anstatt sie über das Tanzparkett zu schieben, hier mit mir steht und Gedichte rezitiert. Mit schriller Stimme ruft sie nach Wolfhard, der bedauernd mit den Schultern zuckt und zu seiner Cousine eilt. Wieso muss ich eigentlich immer so ein Pech haben?

KAPITEL 12

Der Berg ruft

»Wie sehe ich aus?«, fragt Inka und dreht eine Pirouette in Tinettes Wohnzimmer.

»Zünftig«, ist alles, was mir zu ihrem Anblick einfällt, während unsere Gastgeberin schwer atmend nach Fassung ringt.

»Du willst doch nicht etwa wirklich zusammen mit diesem Almöhi die Bergziege mimen?«, fragt sie, als sie ihre Sprache wiedergefunden hat. »Du kannst doch überhaupt nicht bergsteigen!«

»Ich will ja auch nicht bergSTEIGEN, sondern bergWANDERN. Das ist ein ENORMER Unterschied«, entgegnet Inka im Brustton der Überzeugung, während ich amüsiert die klobigen Wanderschuhe an ihren Füßen betrachte. Nicht dass Inka der klassische Blahnik-Choo-Louboutin-Typ wäre, aber solche Schnürtreter waren bislang auch nicht unbedingt ihr Stil.

»Na, immerhin kommst du auf diese Weise mal an die frische Luft«, sage ich, mehr fällt mir im Augenblick nicht ein. Nachdem Inka und Max sich am Abend der Hochzeit in Turbogeschwindigkeit zusammengetan haben, steht als Nächstes der obligatorische Besuch in der Heimatstadt des neuen Liebhabers an. Aber das kennen wir ja schon. Neu ist allerdings, dass Inka sich für eine solche Aktion in Unkosten stürzt, was die Kleidung betrifft. Während sich Tinette in einer vergleichbaren Situation ein Intimwaxing, neue Dessous oder einen Besuch bei der Kosmetikerin gönnen würde, hat Inka sich stattdessen bei *Globetrotter* umgesehen. Ursprünglich hatte ich sie begleiten sollen, konnte das aber gerade noch mit dem Argument abwenden, dass mein Ultimatum beim Amor-Verlag in knapp eineinhalb Wochen abläuft und ich immer noch nichts Vorzeigbares geschrieben habe. Beim Gedanken an die Romantic Comedy und meine damit verbundene Schreibblockade beschleunigt sich mein Puls. Was mache ich nur, wenn mir nichts einfällt?

»Und wie findet ihr die?«, fragt Inka und unterbricht damit meine düsteren Gedanken. *Die* sind handgestrickte, knallrot-weiß geringelte Strümpfe, die meine Freundin sich gerade über ihre mehr als knapp sitzende Röhrenjeans zieht.

»Ich finde, du siehst aus wie die Enkelin von Luis Trenker«, necke ich sie, freue mich aber darüber, dass Inka so gut gelaunt ist. Das verlängerte Wochenende in Österreich wird ihr sicher guttun, denn sie arbeitet – genauso wie wir alle – nicht gerade wenig.

»Aber ein richtiges Kompliment bekommst du erst von mir, wenn du versprichst, uns tonnenweise Mozartkugeln mitzubringen.«

Tinette stimmt nickend zu, und dann klingelt ihr Handy. Interessiert verfolgen Inka und ich ihr Telefonat. Es ist ganz offensichtlich, dass Dominic am anderen Ende der Leitung ist.

»Nein, mach dir keine Sorgen, das wird schon nichts Schlimmes sein«, sagt sie, und ich beobachte, wie sich ihre Körperhaltung versteift.

»Nein, deine Halsschmerzen sind sicher ganz harmlos und bedeuten nicht, dass du morgen eine Lungenentzündung bekommst. Geh in die Apotheke und besorg dir *Meditonsin*, das hilft bestimmt.«

Während Tinette den Namen des Medikaments buchstabiert, verdreht Inka die Augen und entledigt sich ihres Bergwanderer-Outfits. Jetzt erst bemerke ich den Rucksack, der ebenfalls neu in ihrem Repertoire ist. Was bin ich froh, dass ich nichts einkaufen muss, um weiterhin mit Wolfhard von Sandersdorf zu tun haben zu können. Ich kann einfach ganz entspannt ich selbst sein, muss nirgendwohin fahren und mich auch nicht in Strapse zwängen … Was unter anderem daran liegt, dass ich nach der Hochzeit nichts mehr von Wolfhard gehört habe. Von wegen Leuchtturm und Hafen – so ein Blödsinn!

Ich seufze schwer und male mit meinen Füßen Kringel auf Tinettes edlen Dielenboden. Wieso läuft eigentlich bei meinen Freundinnen alles so glatt? Nun gut, Dominic ist zwar verheiratet, aber aus irgendeinem Grund scheint sich seine Gattin nicht besonders dafür zu interessieren, was ihr Mann so treibt.

Was vielleicht auch daran liegen mag, dass sie sich derzeit in Indien bei einer Ayurveda-Kur mit anschließendem Aufenthalt in einem tibetischen Kloster befindet. Sie will ihr Leben neu ordnen, was ich in meiner momentanen Situation gut nachvollziehen kann. Ich will mein Leben auch neu ordnen! Leider habe ich momentan keine Ahnung, was ich wirklich will. Außer, dass Wolfhard sich endlich meldet!

Zwei Stunden später betrete ich den Hausflur und öffne den Briefkasten. Irgendwie hatte ich bislang vergessen, nach der Post zu sehen, oder es vielmehr vermieden, weil ich ein Schreiben wegen meiner Steuer befürchte. Doch statt des obligatorischen grauen Umschlags vom Finanzamt finde ich zu meiner großen Überraschung etwas vollkommen anderes vor: Es ist cremefarben, ausladend, verströmt einen exquisiten Duft und trägt ein wächsernes Siegel. So etwas kenne ich bislang nur aus Filmen. Um sicherzugehen, dass dieser Brief auch wirklich für mich bestimmt ist, kontrolliere ich sowohl die Anschrift (korrekt) als auch den Absender. Doch alles, was ich entdecken kann, sind die Initialen WLVS, versenkt in blutrotem Wachs. WLVS – klingt ein bisschen nach Winterschlussverkauf.

Ich trage den Traum aus Büttenpapier vorsichtig nach oben, als gälte es, einen Schatz zu verwahren, und lege ihn schließlich auf meinen Küchentisch. Rosamunde nähert sich maunzend und macht mich darauf aufmerksam, dass sie Hunger hat. Ich öffne unkonzentriert eine Dose *Sheba* und kann es kaum erwarten, das – wie sagt man doch so schön – Siegel zu erbrechen. Oder heißt es brechen?

Wie auch immer: Ich will wissen, wer mir geschrieben hat und worum es sich handelt! Sekunden später bin ich wie vom Donner gerührt: WLVS sind die Initialen von WOLFHARD LEANDER VON SANDERSDORF.

»Leander«, wiederhole ich verträumt den zweiten Namen des Absenders, während ich die von ihm geschriebenen Zeilen lese.

In geschwungenen Lettern, eindeutig mit einem breiten Füller (Montblanc?) geschrieben, steht da das schönste Wort, das ich seit Langem in einem Brief gelesen habe (Einkommensteuerrückerstattung selbstverständlich ausgenommen). Es lautet EINLADUNG!

Wolfhard, oder vielmehr Leander, wie ich ihn ab jetzt nennen werde, lädt mich für den kommenden Samstagabend zu einem Konzert ein. An einem Ort, der erst verraten wird, wenn ich meine Zusage erteile.

Ich schwebe auf Wolken.

Ach was, auf Wolkenbergen.

Auf einem Meer von Wolken.

Auf einem Kontinent voller Wolken.

Auf einem Universum …

Mit einem schrillen »Rrring« unterbricht das Telefon meine Träumereien. Ob das Leander ist, der meine Antwort nicht abwarten kann?

Doch es ist nicht Leander, sondern Ben. Er hat in den vergangenen Tagen mehrfach versucht, mich zu erreichen, doch ich hatte mich ihm bewusst entzogen. Und Männer bringt ja bekanntermaßen nichts mehr in Fahrt als Frauen, die sich ihnen entziehen.

Ich lasse ihn auch diesmal ungerührt auf den Anrufbeantworter sprechen und streichle währenddessen zärtlich meine Einladung, als seien es Leanders Hände. Wie antwortet man eigentlich stilecht auf so etwas? Schreibt man eine E-Mail, schickt man eine SMS, ruft man an? Oder teilt man schriftlich mit, wie überaus entzückt und geschmeichelt man ist?

Ich entscheide mich für den schriftlichen Weg, allerdings unter Umgehung der Post. Angesichts der Tatsache, dass Leander und ich in nächster Nachbarschaft wohnen, erscheint es mir als geradezu fahrlässig, mein Samstagabend-Glück in die Hände von *DHL* und Co zu legen. Rasch durchwühle ich meinen antiken Sekretär nach passendem Briefpapier. Dabei stelle ich fest, dass ich schon seit Ewigkeiten nichts mehr per Hand geschrieben habe, nichts bis auf ein paar Urlaubspostkarten. Das Janosch-Papier, Motiv *Tigerente*, erscheint mir für diesen Anlass ebenso wenig angebracht wie die rosafarbenen Bögen mit pinkfarbenen Herzchen drauf. Wofür (und vor allem in welchem Alter?) ich die jemals gebraucht habe, ist mir schlichtweg ein Rätsel. Wahrscheinlich gehört der ganze Schnickschnack Rosamunde, anders kann ich mir das nicht erklären.

Ratlosigkeit macht sich breit. Erst recht, als ich feststelle, dass mein alter *Pelikan*-Füller aus Schultagen eingetrocknet ist und ich sowieso keine Patronen mehr für ihn habe. Also heißt es morgen früh wohl als Erstes: einkaufen!

Na ja, nicht ganz.

Als Erstes muss ich einen Anruf von DOKTOR Lydia Fuchs abhandeln, die ich dummerweise an den Apparat bekommen habe, weil ich dachte, dass es Tinette sei, mit der ich abends ins Kino will. Statt eines netten Plausches mit meiner Freundin, der ich natürlich allzu gern von Leanders Einladung erzählt hätte, muss ich mich von meiner Lektorin ins Gebet nehmen lassen. Sie will wissen, wie es mit meinem Exposé läuft und ob ich es nicht schon Ende der Woche abgeben kann.

Aber genau das kann ich auf gar keinen Fall! Schließlich muss ich mich um Briefpapier, Füller und ein passendes Kleid für das Konzert kümmern. Wenn das so weitergeht, bin ich bald pleite. Beschämt denke ich daran, wie ich noch am Abend zuvor über Inka und ihren Exzess bei *Globetrotter* gedacht habe. Und über Tinettes Eskapaden bei solchen Gelegenheiten. Ich kann es kaum erwarten, dass sie sich für ihre Zeit in Cornwall rüstet, und frage mich, wo sie dafür wohl einkaufen wird? Gibt es den *Laura-Ashley*-Shop am Neuen Wall noch, oder ist der nicht schon seit Jahrhunderten pleite?

Eine Stunde später bin ich bei Waltraud Bethge, dem entzückendsten Stern an Hamburgs Schreibwarenhimmel. Voller Hingabe wühle ich mich durch Bögen von Papier in allen erdenklichen Farben und Stärken. Ich überlege, mit welchem Parfüm ich welchen Bogen beträufeln könnte, und am Ende erwerbe ich nicht nur Briefpapier und einen Füller, sondern auch einen neuen Duft.

Als ich Tinette von meinen Einkäufen erzähle und ihr mitteile, dass ich gedenke, die Einladung mit einem Federkiel zu beantworten, sagt diese nur lapidar: »Aber beschwer dich nachher nicht bei mir, wenn du deinen Rock vollgekleckst hast oder dein Rendezvous nicht stattfindet, weil Wolfhard deine Schrift nicht entziffern konnte.«

Ich gelobe, nichts dergleichen zu tun, und kann es kaum erwarten, mich ans Werk zu machen. Sekunden später stelle ich fest, dass Tinette recht hatte. Es ist schon schwierig genug, mit normalem Füllfederhalter auf dem welligen, handgeschöpften Papier zu schreiben. Mit einem Kiel wäre das Projekt mit Sicherheit zum Scheitern verurteilt. Ach, schade, es wäre so romantisch gewesen.

Zehn Minuten später stehe ich vor Wolfhards Haus und klingle, damit ich meine kostbare Fracht in seinen Briefkasten befördern kann, der sich dummerweise im Flur befindet. Ich gebe mich bei einer Nachbarin als Pizzabote aus, der den falschen Knopf erwischt hat, und lasse meine nach *Mademoiselle*

Coco duftende Zusage durch den Briefkastenschlitz gleiten …

Samstagabend ist es schließlich so weit: Ich steige in seinen Jaguar-Oldtimer, nehme neben einem wohlduftenden Leander Platz und sage artig: »Guten Abend!«

Leander begrüßt mich mit einem leichten Lächeln und sagt ebenfalls: »Guten Abend!«

Das hätten wir also schon mal hinter uns … Neugierig warte ich darauf, wohin die Reise mich jetzt führen wird. Zu meinem großen Erstaunen halten wir vor dem Museum für Hamburgische Geschichte. Ich bin irritiert. Wollten wir nicht in ein Konzert? Da Leander jedoch völlig selbstverständlich seinen Wagen parkt und mich behutsam am Arm zum Eingang führt, beschließe ich, mich einfach nicht zu wundern, sondern stattdessen den Augenblick zu genießen. Kurz darauf befinde ich mich im Museumscafé *Fees,* das mit Kerzen illuminiert wurde (obwohl es draußen noch hell ist) und in dem ein großer Konzertflügel steht. Außer dem Pianisten und zwei überaus freundlichen Kellnern kann ich niemanden sonst entdecken. Beginnt das Konzert erst so viel später? Doch kaum haben wir den Raum betreten, ertönen leise die ersten Klänge des Pianos. Chopin, wenn ich mich nicht täusche. Einer der Kellner geleitet uns zu einem Tisch, der mit weißem Leinen und edlem Tafelsilber eingedeckt ist. Im Kühler steht eine Flasche Champagner bereit, und mir bleibt fast das Herz stehen. Das ist ja wie in einem meiner Romane!

»Und? Gefällt es Ihnen hier?«, fragt Leander und rückt mir den Stuhl zurecht. Irgendwie passt es absolut, dass wir uns immer noch siezen. Ich finde das stilvoll und angemessen. Wie schnell lässt man sich doch von einem intimen Du dazu verleiten, Dinge zu sagen, die einem andernfalls nicht so leicht über die Lippen gekommen wären.

Ich beobachte, wie mein Gastgeber mir gegenüber Platz nimmt und mit geübter Bewegung den Champagner entkorkt. Oh, wie ich mir wünschte, Inka und Tinette könnten das alles hier sehen. Wenn ich es ihnen morgen erzähle, glauben sie mir mit Sicherheit kein einziges Wort.

»Ja, natürlich«, antworte ich zögernd, als mir wieder einfällt, dass Leander mir eine Frage gestellt hat. »Aber sagten Sie nicht, wir würden ein Konzert besuchen? Ich meine, ein öffentliches?«

Mein Gastgeber lächelt vielsagend und nickt dem Pianisten zu. »Ist Ihnen das nicht öffentlich genug?«

Und jetzt wird mir klar, dass das alles hier inszeniert ist. Es werden keine weiteren Besucher kommen, denn dies ist eine Vorstellung nur für uns beide. Für Leander und mich.

Meine Hand zittert nun dermaßen, dass ich kaum in der Lage bin, auch nur einen Schluck des köstlichen Veuve Cliquot zu trinken und mit Leander anzustoßen. Ich bin mitten in einem Märchen gelandet! Hilfe!

Über die ersten dreißig Minuten rette ich mich dadurch, dass ich ein, zwei Fragen stelle (Woher kennen Sie den Pianisten? Wie haben Sie es geschafft, das Café für sich allein zu bekommen?), bis meine Pulsfrequenz wieder auf ein erträgliches Maß gesunken ist und ich zu einer normalen Konversation in der Lage bin. Leander antwortet höflich und charmant, lässt aber durch nichts erkennen, ob eine solche Privatvorstellung zu seinem obligatorischen Lifestyle-Repertoire gehört oder speziell dazu dienen soll, mich zu verführen. Was weiß ich denn schon, was in solchen Kreisen als Samstagabend-Unterhaltung üblich ist?

Wo andere Menschen ins Kino gehen, *Wetten, dass?* schauen oder Freunde besuchen, mietet sich der Adel vielleicht mal eben ein Café nebst eigenem Piano-Mann?

Sosehr ich mich auch darum bemühe, Leander etwas zu entlocken, und so angestrengt ich in seinen Augen nach einem Funken Interesse an mir suche, so kläglich scheitere ich mit meinen Versuchen. Würde ich diesen Begriff nicht äußerst unschön finden, so würde ich sagen, dass sein Verhalten als *aalglatt* zu bezeichnen ist. Auch seine Art, wiederum mir Fragen zu stellen, unterscheidet sich nicht im Mindesten von dem, was man gemeinhin gepflegten Small Talk nennt. Ich fühle Enttäuschung in mir hochkriechen und zerbreche mir den Kopf darüber, welches Motiv

Leander haben könnte, diesen Abend ausgerechnet in meiner Gesellschaft zu verbringen. Hatte Lizzie van Düren etwa keine Zeit?

»Wie geht es eigentlich Ihrer Cousine?«, frage ich mit unschuldigem Augenaufschlag und hoffe, man merkt es mir nicht an, dass es mich bei dem Gedanken an diese Frau vor Eifersucht beinahe in tausend Stücke reißt.

»Meine Cousine?« Leander scheint für einen kurzen Moment irritiert. Aber ist das nun ein gutes oder ein schlechtes Zeichen?

»Ja, Frau van Düren«, helfe ich ihm auf die Sprünge.

»Ach so, die«, entgegnet er, und ich finde, dass das nicht gerade euphorisch klingt. Also Punktsieg für mich?

»Ich hatte nur für den Moment vergessen, dass Lizzie ja auch meine Cousine ist«, fährt Leander fort, und mein Herz, das für einen kurzen Moment Luftsprünge vollführt hatte, rauscht binnen einer Nanosekunde bis auf den Fußboden des *Café Fees*.

»Lizzie ist gerade für ein paar Tage nach Barcelona geflogen, von daher nehme ich an, dass es ihr gut geht.«

Hm, also bin ich doch die Samstagabend-Lückenbüßerin, weil die werte Cousine in Spanien weilt? Aber weshalb sagt er: »Ich nehme an, dass es ihr gut geht«? Telefonieren die beiden etwa nicht miteinander? Und wenn es so ist: Telefonieren sie nicht, weil sie kein Paar sind oder weil sie das so handhaben, obwohl sie ein Paar sind? Hm ... Wie finde ich auf subtile Art und Weise heraus, was da zwischen den beiden läuft, ohne mir die Blöße zu geben, direkt danach zu fragen?

»Sind Sie beide eigentlich ein Paar?«, höre ich mich in diesem Moment zu meinem eigenen Entsetzen fragen, und für einen langen, einen sehr langen Moment ist es totenstill im Raum. Selbst der Pianist hat sein Klavierspiel beendet. Vermutlich ist er ob meiner dreisten Indiskretion erschüttert bis ins Mark, was seine Konzentrationsfähigkeit massiv beeinträchtigt. Leander scheint das allerdings gelassener zu sehen, denn er schmunzelt.

»Weshalb interessiert Sie das?«, stellt er nun die Gegenfrage, die mich komplett ins Aus manövriert. Mist, was antworte ich denn jetzt nur?

»Aber ich kann mir die Frage ja auch selbst beantworten«, fährt Leander zu meiner grenzenlosen Erleichterung fort. Ein wahrer Gentleman! »Sie wollen sicher in Ihrer Funktion als freie Mitarbeiterin von *Alternative Weddings* wissen, ob es, was Lizzie und mich betrifft, vielleicht bald etwas für Ihre Freundin Inka zu tun gibt. Schließlich waren wir beide ja so begeistert von Gernots Hochzeit. Ich finde es sehr nett von Ihnen, dass Sie Ihrer Freundin so engagiert unter die Arme greifen.«

Engagiert.

Nett.

Unter die Arme greifen?

Ja klar, ich bin so etwas wie ein Akquisitions-Scout für *Alternative Weddings*, stets auf der Jagd nach potenziellen Hochzeitsopfern …

»Wo ist eigentlich der Pianist?«, wechsle ich, nicht sehr elegant, das Thema. Offensichtlich hat der Herr meinetwegen die Flucht ergriffen, was mir äußerst unangenehm ist. Leander nestelt an seiner Hose (beige, schöner Stoff, vermutlich Ralph Lauren) und zieht eine alte Taschenuhr hervor, befestigt an einer Kette. So etwas habe ich zuletzt bei meinem Großvater gesehen.

»Es ist halb zehn, also macht er jetzt Pause«, lautet die Antwort mit Blick auf das antike Schmuckstück.

Okay, er ist also nicht meinetwegen gegangen; dann ist's ja gut!

Ob es eigentlich einen Verlobungsring im Besitz der Familie von Sandersdorf gibt, der seit Generationen weitervererbt wird? Mit glutroten Rubinen besetzt? Oder von mir aus auch mit Saphiren?

Ach was, ein simpler Ring aus dem Kaugummiautomaten würde mir für den Moment auch schon genügen.

KAPITEL 13

Mitleid und Selbstmitleid

»Tschüs, Süße, mach es gut, und pass auf dich auf!«, rufe ich meiner Freundin nach und sehe zu, wie Tinette durch die Passkontrolle am Flughafen Fuhlsbüttel läuft. Hinter der Trennscheibe dreht sie sich ein letztes Mal um und entschwindet schließlich meinem Blick, bevor sie die Maschine nach London besteigt, von wo aus sie Richtung Cornwall weiterfahren wird. Ob das gut geht?, denke ich, als ich in Inkas klapperigem Renault Platz nehme, den sie mir geliehen hat, während sie selbst in Hallein bei Max weilt. Es ist Sonntagmorgen, und ich bin noch im Halbschlaf. Nicht, dass es am vergangenen Abend mit Leander so spät geworden wäre. Nein, es war vielmehr die Unzahl an unbeantworteten Fragen, die mich keine Ruhe finden ließ. Ich beschließe, erst einmal einen starken Kaffee zu trinken und mich zu sortieren, sobald das heiße Gebräu seine erweckende Wirkung entfaltet.

Wenig später befinde ich mich im Café *Sweet Virginia* in Eimsbüttel und starre auf meinen Latte macchiato mit doppeltem Espresso. Warum müssen Inka und Tinette aber auch zeitgleich verreist sein? Ich bräuchte so dringend jemanden, der mir zwei zentrale Fragen beantworten kann:

1. Wie, um alles in der Welt, schaffe ich es, bis kommenden Mittwoch mein Exposé zu schreiben?
2. Wie stelle ich es an, Leander in mich verliebt zu machen?

Meine Blicke wandern durch das Café und bleiben schließlich an einer Vase mit blassrosa Amaryllis hängen, die ich noch nie in einer solchen Größe gesehen habe. Sie sind wunderschön und genau die Art von Blumen, die ich über alles liebe. Als Nächstes heftet sich mein Blick an ein Pärchen, das verliebt turtelnd am Nebentisch sitzt und sich gegenseitig abwechselnd mit Croissants, Rührei und Obstsalat füttert oder an den Händen hält. In beiden Fällen kleben die Blicke der beiden aneinander wie zwei Magneten. Mir entschlüpft ein spontaner Seufzer (obwohl ich mir das ja abgewöhnt haben wollte), und ich bin zu keinem klaren Gedanken fähig. Alles, was ich weiß, ist, dass ich auch endlich jemanden haben möchte, mit dem ich einen grauen Sonntagmorgen teilen kann, um ihn dadurch ein wenig zu erhellen. Und dieser Jemand müsste LEANDER sein, das fühle ich seit gestern Abend nur zu genau.

Was ich aber (immer noch nicht) weiß, ist, ob es ihm genauso geht.

Nach einem traumhaft schönen Abend, an dem wir uns nach den anfänglichen Startschwierigkeiten über Musik und Literatur unterhalten haben, wurde ich von ihm nach Hause gebracht und formvollendet verabschiedet. Und zwar mit einem HANDKUSS. Wie kann es sein, dass ich fünfunddreißig Jahre alt werden musste, um auf einen Mann zu treffen, der mich auf diese zarte (und, ehrlich gesagt, unerhört sinnliche) Art und Weise verabschiedet?

Ich höre an dieser Stelle im Geiste Tinette und Inka im Chor sagen, dass es wohl daran liegt, dass ich seit Ben (dem Kindergarten-Ben, wohlgemerkt!) grundsätzlich auf den Typ *Bad Boy* angesprungen bin, der fast noch schlimmer ist als der V-MANN. Bad Boys sind ungebunden, charmant, attraktiv und verfügen über gefährlichen Sex-Appeal. Ihr Aussehen folgt keinem erkennbaren Schema, was leider bedeutet, dass der Bad Boy in der Regel gut getarnt daherkommt und sich häufig Zeit nimmt, sein wahres Ich in aller Konsequenz zu entfalten. Bad Boys sind: berauschend, betörend, berückend, aber vor allem eines – total bindungsunfähig. Frei nach dem Motto *Warum soll denn so etwas Schönes nur einem gefallen?* gehört ein Bad Boy nur einem einzigen Menschen auf dieser Welt – sich selbst. Und Männer, die vorwiegend sich selbst gehören, verteilen nun mal keine Handküsse. Die Ausnahme ist höchstens dieser eine Handkuss, mit dem sie dich zitternd vor Begehren auf die Knie sinken lassen wollen, um dich kurz darauf am Boden liegen zu lassen. Am Boden zerstört.

Sollte Leander etwa eine aristokratische Version des Bad Boy sein? Eine, die besonders gut getarnt daherkommt?, sinniere ich, während ich einen Cappuccino trinke. Der Latte macchiato allein hatte noch nicht gereicht. Während ich gedankenverloren an dem Löffelbiskuit knabbere, den es zum Kaffee gibt, wandert mein Blick zu einem anderen Tisch. Dort sitzt eine sympathisch aussehende Frau, vor ihr ein Laptop und eine Cola. Sie traktiert ihren tragbaren Computer in einer Geschwindigkeit, dass mir allein schon beim Zusehen schwindelig wird. Sie scheint zu arbeiten, denke ich betreten und beschließe, ab sofort das Thema Leander ad acta zu legen und mich darauf zu konzentrieren, dass ich nur noch drei Tage Zeit habe, meine *Romantic Comedy* zu konzipieren. Wieso habe ich auf einmal solche Schwierigkeiten zu schreiben? Habe ich mein kreatives Pulver in den vergangenen Jahren etwa komplett verschossen? Sollte ich meine Blockade als Zeichen sehen, besser etwas vollkommen anderes zu machen, wie Tinette es vorgeschlagen hat? Oder ist Schreiben doch meine Bestimmung, nur eben nicht mehr in Form von Heftchen-Romanen? Soll ich versuchen, endlich etwas Anspruchsvolles zu schreiben? Doch wovon werde ich in Zukunft leben, wenn ich mein Talent verloren habe oder mich plötzlich entschließe, wirkliche Literatur zu Papier zu bringen? Ungünstigerweise habe ich momentan keinen Überblick darüber, wie ich finanziell aufgestellt bin, weil sich bislang ein Auftrag nahtlos an den anderen reihte. Vielleicht wäre es besser für mich, ganz schnell meinen Cappuccino zu trinken und zu Hause Kassensturz zu machen?

Vor Aufregung bin ich so fahrig, dass mein Kaffeelöffel mit einem lauten Klappern zu Boden fällt. Die Frau mit dem Laptop unterbricht kurz ihren Schreibfluss, sieht mich an und lächelt. Ich lächle zurück. Und plötzlich – ich weiß auch nicht, wieso – frage ich, was sie da schreibt.

»Ein Gutachten«, erfolgt die prompte Antwort, und erst jetzt entdecke ich den Stapel Papier, der ebenfalls auf ihrem Tisch liegt und über und über mit farbigen Post-It-Strips bedeckt ist.

»Aha«, antworte ich vage, denn nun bin ich auch nicht viel schlauer.

»Ich bin Agentin«, erklärt die Fremde und richtet sich nun kerzengerade auf. »Literaturagentin«, ergänzt sie, während ich bereits *James-Bond*-Fantasien hatte. Agentin, so so. »Dann arbeiten wir ja in einem ähnlichen Metier«, entgegne ich erfreut und brenne darauf, mehr zu erfahren. Eine Minute später habe ich an Paula Perssons Tisch Platz genommen und höre gebannt, was sie von ihrem Job zu erzählen hat. Paula (wir sind ganz schnell beim Du) vertritt Belletristik-Autoren, erstellt Gutachten für Verlage und verbringt die Sonntage grundsätzlich mit dem Sichten von Manuskripten im *Sweet Virginia*. Natürlich findet sie es spannend, als ich ihr gestehe, dass ich auch im schreibenden Gewerbe tätig bin, wenn auch in einem völlig anderen Genre.

»Lass mich raten – beim Amor-Verlag?«, fragt Paula und grinst. Vielsagend, wie ich finde.

»Wie lange schon?«, fragt sie weiter, als ich betreten nicke. Und ehe ich es mich versehe, sprudelt meine ganze berufliche Krise aus mir heraus. Ich breite vor dieser wildfremden Frau alles aus, was ich bislang an Sorgen mit mir herumgeschleppt habe. Paula hat mittlerweile ihren Laptop ausgeschaltet und hört mir hochkonzentriert zu. Ab und zu nickt sie verständnisvoll, was mir zugegebenermaßen ziemlich guttut.

»Wie ich das sehe, leidest du am Emptiness-Syndrom«, sagt sie, und ich bekomme sofort ein schlechtes Gewissen, weil ich nicht weiß, wovon sie spricht.

»Du bist einfach leer geschrieben. Kein Wunder, dass du Schwierigkeiten mit dem Exposé hast. Dieses Phänomen ist übrigens weitverbreitet, wenn es dich beruhigt«, beeilt sich Paula, mir zu versichern.

Beruhigt mich diese Information? Ich weiß nicht. Mal abgesehen von dem guten Gefühl, nicht ganz allein dazustehen? Aber von dieser Erkenntnis kann ich wohl kaum meine Miete bezahlen.

»Und was tut man dagegen?«, frage ich wie eine Kranke, die ihren Hausarzt bittet, ein Rezept für ein Mittel gegen Kopfschmerzen auszustellen.

»Tja, so schwer es mir auch fällt, dir das zu sagen …«, beginnt Paula mit einem vielsagenden Seufzer, und ich habe das starke Gefühl, dass ich den Rest gar nicht hören möchte. Ich fürchte, ich bin noch nicht bereit für die Wahrheit.

»Es hilft am ehesten, eine Schreibpause einzulegen, eine Weile etwas vollkommen anderes zu machen und erst einmal selbst zu leben, statt das nur den Romanfiguren zu überlassen.«

Nun hat sie es also doch gesagt … Ich fühle einen gewissen Ärger in mir aufsteigen. Was weiß diese Paula denn schon von meinem Leben? Gut, dass sie kurz verschwindet, um auf die Toilette zu gehen, denn momentan verspüre ich den dringenden Wunsch, unsere Begegnung ungeschehen zu machen. Was soll das heißen: *erst einmal selbst zu leben*? Was mache ich denn die ganze Zeit? Ich schreibe, ich treffe meine Freundinnen, ab und zu habe ich ein Rendezvous … Just an diesem Punkt schwant mir aber, was Paula meint. Wenn ich schreibe, bewege ich mich in irrealen Welten, die den Wunschfantasien meiner Leserinnen entspringen. Wenn ich meine Freundinnen treffe, geht es überwiegend darum, was die gerade erleben, denn ich selbst habe von meinem Schreibtisch nichts wirklich Aufregendes zu berichten. Ich bin nicht tagtäglich umgeben von Kollegen, Brautpaaren oder durchgeknallten Künstlern. Im Grunde habe ich noch nicht einmal einen wirklichen Chef – wenn man von Doktor Lydia Fuchs absieht. Und was das Dating-Thema betrifft, so kann ich nicht unbedingt behaupten, dass ich ständig mit Männern verabredet bin. Das mit Ben und Leander entspricht in etwa dem Schnitt der vergangenen fünf Jahre, wenn ich ehrlich bin. Wie soll ich mich auch verabreden? Ich komme ja kaum unter Leute, also, wo sollte ich jemanden kennenlernen? An der Kasse des Bio-Supermarkts? Bei meinem schwulen Friseur? Ich schließe ja noch nicht einmal Kontakte, wenn ich mit Inka und Tinette unterwegs bin. Kein Mann der Welt wagt sich an eine Dreiergruppe Frauen heran. Täte ich an seiner Stelle auch nicht.

Wie ich es auch drehe und wende – diese Agentin hat den Nagel auf den Kopf getroffen. Und dieser Nagel tut weh. Sehr sogar!

»Nun mach nicht so ein Gesicht«, sagt Paula mit aufmunterndem Lächeln, als sie wieder an den Tisch zurückkehrt. »Vielleicht löst sich diese Blockade bei dir ja auch auf ganz andere Weise. Hast du es denn schon mit den Klassikern versucht? Fensterputzen, Schubladen ausmisten, Keller aufräumen, Kühlschrank abtauen?«

Ich nicke. Ja, all das habe ich in den vergangenen Wochen zur Genüge getan. Ich habe sogar Rosamunde zum Katzenfriseur gebracht und ihre Decke gewaschen. Und ich wollte aus lauter Verzweiflung schon Inkas Klapperkiste waschen und innen staubsaugen.

»Tja dann ...«, entgegnet Paula und sieht so ratlos aus, wie ich mich fühle, »... solltest du deiner Lektorin vielleicht ganz ehrlich sagen, dass du unter einem derartigen Druck keine Ideen produzieren kannst. Und sie bitten, dir noch ein wenig mehr Zeit zu geben.«

Als ich wenig später mit hängendem Kopf zu Hause ankomme, fahre ich seufzend meinen Computer hoch. Paula hat versprochen, mir zu helfen, wenn alle Stricke reißen sollten. Wie sie das allerdings anstellen will, hat sie leider nicht gesagt. Aber wie ich es drehe und wende – irgendetwas muss ich jetzt tun.

Exposé für den Amor-Verlag
Von: PseudoNym

Die zweiunddreißigjährige Molly ist Autorin von Liebesroman-Heften und hat bisweilen erhebliche Mühe, zwischen Realität und Fiktion zu unterscheiden. Schon als Kind hat sie Märchen über alles geliebt und glaubt – trotz gegenteiliger Erfahrung – immer noch an den Prinzen, der sie eines Tages auf den Sattel seines Pferdes heben und mit ihr ins Land der unbegrenzten Möglichkeiten reiten wird.
Dass solche Sättel mitunter hart und unbequem sein können, lernt Molly schon recht früh, hat doch ihre erste große Liebe sie nach kurzer gemeinsamer Zeit im Kindergarten verlassen, um mit einer Prinzessin namens Luisa das Weite zu suchen und ins Happy End zu galoppieren. Doch Molly lässt sich nicht so schnell verdrießen und ist nicht in dem Glauben zu erschüttern, dass die wahre, ewig währende Liebe irgendwo auf sie wartet. Wenn sie nur endlich wüsste, wo …

Mist, nun bin ich doch bei meiner eigenen Geschichte gelandet. Aber ob ich das wirklich machen kann? Bietet das, was ich erlebe, wirklich genug Stoff für einen Roman? Nun gut, die Begegnungen mit Leander sind wirklich erzählenswert, aber wie soll ich das später unseren Kindern erklären? Ich habe unsere Liebesgeschichte missbraucht, um meinen Kopf aus der Schreibkrisen-Schlinge zu ziehen? Aber euer Vater hat mir zum Glück verziehen und versprochen, dass ich nie wieder selbst für meinen Lebensunterhalt werde sorgen müssen?

Hm, hm, hm … Es muss noch eine andere Möglichkeit geben …

Eine qualvolle Stunde später gebe ich auf.

Mir fällt und fällt einfach nichts ein. Und die Tatsache, dass mir bis Mittwoch kaum noch Zeit bleibt, macht die Sache auch nicht besser. Vielleicht sollte ich wirklich Paulas Rat folgen und gleich morgen früh mit Lydia Fuchs sprechen?

Nachdem ich das Problem auf den morgigen Tag verschoben habe, beschließe ich, mich nun ganz und gar meinen romantischen Empfindungen für Leander hinzugeben und den Rest des Abends von ihm zu träumen. Karmamäßig ist das bestimmt eine gute Taktik.

Außerdem bin ich noch auf der Suche nach unserem Lied, oder vielmehr einem Lied, das zu meiner aktuellen Gefühlslage passt.

Stunden später sitze ich inmitten meiner CD-

Sammlung und schniefe. Ich wusste gar nicht, dass ich so viele Balladen besitze, die mit schmerzhaften Erinnerungen verknüpft sind. Über so etwas könnte ich gut schreiben. Über verhinderte Liebe, enttäuschte, unerfüllte … Kurz: über Liebesleid, nicht aber über Liebesglück. Dieses Thema muss ich allem Anschein nach anderen überlassen. Zumindest so lange, bis ich in den Armen von Wolfhard Leander von Sandersdorf liege!

Erneut schleichen sich Tränen des Selbstmitleids in meine Augen. Diese Geschichte wird mit Sicherheit nicht gut enden. Lizzie wird aus Barcelona zurückkommen, und die beiden werden heiraten – ich fühle es genau! Ich bin todtraurig und sehe eine Zukunft in absoluter Düsternis auf mich zukommen. Einzig eine euphorische SMS von Tinette aus Cornwall kann meine Laune ein klein wenig bessern. Meine Freundin ist total begeistert von dem Schloss, in dem gedreht wird und in dessen Seitentrakt die gesamte Filmcrew untergebracht ist. Vielleicht sollte ich sie dort besuchen, anstatt hier Trübsal zu blasen und tatenlos zuzusehen, wie meine Karriere und meine neue Liebe Hand in Hand die Elbe hinunterfließen. Dass es in Cornwall (wie fast immer) in Strömen gießt, muss mich ja nicht weiter stören.

KANN ICH DICH BESUCHEN?, tippe ich, ohne lange nachzudenken, in mein Handy. Vielleicht wäre so ein Tapetenwechsel genau das Richtige für mich. Und vielleicht könnte ich diese Reise sogar als Recherche verbuchen? Schneller als erwartet schreibt Tinette mir zurück: *SUPER IDEE! WANN KOMMST DU?*

Tja, wann komme ich? Montagnachmittag? Ehe ich es mich versehe, befinde ich mich auf den einschlägigen Seiten der Fluggesellschaften und werde fündig. Und so buche ich einen Flug nach London. Hat Paula Persson nicht gesagt, dass ich leben soll, statt zu schreiben? Und was habe ich schließlich schon zu verlieren? Außer der Sicherung meiner Existenz, natürlich.

Ich informiere meine Freundin über die Ankunftszeit und erfahre zu meiner großen Freude, dass eine verspätet eintreffende Pilcher-Darstellerin ebenfalls auf meiner Maschine gebucht ist und wir beide vom Fahrer der Produktionsfirma abgeholt werden. Schlafen kann ich bei Tinette, denn sie nächtigt – wo auch sonst? – stilecht in einem riesigen Himmelbett mit Samtbezügen, Kordeln und allem Drum und Dran.

»Leben, ich komme«, sage ich euphorisch zu meinem Spiegelbild, obwohl ich blass und fahl aussehe. Aber das werde ich jetzt ändern!

Und dann beginne ich zu packen. Ich werde erst am kommenden Sonntag zusammen mit Tinette zurückfliegen. Der Amor-Verlag und seine Romantic Comedys können mich mal kreuzweise. Ich werde mich einfach nicht bei Lydia Fuchs melden. Soll sie doch bleiben, wo der Pfeffer wächst!

KAPITEL 14

Durchgedreht

»*I*ch fasse es nicht, dass du da bist«, jubelt Tinette und fällt mir um den Hals. »Gerade eben hast du mich noch zum Flughafen gebracht, und nun bist du selbst hier!« Ich fasse es ehrlich gesagt auch noch nicht ganz. Als ich im Flugzeug saß, begriff ich das gesamte Ausmaß meiner Entscheidung erst so richtig. Aber nun kann ich es nicht mehr ändern. Ich tue zum ersten Mal in meinem Leben etwas wirklich Unvernünftiges, so ängstlich ich sonst auch bin – und irgendwie fühlt sich das alles wunderbar verwegen und wild an. Ich empfinde mich als Rebellin auf der Flucht. Oder als Widerstandskämpferin. Eine Kreuzung aus Mata Hari und Rosa Luxemburg.

Da Tinette gerade »Dominic-frei« hat, führt sie mich im Schloss herum, sofern die Räume nicht für die Dreharbeiten abgesperrt sind. Ich bin beeindruckt, und zwar nicht nur wegen des Schlosses, sondern auch wegen des Hauchs von Hollywood, der alles umgibt. Überall liegen Kabel und laufen geschäftige Menschen mit Headsets und Klemmbrettern mit Zetteln herum, auf denen Drehpläne, Kameraeinstellungen und vieles mehr notiert sind.

»Und wann lerne ich ihn kennen?«, flüstere ich aus Gründen der Diskretion.

»Momentan wird gerade eine Außeneinstellung gedreht«, erklärt Tinette, und ich kann mir schon vorstellen, wo das sein wird. So viel kommt bei Pilcher ja nicht in Frage: die nahe gelegene Kleinstadt, eine Klippe, ein Antiquitätengeschäft oder der parkähnliche Garten.

»Die drehen gerade in einem Antiquitätengeschäft«, erklärt Tinette, und ich denke: natürlich, wo sonst?

»Na gut, dann eben später«, antworte ich und verfolge mit großen Augen das Geschehen um mich herum. Irgendwie verursacht mir diese Betriebsamkeit eine wohlige Gänsehaut. Ich hätte gar nicht gedacht, dass es derart vieler Menschen bedarf, um einen vergleichsweise simplen Film auf die Beine zu stellen. Was ist wohl erst los, wenn Spielberg & Co. drehen?

Nachdem ich einen Teil der Crew kennengelernt und stilecht Afternoon-Tea mit Scones zu mir genommen habe, werde ich schlagartig müde. Irgendwie waren die vergangenen Tage doch ein bisschen viel für ein Sensibelchen wie mich. Erst das Abendessen mit Leander, dann meine Begegnung mit Paula, und nun bin ich hier in Cornwall, inmitten eines Pilcher-Films.

»Und du willst wirklich nicht im Verlag Bescheid geben?«, fragt Tinette verwundert, als ich ihr erzähle, dass ich den Entschluss gefasst habe, diesem Teil meines Lebens vorläufig den Rücken zu kehren. Ich schüttle den Kopf. »Aber du weißt, dass du dann verbrannte Erde hinterlässt?«, bohrt sie nach, womit sie zweifelsfrei recht hat.

»Immerhin war der Amor-Verlag zehn Jahre lang dein Auftraggeber. Ich würde mir das noch mal gut überlegen. Außerdem hast du bislang noch keine beruflichen Alternativen, wenn ich mich nicht irre.«

Während ich verspreche, noch einmal in mich zu gehen, beginnt Tinette zu strahlen, und ich ahne den Grund: Dominic ist aus dem Antiquitätengeschäft zurückgekehrt, um seine Herzdame in die Arme zu schließen.

»Darf ich bekannt machen: Dominic Grafenberg. Nelly Sander.«

Wir nicken einander höflich zu und geben uns artig die Hand. Der Schauspieler sieht wirklich sehr smart aus, das muss ich zugeben. In natura sogar noch ein klein wenig besser als auf dem Bildschirm.

»Freut mich, Sie kennenzulernen, Nelly. Tinette, kann ich dich bitte kurz unter vier Augen sprechen?«, fragt er und zieht meine Freundin mit sich in den angrenzenden Raum. Ich stehe etwas verloren im Flur herum und warte darauf, dass die Unterredung (oder wilde Knutscherei?) endet. Als nach zwanzig Minuten, in denen ich sämtliche Bildunterschriften aller im Flur hängenden Ahnenporträts gelesen habe, immer noch nichts passiert, trete ich den Rückzug an und begebe ich mich ins Schlafzimmer.

Auf dem Frisiertisch befindet sich anstelle der obligatorischen silbernen Rosshaarbürste Tinettes Laptop, und ich bekomme augenblicklich ein schlechtes Gewissen. Vielleicht sollte ich dies als ein Zeichen betrachten und Doktor Lydia Fuchs zumindest eine E-Mail schicken?

Die Vernunft siegt, und ich logge mich ins Internet ein. Ich überlege nicht lange, sondern schreibe ehrlich, was ich empfinde. Mehr kann ich für den Augenblick einfach nicht tun.

An: Dr.Lydia.Fuchs@Amor-Verlag.de

Von: Nelly.Sander@gmx.de

Betreff: Exposé

Sehr geehrte Frau Dr. Fuchs,

ich weiß, dass meine Zeilen Sie sicher sehr überraschen und vermutlich auch verstimmen werden. Dennoch sehe ich mich bedauerlicherweise gezwungen, Ihnen mitzuteilen, dass ich den Abgabetermin für das Romantic-Comedy-Exposé nicht werde einhalten können.

Trotz aller Bemühung, mich in dieses neue Genre einzufinden, musste ich feststellen, dass ich offensichtlich nicht die geeignete Autorin für Liebeskomödien bin. Alles, was ich Ihnen zum gegenwärtigen Zeitpunkt anbieten kann, ist, meine Tätigkeit für die Herzblatt-Reihe fortzusetzen, sofern Sie dies wünschen.

Mit freundlichen Grüßen,

Nelly Sander

Ich drücke auf *Senden* und setze mich gedankenverloren aufs Bett. Tausend unbeantwortete Fragen schwirren in meinem Kopf umher wie bunte Schmetterlinge. Abgesehen davon, dass ich natürlich gespannt darauf bin, wann und was ich von meiner Lektorin hören werde, denke ich auch an meine beiden Freundinnen. Tinette sieht so glücklich aus wie schon lange nicht mehr. Dominic Grafenberg scheint ihr gutzutun. Ob es Inka wohl auch so geht? Ein Blick auf die Uhr sagt mir, dass sie in einer Stunde in Hamburg landet. Mal sehen, was sie von ihrem Aufenthalt bei Max in Österreich erzählen wird. Entgegen ihrer sonstigen Gewohnheiten hat sie sich diesmal weder bei Tinette noch bei mir gemeldet, was nur bedeuten kann, dass sie entweder so verliebt ist, dass sie uns komplett vergessen hat, oder dass der Aufenthalt ein derartiges Fiasko ist, dass sie es nicht wagt, uns zu benachrichtigen. Meine Meditation wird jäh unterbrochen von Tinette, die mit hochroten Wangen und verschmiertem Lippenstift ins Zimmer stürmt und sich dafür entschuldigt, mich so lange allein gelassen zu haben.

»In einer Stunde gibt es Abendessen«, informiert sie mich, und ich bin gespannt auf die anderen Darsteller. Außerdem habe ich schon wieder Hunger. Muss an der englischen Landluft liegen.

Im Speisesaal angekommen, bin ich froh, dass ich neben der praktischen Jeans auch ein petrolfarbenes Kleid mit Spitzenbordüre eingepackt habe, das zum edlen Ambiente passt wie der samtige Rotwein, der uns soeben kredenzt wird.

»Wir dinieren übrigens nicht immer so aufwendig«, klärt Dominic mich auf, als er meinen erstaunten Blick sieht. »Normalerweise gibt es ein einfaches Büfett, das den ganzen Tag vor sich hin dümpelt, bis es entweder vollkommen verkocht oder ausgetrocknet ist. Aber heute hat unser Regisseur Geburtstag und lädt uns deshalb etwas stilvoller ein.«

Just in diesem Moment fliegt eine der beiden mit Intarsien verzierten Flügeltüren auf, und herein kommt – mit einiger Verspätung – unser Gastgeber. Randolf Regner ist ein Mann in den besten Jahren und versprüht überbordend gute Laune. Als er mir zur Begrüßung jovial auf den Rücken klopft, fällt mir vor Schreck die Gabel aus der Hand, und ich verschlucke mich.

»Alles Gute zum Geburtstag und vielen Dank, dass ich dabei sein darf«, hüstle ich und lächle ihm, so gut es mir möglich ist, zu.

»Aber nicht doch, es ist *mir* eine Ehre, Sie in unserer Mitte begrüßen zu dürfen.« Er strahlt mich an. Irre ich mich, oder ist das Tinettes Ellenbogen, der sich da gerade unsanft in meine Rippen bohrt?

»Der Mann hat eine Schwäche für Frauen wie dich«, zischt sie mir zu, als Randolf am Kopfende Platz genommen hat. Ich überlege. Was genau meint Tinette mit *Frauen wie mich*? Arbeitslose Autorinnen auf der Flucht vor ihrem Leben? Ich bücke mich, um meine Gabel aufzuheben, die jedoch in ebendiesem Moment wie durch Zauberhand durch eine neue ersetzt wird. Dienstbare Geister sind doch etwas Schönes, denke ich, während ich dem Mädchen mit gestärkter weißer Schürze, einem schwarzen Kleid und einer Art Krönchen auf dem Kopf dankend zunicke. Ist die eigentlich echt, oder gehört sie zum Ensemble? Sie scheint echt zu sein, denn sie nimmt mir die Gabel ab und legt sie auf ein Silbertablett, als handelte es sich dabei um den Heiligen Gral. Dann tritt sie den Rückzug an. Und das im wortwörtlichen Sinne. Ich kann nur hoffen, dass alles gutgeht und sie um die alte Bodenvase weiß, die sich unmittelbar hinter ihr befindet. Ob sie wohl gleich auch noch knickst?

Zum Glück geht nichts zu Bruch, und geknickst wird auch nicht. Was mich betrifft, ist das auch ganz gut so. Ich fühle mich sowieso, als sei ich irgendwie aus der Zeit gefallen und direkt in der Ära vom *Haus am Eaton Place* gelandet. Zum Glück sitzt neben mir einer der Jungdarsteller (Ich glaube, er spielt den Gärtner. Oder war es der Chauffeur?), der mir vage bekannt vorkommt. Vermutlich spielt er sonst in einer der zahllosen Daily Soaps oder Telenovelas. Basti ist so dermaßen hip und trendy, dass ich keine Sekunde mehr daran zweifle, im Hier und Jetzt zu sein, trotz der märchenhaften Kulisse. Bei ihm ist alles »voll fett« oder »total krass«. Er trägt einen Siebzigerjahre-Anzug, den kein Mensch, der diese Zeit als Jugendlicher selbst erlebt hat, freiwillig tragen würde, fährt sich alle Augenblicke durch seine nicht minder gestylten Haare und ist alles in allem so herzerfrischend naiv und niedlich, dass ich ihn am liebsten adoptieren würde. Während er begeistert vom letzten Konzert der *Arctic Monkeys* schwärmt, blinzelt mir Randolf verschwörerisch zu und hebt sein Glas. Wie soll ich jetzt reagieren? Ich beschließe, so zu tun, als sei nichts geschehen, was mir einigermaßen schwerfällt, weil just in diesem Moment Tinettes Stiletto gegen meine nackten Knöchel donnert. Leider kann ich meine Freundin nicht nach dem Grund ihrer Attacke fragen, weil sie mit ihrer Nachbarin zur Linken ins Gespräch vertieft ist. Madeleine Berg ist die weibliche Hauptdarstellerin und somit direkte Konkurrentin von Tinette. Zumindest, wenn man Fiktion und Realität miteinander verwechselt. Im wahren Leben heißt die Konkurrenz ja Sandra (Oder war es Sylvia? Wie hieß noch gleich Dominics Frau?).

Madeleine ist eine ätherische Rothaarige, Typ Nicole Kidman, und ein echter Hingucker. Doch zu Dominics Ehrenrettung muss gesagt sein, dass er nur Augen für Tinette hat. Er verfolgt aufmerksam jede ihrer Gesten, jedes ihrer Worte, und ich habe den Eindruck, dass er am liebsten die Zeit anhalten würde, nur um in ihrer Nähe zu sein. Wie schön!, denke ich seufzend, was mir Bastis Frage »Na, alles klar bei dir?« einbringt. Ich nicke stumm, und meine Gedanken wandern zu Leander. In diesem Ambiente würde er sich wohlfühlen. Es ist wie für ihn geschaffen! Ob ich ihm simsen soll, dass ich für eine Woche verreist bin? Oder macht es mich interessanter, wenn ich mich nicht melde?

Während ich noch Pro und Contra abwäge, hebt Randolf Regner die Tafel auf (Eigentlich eine blöde Formulierung. Ich kichere innerlich. Wieso muss man die Tafel *aufheben*? Sie ist schließlich nicht heruntergefallen.) und bittet zum Digestif in die Bibliothek. Ich entscheide mich dafür, Leander schmoren zu lassen, und hoffe inständig, dass ihm meine Abwesenheit auch wirklich auffällt.

Bei stilechtem trockenem Sherry plaudert die Filmcrew über dies und jenes, und ich bemerke mit gemischten Gefühlen, dass Randolf Regner ganz offensichtlich meine Nähe sucht. Ich für meinen Teil habe überhaupt keine Lust, bewundernd an seinen Lippen zu hängen, wie es Madeleine Berg und einige andere Darstellerinnen tun. Aus den Augenwinkeln nehme ich wahr, wie Tinette und Dominic verstohlen Händchen halten, um wie elektrisiert loszulassen, wenn das Dienstmädchen (sie heißt übrigens Cecilia) sich ihnen nähert, um nachzuschenken oder leere Gläser abzuräumen. »Ich verschwinde jetzt; wir sehen uns dann später«, raunt Tinette mir in einem unbeobachteten Moment zu und verlässt als Erste die Bibliothek. Dominic folgt ihr nach einer Anstandsfrist von etwa zehn Minuten.

Weitere zwanzig Minuten später lasse ich mich erschöpft auf das Himmelbett sinken. Ich habe es nur mit Mühe geschafft, Randolf Regner abzuschütteln, der darauf bestanden hat, mich »noch zur Tür zu bringen«.

»Gute Nacht, schlafen Sie gut«, hatte ich artig gesagt und ihm hastig meine Hand entzogen, als er gerade im Begriff war, einen Kuss darauf zu platzieren. Das wäre dann bereits der zweite innerhalb von wenigen Tagen gewesen, doch ich wollte auf alle Fälle verhindern, dass die Berührung von Leanders weichen Lippen auf meinem Handrücken von dem kratzigen Bart dieses Regisseurs überdeckt würde. Die Stelle ist mir heilig, und ich habe bereits wahre Verrenkungen vollführt, um diesen Quadratzentimeter Haut zu schützen und weder zu waschen noch durch anderweitige Aktivitäten zu gefährden. Mit neckischem Augenzwinkern hatte Randolf mir gesagt, wo sich sein Schlafzimmer befindet (gelber Salon), für den Fall, dass ich es mir anders überlegen und eine unvergessliche Nacht erleben wollen würde. Ich schloss die Tür so schnell, wie es mir möglich war, und wollte nun tatsächlich nichts anderes mehr, als endlich tief und fest zu schlafen.

KAPITEL 15

Fallhöhe

Obwohl ich normalerweise in einer fremden Umgebung kein Auge zubekomme, muss ich wohl doch eingeschlummert sein, denn das Nächste, was ich wahrnehme, ist das Vibrieren meines Handys, das ich auf lautlos gestellt und auf mein Nachttischchen gelegt habe. Ich brauche einen Moment, um zu mir zu finden, und blinzle verschlafen in die Dunkelheit. Durch einen Spalt im Vorhang kann ich Sterne blitzen sehen und die Mondsichel, die sich silbrig schimmernd an den Himmel schmiegt. Eine Nacht wie im Märchen und eigentlich nicht dafür gemacht, sie allein zu verbringen.

Wer mir wohl geschrieben hat?, frage ich mich und hoffe natürlich inständig, dass es Leander ist, auf der verzweifelten Suche nach mir. Während die Autorin in mir von einem Suchtrupp fantasiert, den er nach mir ausgeschickt hat, lese ich die Kurzmitteilung. Sie ist von … Tinette?! Ich reibe mir verwundert die Augen, setze mich kerzengerade auf und lese die Nachricht ein zweites Mal, weil ich sie erst nicht verstanden habe und dann für einen Scherz hielt.

HILFE, SOS! Bin im roten Salon gefangen. Du musst mich sofort befreien! Mach schnell, du weißt doch, wie klaustrophobisch ich bin, also beeil dich!

Ein Blick auf meinen Digitalwecker sagt mir, dass es halb drei Uhr morgens ist, also keinesfalls die passende Zeit, um aufzustehen. Was, um alles in der Welt, macht Tinette im roten Salon? Ich rufe sie sofort an.

»Gott sei Dank«, vernehme ich eine gedämpfte Stimme am anderen Ende der Leitung. »Ich habe schon befürchtet, du hörst das Handy nicht.« Ohne weitere Nachfragen lasse ich mir von Tinette erklären, wo sich der rote Salon befindet.

»Wenn du an der Bibliothek vorbeigehst, immer den Gang entlang. Am Porträt von Elizabeth der Ersten vorbei, dann triffst du auf den gelben Salon. Daneben befindet sich eine Flügeltür, und ich bin im rechten Raum dahinter.«

»Bin gleich da«, antworte ich, ebenfalls flüsternd, und werfe mir Tinettes Bademantel über. Gehüllt in einen champagnerfarbenen Hauch von Nichts (Darunter trage ich einen Schlafanzug aus Baumwolle mit Snoopy-Motiven) schleiche ich den Korridor hinunter. Ich versuche dabei, so gut es eben geht, nicht auf knarrende Dielenböden zu treten, um niemanden zu wecken. Bis zu Elizabeths Porträt gelange ich unfallfrei und unbehelligt, obwohl es in einem solchen Schloss schon recht dunkel ist. Jetzt weiß ich auch, weshalb die Menschen früher (und in Filmen) immer mit diesen kleinen Kerzenhaltern oder – wegen des dramatischeren Effekts – mit großen silbernen Kandelabern herumgelaufen sind. Ich selbst habe gerade leider weder noch zur Hand, noch nicht einmal eine Taschenlampe. Hinter der englischen Königin wird es immer dunkler, und ich versuche zu rekapitulieren, wohin ich nun gehen muss. War es rechts oder links? Was hatte Tinette gleich noch gesagt? Aua – das war wohl die Flügeltür. Ich reibe mir die Nase, mit der ich versehentlich gegen die Tür gedonnert bin, und überprüfe, ob sie noch gerade sitzt. Mist, wohin muss ich denn jetzt?

»Nelly, sind Sie's?«, vernehme ich auf einmal eine Stimme, die eindeutig Randolf Regner gehört. Oh nein – nicht auch das noch!

»Ich wusste, dass Sie kommen würden, Sie kleine Wildkatze«, flüstert er heiser und greift nach meiner Hand, um mich in die Höhle des Löwen zu ziehen. Alles, was ich sagen kann, ist »Äh«, was Randolf wohl als kleinen Anfall von Schüchternheit wertet. In meinen Büchern steht an dieser Stelle meist etwas in der Art wie: »*Sie errötete und wand sich verlegen, obwohl sie sich mehr als alles in der Welt wünschte, sich endlich in seine Arme sinken zu lassen*«. Doch ich bin nun mal weder Ariane noch Georgine, noch Diandra oder wie sie alle heißen, sondern Nelly Sander, die ihrer Freundin Tinette aus einer Notlage helfen muss. Und zwar möglichst schnell! Keine Zeit, sich in die Arme von irgendwem sinken zu lassen.

»Ich, äh … kann jetzt leider nicht.« Ich wehre mich gegen den Versuch, von diesem Mann zu irgendetwas genötigt zu werden, und verharre auf der Schwelle zum gelben Salon wie ein bockiges kleines Kind. Doch diese Form von Widerstand scheint Randolf erst recht anzuturnen. Im Lichtkegel der angelehnten Tür erhasche ich einen Blick auf seine Nachtbekleidung. Na ja, sofern man ausgeleierte Boxershorts, ein verschlissenes T-Shirt mit dem Slogan »I love Malle« und hellrosa (!) Frotteesocken als Bekleidung bezeichnen kann. Ich unterdrücke mühsam ein Kichern und wünschte, Madeleine Berg könnte dies jetzt sehen. Ich glaube kaum, dass sie dann noch immer derart an Randolfs Lippen hängen würde, wie sie es am Abend zuvor getan hatte.

»Nun zieren Sie sich doch nicht so, Sie wollen es doch auch. Das spüre ich ganz genau«, fordert der Regisseur, und nun werde ich ernsthaft böse. Was bildet sich dieser selbstverliebte und schlecht gekleidete Kerl eigentlich ein?

»Ich habe zu tun«, sage ich hoheitsvoll und stoße die Flügeltür auf. Weshalb bringt dem männlichen Geschlecht heutzutage eigentlich niemand bei, dass die Zeiten, in denen das *Nein* einer Frau angeblich ein insgeheimes *Ja* bedeutete, schon lange vorbei sind? Diese Annahme ist ein ebensolcher Mythos wie die Vorstellung, dass Spinat viel Eisen enthält.

Was auch immer genau die Ursache für seinen Rückzug ist, ich nehme mit großer Erleichterung wahr, dass ich nun offenbar ungehindert meiner Rettungsmission nachkommen kann. Randolfs Tür fällt ins Schloss, und ich stehe endlich vor dem roten Salon.

»Ich bin's. Nelly«, flüstere ich und klopfe leise.

»Na endlich, ich dachte schon, du bist unterwegs eingeschlafen«, ertönt es von der anderen Seite der Tür, und ich unterdrücke einen Anflug von Ärger. Wenn Tinette wüsste, dass ich erst diesen lästigen Regisseur abwimmeln musste, bevor ich zu ihr durchdringen konnte! Doch ich kenne meine Freundin. Wenn sie Angst hat, dann schlägt sie um sich und verschlimmert in der Regel die Lage nur noch.

»Mach auf!«, bitte ich und ernte lediglich ein hämisches: »Haha, würd ich ja gern!«

Stimmt ja, ich bin schließlich gekommen, um sie aus ihrer Gefangenschaft zu befreien. Okay, Regel Nummer eins bei Krisenintervention, das weiß ich von Inka, lautet: Hilfe anbieten, Empathie zeigen, sich solidarisch erklären.

»Wie kann ich dir helfen?«, frage ich daher und versuche, dadurch Zuwendung zu demonstrieren.

»Hol mich hier raus!«, entgegnet Tinette im Befehlston, und ich überlege, wie ich das anstellen soll. Im Schimmer der Notbeleuchtung, die alle paar Meter im Korridor angebracht ist, erkenne ich einen Feuerlöscher. Ob ich den dazu benutzen soll, die Tür einzuschlagen? Oder ob ich lieber den geräuschloseren Weg wähle und versuche, das Schloss mittels einer Kreditkarte zu öffnen?

Doch leider liegt meine *Visa* im Zimmer, und ein zweites Mal möchte ich es nicht riskieren, von Randolf Regner abgepasst zu werden, der dann erst recht denkt, dass ich *es* doch will.

Ich überlege fieberhaft, aber es fällt mir bedauerlicherweise keine Lösung für dieses Dilemma ein. Außer möglicherweise …

»Gibt es in diesem Raum ein Bett?«, frage ich so sachlich wie möglich.

»Jetzt sag mir bloß nicht, dass ich mich hinlegen, ruhig atmen und schlafen soll«, giftet meine Freundin durchs Schlüsselloch. »Was glaubst du denn, was ich seit einer Stunde mache?«

»Ich will doch nur wissen, ob du irgendetwas in diesem Zimmer findest, was du benutzen kannst, um dich durch das Fenster abzuseilen«, entgegne ich, ein wenig daran zweifelnd, ob das wirklich ein so toller Vorschlag ist. »Bitte was?«, fragt Tinette auch prompt entsetzt. Dann herrscht für einen Moment Stille. Meine Freundin scheint nachzudenken. Oder zu suchen. Ich persönlich hoffe auf Letzteres.

»Alles, was ich hier finde, sind Bettlaken«, sagt sie leise, und ich kann mir lebhaft vorstellen, was in diesem Augenblick in ihr vorgeht. Klaustrophobie kämpft gegen Höhenangst – ein wahrlich unfairer Kampf zweier durchaus ebenbürtiger Gegner.

»Dann knote die Laken zusammen, befestige am Ende etwas Schweres, und lass das Ganze mal probehalber aus dem Fenster baumeln. Mit etwas Glück kannst du erkennen, wie weit die Laken hinunterreichen«, schlage ich so gelassen wie möglich vor, während mir selbst das Herz bis zum Hals schlägt.

»Einen Moment«, erwidert Tinette, und ich bin erstaunt. Eigentlich hatte ich mit massivem Protest ihrerseits gerechnet. Wenige Minuten später, die mir vorkommen wie eine Ewigkeit, erstattet sie Meldung.

»Sieht eigentlich ganz okay aus«, sagt sie zaghaft, und ich denke: tapfer, tapfer!

»Hast du die Laken auch wirklich fest verknotet?«, frage ich sicherheitshalber nach. Ich möchte schließlich nicht schuld daran sein, wenn Tinette haltlos in die Tiefe rauscht und sich den Fuß bricht. Oder Schlimmeres. Nachdem ich die Bestätigung erhalte, erweitere ich meine Anweisungen.

»Und nun suchst du dir etwas – am besten in Fensternähe –, woran du das eine Ende des Lakens knoten kannst.« Allmählich tritt mir Angstschweiß auf die Stirn. Was, wenn ich Tinette mit meiner Idee in den Unfalltod treibe?

»Ist erledigt«, erfolgt prompt die Rückmeldung, und ich kann es kaum fassen, dass das alles bislang weitestgehend ohne Drama abgeht. Sollte Tinette etwa über Nacht erwachsen geworden sein? Oder macht sie seit Jahren eine Verhaltenstherapie, ohne dass wir davon wissen?

»Das ist super«, stimme ich ihr zu. »Am besten gehe ich jetzt nach draußen, stelle mich vor dein Fenster und nehme dich dann in Empfang«, schlage ich vor und überlege, wie ich unbehelligt an Randolfs Zimmer vorbeikommen soll. Am liebsten würde ich mich zusammen mit Tinette abseilen – quasi als Tandem –, doch das geht ja aus bekannten Gründen leider nicht.

»Okay, ich warte, bis du da bist«, sagt Tinette, und ich überlege bereits, was ich ihr als letztes Wort mit auf den Weg geben kann. Habe ich ihr eigentlich jemals gesagt, wie gern ich sie habe?

»Ich hab dich übrigens sehr lieb«, flüstere ich und bin so nah am Schlüsselloch, dass sich meine Wimpern beinahe darin verfangen.

»Ich dich auch«, kommt es nach einer Weile zögerlich – also hat Tinette doch Angst.

»So, Süße. Ich geh jetzt los. Warte mit allem, was du tust, bis du mich siehst, okay? Keine Alleingänge und keine unüberlegten Aktionen, versprochen?«

»Großes Indianerehrenwort«, piepst meine Freundin, und ich schlucke.

Dann mache ich mich auf den Weg und achte diesmal darauf, die Flügeltür zu öffnen, ohne Randolfs Aufmerksamkeit zu erregen. Ob ich nun besonders leise war oder der Regisseur das Interesse verloren hat, ich weiß es nicht. Was ich aber weiß, ist, dass ich jetzt vollkommen orientierungslos um das Schloss schleiche, auf der Suche nach dem Fenster des roten Salons. Ich verfluche (nicht zum ersten Mal in meinem Leben) meinen mangelnden Orientierungssinn und stolpere in der Dunkelheit umher. Meine Fellpuschen sind natürlich ebenso wenig geeignet für diese Aktion wie das hauchdünne Negligé. Vermutlich wird das Ganze damit enden, dass Tinette glücklich in die Arme von Dominic sinkt, während ich mit akuter Lungenentzündung in die Klinik von … (Wie heißt eigentlich der nächstgrößere Ort hier in Cornwall?) eingeliefert werde. Nun ja, was tut man nicht alles für seine Freundinnen? Gerade als ich drohe, in Panik zu verfallen, weil ich befürchte, das Fenster nicht zu finden, wird es ein wenig heller, da die Wolke, die sich vor den Mond geschoben hatte, netterweise endlich davongezogen ist. Ah, hier ist es ja! Ich sehe Tinettes schmale Silhouette auf der Fensterbank sitzen und mir zuwinken wie eine Ertrinkende dem nahenden Rettungsboot.

»Alles klar bei dir?«, frage ich und ziehe fröstelnd das Negligé enger um mich.

»Ja«, lautet die Antwort. »Von mir aus kann es jetzt losgehen.«

»Okay, ich bin hier«, versichere ich und stelle mich breitbeinig vor die Schlossmauer, um so stabil wie möglich zu stehen, wenn die dreiundfünfzig Kilo Lebendgewicht meiner Freundin vom Sims hinunter in die Tiefe rauschen. Ich versuche, die Entfernung abzuschätzen und mir nicht anmerken zu lassen, dass ich mir momentan nicht vorstellen kann, dass die Länge von zwei Bettlaken ausreichen soll, diese Distanz zu überbrücken. Ob ich doch lieber die Polizei benachrichtigen sollte? Oder die Feuerwehr, damit die mit einem Sprungtuch kommt, wie man es aus den Nachrichten kennt?

Doch ehe ich es mich versehe, saust meine Freundin auch schon nach unten. Es geht alles so schnell, dass ich gar nicht merke, dass ich den Fallwinkel offensichtlich falsch berechnet habe. Tinette landet ein gutes Stück neben mir und liegt im fahlen Licht des Mondscheins auf dem Rücken wie ein zappelnder Käfer. Immerhin zappelt sie wenigstens, denke ich, während ich mich zu ihr hinunterbeuge und sie frage, ob sie weiß, wie sie heißt.

»Tinette Grafenberg«, lautet die prompte Antwort, und mir wird abwechselnd heiß und kalt. Steht meine Freundin unter einem posttraumatischen Schock? Ist sie bereits auf dem Weg ins Nirwana? Oder ist sie schlichtweg betrunken?

»Kannst du dich bewegen, Süße?«, will ich wissen und halte die Hand meiner Freundin, die sich kalt und leblos anfühlt. Sie wird doch nicht etwa …? Jetzt nur keine Angst zeigen!, ermahne ich mich selbst.

»Kannst du dich aufsetzen?«, frage ich, während ein seliges Lächeln das Gesicht meiner Freundin umspielt. Wie sie so daliegt, in silbernes Mondlicht getaucht, das schwarze Haar um sich gebreitet wie ein Kranz, erinnert sie mich stark an Schneewittchen. An Schneewittchen in ihrem gläsernen Sarg. NEIN – so etwas darf ich jetzt nicht denken. Es ist alles gutgegangen, meiner Freundin ist nichts passiert!

»Ich werde Dominic heiraten«, sagt Schneewittchen, und ich überlege, ob wohl einer der sieben Zwerge Dominic hieß. »Ja, das wirst du«, rede ich ihr gut zu. »Aber erst musst du dich aufsetzen. Du willst ihn doch nicht im Liegen heiraten, oder?«

Das scheint Tinette einzuleuchten, und schon sitzt sie aufrecht vor mir und strahlt mich an.

»Möchtest du meine Trauzeugin sein?«

»Komm jetzt, steh auf – der Boden ist lausig kalt. In Cornwall kennen sie offensichtlich keinen Sommer«, sage ich so energisch wie möglich. Die Trauzeugenfrage werde ich erst diskutieren, wenn ich verlässlich weiß, dass mit Tinette auch wirklich alles in Ordnung ist.

»Ich danke dir, dass du mir das Leben gerettet hast«, haucht die Befreite und fällt mir mit dramatischer Geste um den Hals. »Willst du Patentante werden?«

Nun bekomme ich es wirklich mit der Angst zu tun. Ich bin so verzweifelt und überfordert, dass ich mich momentan sogar freuen würde, wenn Randolf Regner plötzlich auftauchte. Außerdem frage ich mich mit wachsendem Ärger, wo eigentlich Dominic abgeblieben ist. Dominic, Tinettes künftiger Ehemann und der mutmaßliche Vater ihrer Kinder. WO IST DER MANN, WENN MAN IHN BRAUCHT?

Nachdem ich ein Mal tief durchgeatmet habe und Tinette wieder auf eigenen Füßen steht, besinne ich mich darauf, dass wir seit Jahren alle Krisen ganz ohne

Zutun irgendwelcher Männer gemeistert haben. Ich ziehe Tinette hinter mir her, und irgendwie schaffen wir es ohne weitere Zwischenfälle in unser gemeinsames Zimmer. Zum Glück befinden sich dort ein Wasserkocher und eine kleine Auswahl an Teesorten, sodass ich tun kann, was jede wohlmeinende Figur eines Pilcher-Films in dieser Situation ebenfalls getan hätte: Ich koche uns einen Earl Grey. Während wir beide schweigend das heiße Gebräu trinken, beobachte ich meine Freundin besorgt. Doch nichts deutet darauf hin, dass sie gleich tot umfallen wird, weil sie innere Verletzungen erlitten hat.

»Magst du mich denn jetzt mal darüber aufklären, wie du überhaupt in diese unsägliche Situation gekommen bist?«, frage ich, denn so etwas passiert ja schließlich nicht alle Tage.

»Daran ist Sandra schuld«, beginnt Tinette und spricht den Namen von Dominics Frau mit Grabesstimme aus. »Sie wollte Dominic nach ihrer Rückkehr aus Tibet mit einem Besuch am Set überraschen.«

Aha, denke ich. Dann interessiert sich die werte Gattin doch mehr für ihren Mann als bislang angenommen. Aber schließlich war es ja auch ihr Plan, sich bei der Meditation im Kloster über ihr Leben klar zu werden, wenn ich richtig informiert bin.

»Ich war ja nach dem Abendessen noch bei ihm. Er hat das Zimmer neben dem roten Salon. Wir hatten gerade begonnen, uns gegenseitig auszuziehen, als es an der Zimmertür klopfte. Als klar wurde, dass es Sandra ist, die vor der Tür steht, blieb mir nichts anderes übrig, als nach nebenan in den roten Salon zu flüchten, der mit Dominics Zimmer durch eine Zwischentür verbunden ist, aber normalerweise nicht benutzt wird.«

Aha, deshalb war die Tür auch von außen verschlossen. Allmählich beginne ich zu verstehen.

»Tja, und von dem Moment an saß ich in der Falle. Aus dem verschlossenen Raum kam ich nicht hinaus, und in Dominics Zimmer konnte ich natürlich auch nicht zurück.«

»Aber hat er denn nicht versucht, Sandra unter irgendeinem Vorwand nach draußen zu lotsen, damit du entkommen konntest?«, frage ich, denn das hätten mit Sicherheit meine Romanhelden in einer vergleichbaren Situation getan. »Doch, das hat er. Er hat Sandra vorgeschlagen, einen Willkommens-Drink in der Bibliothek zu nehmen, er hat sie auch gefragt, ob sie Hunger hat. Aber alles, was sie wollte, war, bei ihm zu bleiben. Und ihn zu verführen …« Der letzte Teil des Satzes kommt eine Spur gedämpfter und mit gesenktem Kopf.

Nanu? Wollte Tinette nicht noch vor einer Minute, dass ich Trauzeugin und die Patentante ihres ersten Kindes werde? Hat sie nicht sogar behauptet, *Grafenberg* mit Nachnamen zu heißen?

»Ich weiß, was du jetzt denkst«, fährt sie fort. Was mir Anlass zur Hoffnung gibt, dass sie nicht nur körperlich unversehrt ist, sondern auch geistig. »Ich fand das ja auch alles nicht so witzig. Was glaubst du, wie ich mich gefühlt habe, als ich zuhören musste, wie Dominic versucht hat, Sandra abzuwehren.« (Na, immerhin besser so als andersherum, oder?!) »Ich habe natürlich sofort gedacht, dass es besser wäre, die Geschichte mit ihm zu beenden, weil sie keine Zukunft hat. Aber als ich so auf dem Fenstersims saß und auf dich gewartet habe, schloss ich einen Pakt mit Gott.«

Mit Gott?

»Ich habe beschlossen, dass ich alles daran setzen werde, Dominics Frau zu werden, wenn die Geschichte mit dem Abseilen gut endet.«

Ich schweige – zutiefst beeindruckt. Dann hat also Gott oder das Schicksal beschlossen, die Liebesgeschichte meiner Freundin mit einem Happy End zu besiegeln.

Oder lag Tinettes wundersame Rettung in Wahrheit daran, dass die Entfernung des Fensters zum Boden doch nicht so groß war wie in meiner Panik angenommen? Wenn ich so darüber nachdenke, hätte man vermutlich auch ohne Zuhilfenahme von Bettlaken aus dem Fenster springen können, ohne Schaden an Leib und Seele zu nehmen. Aber das muss ich Tinette ja nicht gerade jetzt sagen.

Kapitel 16

Love Letters

»Hallo, meine Süße«, begrüße ich am Sonntagabend meine Katze, die während meiner Abwesenheit von Inka versorgt wurde. Irre ich mich, oder hat Rosamunde zugenommen? Als ich die Menge der *Sheba*-Dosen im Mülleimer sehe, weiß ich, dass die Katzensitterin etwas übertrieben hat. Gut, dass ich wieder da bin!

Nachdem ich ausgiebig mit Rosamunde geschmust habe, mache ich mich ans Auspacken und lasse die vergangenen Tage in Cornwall Revue passieren. Nach der Aufregung mit Tinette gab es keine weiteren Zwischenfälle, außer dass sich irgendwann Sandras und ihre Wege kreuzten. Zum Glück ebenfalls ohne Zwischenfälle … Der Spontan-Besuch der Gattin hatte zwar zur Folge, dass der geplante Liebesurlaub mit Dominic ein jähes Ende fand, was aber wiederum dazu führte, dass ich ein paar sehr entspannte Tage mit meiner Freundin verleben konnte.

Jetzt gibt es kaum einen Winkel in Cornwall, den ich nicht kenne, sinniere ich, während ich die Waschmaschine einschalte und im Wohnzimmer eine Wiederholung von *Stürmische Begegnung* (einem der ersten Pilcher-Filme) über den Bildschirm flimmert. Wie gern würde ich mir den jetzt ansehen, doch die Vernunft gebietet es, mich der Realität zu stellen und einen Blick auf meinen Schreibtisch zu werfen, den ich bisher geflissentlich ignoriert habe. Mir wird angst und bange, wenn ich darüber nachdenke, wie es jetzt mit mir weitergeht. Ich habe den Gedanken an den *Amor*-Verlag und meine berufliche Krise in England so gut verdrängt, dass ich noch nicht einmal die Antwortmail meiner Lektorin gelesen habe, sofern überhaupt eine solche erfolgt ist. Klopfenden Herzens nähere ich mich meinem Arbeitsplatz, auf den Inka die Post der vergangenen Woche gelegt hat. Auf dem kleinen Stapel liegt zuoberst ein Briefumschlag, der sich wohltuend von den grau-weißen der Geschäftspost abhebt. Der Brief ist – das erkenne ich bereits am Duft – von Leander. Ich stoße einen kurzen Jubelschrei aus, denn in den vergangenen Tagen habe ich schlimme Anfälle von unstillbarer Sehnsucht nach ihm erlitten. Während wir in gemächlichem Tempo durch die südenglische Landschaft schaukelten, hatten Tinette und ich uns abwechselnd von unseren Liebsten vorgeschwärmt und uns in wilden Fantastereien bezüglich der Zukunft ergangen. Ich konnte meine Freundin nur mit Mühe davon abhalten, sich Namen für ihre künftigen Kinder auszudenken, und sie hatte mich ihrerseits davor bewahrt, in einem Brautmodengeschäft in Porthkerris einen Traum aus elfenbeinfarbenem Satin von der Schaufensterpuppe zu zerren.

Ich öffne den Umschlag vorsichtig mit einem Brieföffner, der seit Jahren ungenutzt ein Schattendasein in einer Schublade fristete und nun bereits zum zweiten Mal innerhalb weniger Wochen zum Einsatz kommt. Wer hat mir den gleich noch mal geschenkt? Egal …

Verehrte, liebe Frau Sander,

ich hoffe, Sie sind wohlauf und denken mit ebenso guten Gefühlen an unseren Abend im Café Fees zurück wie ich. Die Stunden mit Ihnen sind geradezu verflogen, und ich habe es genossen, zusammen mit Ihnen den Klängen des wunderbarsten aller Komponisten zu lauschen. Ich würde mich freuen, wenn wir unser anregendes Gespräch bei Gelegenheit fortsetzen könnten.

Herzlichst

Ihr Wolfhard L. von Sandersdorf

Ich schwebe auf Wolken …

Leander hat sich gemeldet und würde mich gern wiedersehen! Ich bin so aufgeregt und überglücklich, dass ich Rosamunde schnappe und mit ihr durch die Wohnung tanze, was meine Katze mit lautstarkem Protest quittiert. Ein wenig enttäuscht darüber, dass sie keinen Spaß daran hat, setze ich sie auf den Boden.

In Sekundenschnelle ist sie verschwunden und verkrümelt sich unter meinem Bett. Offensichtlich ist Wiener Walzer nicht so ihr Ding. Ich jedoch tanze weiter meine Runden, ein Kissen an die Brust gepresst. Während ich laut *eins, zwei, drei* zähle, schweifen meine Gedanken zu dem Brautkleid in Porthkerris. Noch schöner als in Husum heiratet es sich bestimmt in Cornwall. Vielleicht könnten Tinette und ich sogar eine Doppelhochzeit …?

Eine halbe Stunde später übernimmt zum Glück mein Verstand wieder das Regiment, und ich besinne mich darauf, dass außer Leanders Brief weitere Post auf mich wartet. Und mein E-Mail-Account. Ich überprüfe die Absenderadressen der grau-weißen Umschläge und finde lediglich die üblichen Telekommunikationsrechnungen und Werbesendungen. Der zuunterst liegende Brief ist vom Amor-Verlag. Mit fliegenden Fingern öffne ich ihn.

Sehr geehrte Frau Sander,

mit großem Bedauern habe ich Ihre Nachricht bezüglich der von uns geplanten Romantic-Comedy-Reihe gelesen. Es ist schade, dass Sie sich offensichtlich nicht für dieses Genre begeistern können, denn der Amor-Verlag verspricht sich für die Zukunft eine hohe Zuwachsrate in diesem Segment.

Wie bereits anlässlich Ihres Besuches in München gesagt, planen wir derzeit keine Fortsetzung der Herzblatt-Reihe und werden insgesamt den Bereich der klassischen Liebesromane erheblich zurückfahren.

Wir bedauern sehr, dass unsere Zusammenarbeit nach nunmehr zehn Jahren endet, und wünschen Ihnen für Ihren weiteren beruflichen Weg alles Gute.

Unterzeichnet ist das Schreiben von Doktor Lydia Fuchs, dem Verlagsleiter und der Programmleiterin für *Young at heart*.

Wie vom Donner gerührt, starre ich auf die beschriebene Seite, bis die Zeilen beginnen, vor meinen Augen zu verschwimmen. Ich setze mich auf die Couch und versuche zu realisieren, was das in letzter Konsequenz für mich bedeutet. Während ein Teil von mir mich ermahnt, jetzt nicht hysterisch zu werden und die Lage nüchtern zu betrachten, verfällt der andere und leider erheblich größere Teil in Panik.

»Was habe ich blöde Kuh mir nur bei alldem gedacht?«, sage ich anklagend zu meinem Spiegelbild, als ich eine halbe Stunde Weinkrampf später kaltes Wasser über meine geschwollenen Augenlider laufen lasse. Bin ich eigentlich von allen guten Geistern verlassen? Wovon soll ich denn jetzt in Zukunft leben? Welcher Teufel hat mich geritten, in einer Kamikaze-Aktion eine Konterrevolution anzuzetteln, ohne auch nur im Mindesten an die Folgen zu denken? Wie alt bin ich eigentlich? Zwölf?

Ich bin heilfroh, dass just in diesem Moment das Telefon klingelt. Es ist Inka, die sich erkundigt, ob

Tinette und ich gut gelandet sind und Rosamunde noch lebt.

»Ja, wenigstens sie«, schniefe ich ins Telefon, was meine Freundin natürlich sofort alarmiert und veranlasst zu fragen, ob sie vorbeikommen soll. Im ersten Moment bin ich versucht, das Angebot anzunehmen und mich von ihr trösten zu lassen, doch dann sagt der erwachsene Teil in mir, dass es jetzt allmählich an der Zeit ist, aus meinem Dornröschenschlaf zu erwachen, und zwar ohne jedes Zutun eines Prinzen oder einer wohlmeinenden Freundin.

»Danke, ist lieb, aber ich denke, dass ich da erst einmal allein durchmuss«, sage ich tapfer. Wir verabreden uns für den darauffolgenden Abend auf eine Kleeblatt-Pizza, denn schließlich haben wir alle drei in den vergangenen Tagen jede Menge erlebt, das es wert ist, erzählt und diskutiert zu werden.

Nachdem ich den Hörer aufgelegt habe, koche ich eine Kanne Tee, schnappe mir eines der Couchkissen und setze mich auf den Boden vor meinen Sekretär. Dann hole ich mit Todesverachtung alle meine Ordner aus dem Schrank und stelle sie vor mich hin. Neben mir liegen bereits ein Block, ein Kugelschreiber und – sehr wichtig in diesem Zusammenhang! – ein Taschenrechner. Ich habe vor, eine Übersicht über meinen finanziellen Status zu erstellen, eine Maßnahme, die seit Längerem überfällig ist.

Zwei Stunden harter Arbeit später sehe ich die Dinge ein wenig klarer. Ich habe eine Liste meiner monatlichen Fixkosten erstellt und diese fein säuberlich in die Rubriken »Unbedingt notwendig«, »Notwendig« und »Nicht unbedingt notwendig« unterteilt. Unter »Unbedingt notwendig« stehen:

Miete
Strom
Telekommunikationskosten (Festnetz, Handy)
Versicherungen
Essen
Kosmetika
Ausgehen

Unter »Notwendig« findet sich:
Kleidung
Ballett
Reisen
Schuhe

Für die Rubrik »Nicht unbedingt notwendig« habe ich bislang noch nichts gefunden. Natürlich würden mir eine Menge Dinge einfallen, für die ich niemals bereit wäre, Geld auszugeben: eine Dauerkarte für den HSV, ein Hometrainer, ein Flachdachbungalow in Oer-Erkenschwik, eine Pythonschlange … Aber Dinge zu notieren, die ich *nicht brauche*, ändert ja nichts an meinem Grundproblem: Unter einem Minimum von circa eintausendfünfhundert Euro im Monat werde ich nicht überleben können. Und eigentlich müssten sämtliche Punkte, die unter »Notwendig« stehen, in »Unbedingt notwendig« umgruppiert werden. Schließlich muss ich ja irgendetwas an meinen Füßen und am Körper tragen. Und dass Ballett wirklich gut für die Haltung und ein nicht zu vernachlässigender Ausgleich zu meiner Tätigkeit am Schreibtisch ist, ist ja auch eine unumstößliche Tatsache. (Obwohl ich besagte Ballettstunden schon seit einigen Wochen wegen akuter Unlust schwänze, ähem.) Dann aber muss ich realistisch sogar davon ausgehen, dass es unter zweitausend Euro monatlich nicht gehen wird.

Die Addition der Bestände auf meinem Geschäfts- und Girokonto, meinem festverzinslichen Sparbuch und dem Guthaben bei der LBS (Wann bin ich eigentlich auf die seltsame Idee verfallen, einen Bausparvertrag abzuschließen?) ergibt, dass ich exakt sechs Monate finanziert bin, wenn ich nicht allzu sehr über die Stränge schlage. Auf den ersten Blick klingt das zwar ganz beruhigend, aber die Frage, die sich an dieser Stelle naturgemäß stellt, ist: Was mache ich NACH Ablauf des halben Jahres? Ich rechne schnell hoch: Bei einer durchschnittlichen Lebenserwartung von etwa fünfundachtzig Jahren muss ich noch … Erschöpft lasse ich mich auf die Couch zurücksinken. Ein halbes Jahr … sinniere ich. Was kann nicht alles in dieser Zeit passieren? Es wird mit Sicherheit keine lukrativen Jobs vom Himmel regnen, ich werde weder erben noch in eine wohlhabende Familie einheiraten. Warum habe ich bloß nicht mehr aus meinem Studium gemacht und bin nicht fest angestellt? Wieso konnte ich mich noch nicht einmal dazu aufraffen, auf Lehramt zu studieren, um süße kleine Grundschüler in den Zauber von Büchern wie *Ronja Räubertochter* oder *Jim Knopf und die Wilde 13* einzuführen? Ich versuche, jeden Gedanken daran von mir zu schieben, dass meine Mutter mir damals schon prophezeit hat, ich würde beim Amor-Verlag hängen bleiben, wenn ich mich erst einmal an diese Einnahmequelle gewöhnt hätte.

»Und deinen Stil verdirbst du dir damit auch noch«, hatte sie mahnend gesagt, ganz Lektorin eines Verlages – eines literarischen, selbstverständlich. »Solltest du dich jemals entschließen, einen anspruchsvollen Roman zu schreiben, wird dir das mit Sicherheit sehr schwerfallen. Und das wäre doch jammerschade, denn ich halte dich für sehr talentiert.«

Sollte meine Mutter recht behalten? Bin ich ab sofort dazu verdammt, mich in die Riege der arbeitslosen Geisteswissenschaftler einzureihen, die auf der Suche nach einer festen Stelle sind, die sie nicht komplett unterfordert und die auch noch einigermaßen anständig bezahlt wird?

Mein Blick wandert zur Visitenkarte von Paula Persson, die nach wie vor am Fuß meiner Schreibtischlampe lehnt. Soll ich Paula anrufen und sie um Rat bitten? Wenn jemand über ausgezeichnete Kontakte zur Verlagsbranche verfügt, dann sie.

Mit dem Gefühl, wenigstens einen Hauch von Perspektive zu haben, liege ich ein wenig später im Bett. Es ist weit nach Mitternacht, und die nächtlichen Dämonen greifen mit kalter Hand nach mir. Doch ich strecke ihnen die Zunge heraus und stelle klar, dass es noch nicht so weit ist. NOCH ist nicht aller Tage Abend, wenn auch dieses Tages Nacht …

KAPITEL 17

Chilischoten & Mozartkugeln

Am darauffolgenden Spätnachmittag treffen wir uns bei Inka, um unser Wiedersehen zu feiern. Ruthild ist nicht da, also können wir uns ungestört in Inkas gemütlicher Wohnküche ausbreiten und Pizza backen. Zur Feier des Tages wird das Grundrezept abgewandelt, und es gibt zusätzlich Scampi als Belag sowie frische, klein geschnittene Chilischoten. Damit wird die simple *Kleeblatt*-Pizza zur *Kleeblatt-Diavolo*, wie Tinette sie tauft, nachdem sie sich bereits am ersten Bissen verschluckt hat und puterrot anläuft. Inka und ich trommeln abwechselnd auf ihrem Rücken herum und flößen ihr Wasser ein. Als sie wieder sprechen kann, kommt sie ohne lange Umschweife zu ihrem aktuellen Lieblingsthema: Dominic. Mit weit aufgerissenen Augen lauscht Inka der Cornwall-Episode und sieht anschließend ungläubig von einer zur anderen. Vor Aufregung isst sie drei Mozartkugeln hintereinander.

Ich kann gut verstehen, dass sie die Geschichte mit der Flucht aus dem roten Salon für maßlos übertrieben hält. Doch als ich bestätige, dass Tinette kein bisschen dazugedichtet hat, lacht sie schallend los.

»O Mann, euch beide kann man ja keine Sekunde aus den Augen lassen«, prustet sie, und beschämt denke ich daran, was sie wohl erst sagen wird, wenn ich vom Ende meines Arbeitsverhältnisses mit dem Amor-Verlag berichte.

»O mein Gott«, ist alles, was Tinette und sie im Chor sagen können, als ich mich schließlich doch dazu durchringe, von meiner aktuellen Lebenskatastrophe zu erzählen. Ich hatte zwar nicht vor, Tinette durch meine Probleme die Show zu stehlen, aber ich muss gestehen, dass es ganz wohltuend ist, das Mitgefühl meiner beiden Freundinnen zu spüren.

»Wenn alle Stricke reißen, kannst du jederzeit für mich arbeiten«, bietet Inka spontan ihre Hilfe an, und Tinette ergänzt, dass ich natürlich zu ihr ziehen und mietfrei bei ihr wohnen kann. Beide versichern mir nach Leibeskräften, dass es zu keiner existenziellen Krise kommen wird und ich meinen Weg schon gehen werde. Ich bin gerührt und beginne beinahe wieder zu weinen. Zurzeit habe ich sehr nah am Wasser gebaut. Daran ändert auch die Tatsache nichts, dass ich am Dienstag einen Termin in Paula Perssons Büro habe.

»Aber jetzt erzähl du mal«, fordere ich Inka auf, denn sie ist nun schon seit über einer Woche von ihrem Liebesurlaub aus Österreich zurück, und keine von uns weiß, wie es ihr jetzt geht und wie ihr … (wie hieß noch gleich der Ort?) gefallen hat. Und Max natürlich! Die Mozartkugeln schmecken allerdings köstlich – immerhin das steht fest.

Inka sieht schlagartig verlegen aus und beginnt hastig, die Teller abzuräumen, was wiederum mich nervös macht und insgesamt ziemlich ungemütlich ist.

»Gibt es irgendein dunkles Geheimnis, das du nicht lüften möchtest?«, erkundigt sich Tinette und zieht mal wieder ihre Augenbraue in die Höhe. Inka versteht den Wink mit dem Zaunpfahl und setzt sich wieder. »Ich glaube, diesmal ist es wirklich ernst«, ist alles, was sie sagt, und ich überlege, wie oft ich diesen Satz schon aus ihrem Mund gehört habe. Doch sosehr ich auch grüble, ich komme zu dem Ergebnis, dass sie ihn noch nie gesagt hat. Das ist üblicherweise Tinettes Vokabular – Inka ist mit derartigen Prognosen in der Regel sehr zurückhaltend. Puh, dann muss es ihr wirklich SEHR ernst sein!

»Wow«, sage ich und könnte mich gleichzeitig selbst ohrfeigen, dass ich als Geisteswissenschaftlerin und erfahrene Autorin von Liebesromanen außerstande bin, ein passenderes, angemesseneres Wort zu finden.

»Wie wundervoll«, beeile ich mich daher zu versichern, während Tinette anscheinend noch nach Worten ringt.

»Das ist ja mal die Neuigkeit des Jahres«, erklärt sie schließlich, ebenfalls nicht besonders poetisch. Ich sehe großzügig darüber hinweg, dass meine Arbeitslosigkeit eigentlich eher das Zeug zur *hottest news* hat. Doch Inka strahlt derart, dass wir eigentlich alle Kerzen löschen könnten – es wäre dann immer noch hell genug.

»Und wie geht es jetzt weiter mit euch beiden?«, hake ich nach, denn ich glaube nicht, dass Inka plötzlich ihre Meinung geändert hat und mit fliegenden Fahnen nach Österreich umsiedeln wird. Dazu ist sie zu sehr in Hamburg verwurzelt. Außerdem ist hier der Sitz von *Alternative Weddings* und damit ihre berufliche Mitte.

»Wir werden die nächste Zeit pendeln und dann schauen, wie es uns damit geht. Wenn alle Stricke reißen, werde ich möglicherweise …«

»Nein, sag jetzt bitte nicht, dass du in dieses unsägliche Kaff, dessen Namen ich mir nicht einmal merken kann, ziehen wirst«, zetert Tinette, und ich bin sprachlos. Wie kann sie nur so negativ sein? Es ist doch schön, wenn Inka endlich den Mann gefunden hat, bei dem sie bleiben möchte. Und wenn es ihm ebenfalls so geht, ist doch alles bestens. »Dieses unsägliche Kaff, wie du es so charmant nennst, heißt Hallein. So schwierig ist der Name nicht. Und du solltest ihn dir gut merken, denn ich hoffe, dass du uns irgendwann mal dort auf der Hütte besuchen wirst. Wir würden uns nämlich freuen, dich dort zu sehen. Also euch beide, natürlich«, entgegnet Inka und funkelt Tinette an. Die Wörter »wir« und »uns« tanzen durch meinen Kopf, und mir wird ein wenig traurig ums Herz. Heißt das, dass unser Kleeblatt in absehbarer Zeit um ein Blatt dezimiert werden wird? Und wenn dem so ist, wie wollen wir unsere Pizza dann in Zukunft nennen? *Pas de deux?*

»Dann ist es dir also wirklich ernst«, stelle ich fest, während Tinette ganz offensichtlich noch mit sich hadert. Aber wie ich sie kenne, tut es ihr bestimmt schon leid, so unpassend reagiert zu haben.

»Tut mir leid, ich freue mich natürlich für dich«, sagt sie auch prompt und steht auf, um Inka zu umarmen. Irre ich mich, oder weint sie?

»Es ist nur so, dass dieses Hallein einfach verdammt weit weg ist und wir dich furchtbar vermissen werden«, schnieft sie. Nun stehen auch Inka und mir Tränen in den Augen. Was ist denn auf einmal los mit uns? Vielleicht hätten wir die Chilischoten doch lieber weglassen sollen?

»Mann, Mädels«, ruft Inka nun energisch und in vollem Bewusstsein der Tatsache, dass wir kaum einen Ausdruck mehr hassen als »Mädels«. Der Trick funktioniert, und schon weicht die sentimentale Atmosphäre der Fröhlichkeit. Inka unterhält uns mit Anekdoten aus Österreich und stöhnt unter anderem darüber, dass Max ein echter Sport- und Bergfanatiker ist, was man von ihr nun wahrlich nicht behaupten kann, trotz des professionellen Outfits, mit dem sie losgezogen war, um die Bergwelt und sein Herz zu erobern. Aber zumindest im Fall von Max ist es ihr gelungen, das Ziel zu erreichen, wenn man ihren Worten Glauben schenken darf.

Man darf, denn eine Minute später klingelt das Telefon, und der Herr aus Österreich ist am Apparat. Verlegen kichernd, die Wangen hochrot, verzieht Inka sich in ihr Zimmer, während Tinette und ich einander ansehen.

»Mann, bin ich neidisch«, entschlüpft es meiner Freundin, und das ist für mich das passende Stichwort, um mich nach dem Stand ihrer Affäre mit Dominic zu erkundigen. In einer Woche werden die Dreharbeiten in Cornwall abgeschlossen sein, und im Anschluss daran wird er aller Voraussicht nach in Hamburg am Ernst-Deutsch-Theater spielen.

»Ehrlich gesagt, habe ich keine Ahnung«, erklärt sie traurig. »Nach dem Schrecken darüber, dass wir in England beinahe aufgeflogen wären, will Dominic im Augenblick lieber etwas vorsichtiger sein.«

Ich überlege. Bedeutet dieser Vorsatz, dass der Schauspieler sich selbst oder seine Liebe zu Tinette schützen will?

»Und er will die verbleibende Woche nutzen, um sich darüber klar zu werden, was er für mich empfindet.«

Autsch, das klingt nach einer der Standardausreden eines V-Mannes oder eines *Bad Boy* (»Liebling, gib mir Zeit, ich bin noch nicht so weit«; »Lass es uns langsam angehen …«). Aber vielleicht denke ich ja auch einfach nur zu negativ?

»Na, dann drücke ich dir die Daumen«, murmle ich wenig überzeugt. Auch Tinette sieht nicht danach aus, als wäre sie hundertprozentig sicher, dass ein Happy End auf sie wartet. In diesem Moment kommt Inka zurück in die Küche, wirft sich schwungvoll auf den Stuhl und streicht ihr langes rotes Haar zurück.

»Max kommt dieses Wochenende«, informiert sie uns mit verklärtem Blick.

»Das heißt dann wohl, dass wir ohne dich Kanu fahren werden«, stellt Tinette fest. »Wir wollten am Samstag doch endlich das Boot zu Wasser lassen.«

Stimmt, wir haben in diesem Jahr die Saison noch gar nicht eröffnet.

»Oder wir fahren mit zwei Kanus«, schlage ich vor, denn ohne Inka zu paddeln macht nur halb so viel Spaß. Zu unserem eigenen Boot können wir ja noch eines für die beiden Turteltäubchen mieten.

Als ich später im Bett bin und über den hinter mir liegenden Tag nachdenke, während sich Rosamunde schnurrend auf meinem rechten Fuß zusammengerollt hat und ihn plattzudrücken droht, wandern meine Gedanken zu Leander. Noch habe ich nicht auf seinen schönen Brief geantwortet, weil mein berufliches Desaster für kurze Zeit alle Romantik überschattet hat. Traurig eigentlich! Ob ich ihm jetzt noch schreiben soll? Vielleicht sollte ich ihn ebenfalls zum Kanufahren einladen? Ein Blick auf die Uhr sagt mir, dass es halb eins ist, aber seltsamerweise bin ich überhaupt nicht müde. Und außerdem kann ich ja ab sofort ausschlafen, denn momentan erwartet kein

Mensch irgendetwas Produktives von mir. Ich beschließe, mir eine weitere Woche Ferien zu gönnen. Schließlich ist viel passiert in meinem Leben. Das will erst einmal mental verarbeitet sein.

Eine Minute später sitze ich an meinem Sekretär und beschließe, dass mein Frottebademantel eigentlich nicht das passende Outfit für meinen Antwortbrief an Leander ist. Jetzt bräuchte ich Tinettes Negligé. Vielleicht sollte ich morgen ein Dessousgeschäft aufsuchen? Obwohl … angesichts meiner momentanen finanziellen Situation ist das mit Sicherheit keine so glorreiche Idee. Für den Moment muss es eben so gehen. Sieht mich ja keiner.

Lieber Leander,

auch ich denke gern an unsere gemeinsamen Stunden zurück und würde mich ebenfalls freuen, Sie alsbald wiederzusehen.

Herzlichst

Ihre Nelly Sander

Hm, ist das nicht ein bisschen kurz geraten? Dafür hat sich das Aufstehen ja kaum gelohnt. Aber was sollte ich sonst auch schreiben?

Mein Liebster, mein Herzblatt, mein Augenstern, mein Ein und Alles, mein Einziger …

Nein, so geht das nicht, auch wenn ich mich gerade mit jeder Faser meines Herzens nach ihm sehne.

Mit jeder Faser?

Bin ich jetzt vollkommen übergeschnappt? Ich habe Leander bislang viermal in meinem Leben gesehen und habe nicht den blassesten Schimmer, was er für mich empfindet. Bevor ich mich in das nächste Unglück stürze, sollte ich lieber mit Sicherheitsnetz arbeiten. Oder mit der Reißleine. An der ich jederzeit ziehen kann, wenn es droht, mir das Herz zu zerreißen …

Mein empfindsames Herz, es flattert wie ein
Schmetterling im Netz,
doch diesmal, so hoffe ich, bleibt es unverletzt

Wie schön diese Textzeile aus dem Song *Herzschlag* von Randy Clarence ist. Und wie schön wäre es, wenn Leander der Mann wäre, in dessen Netz ich mich verheddern könnte, ohne Schaden zu nehmen.

Plötzlich verspüre ich den dringenden Wunsch, das Lied zu hören und mich ganz dem Zauber des Textes hinzugeben. Dieser Song gehört meiner Meinung nach mit zum Schönsten, was je in deutscher Sprache über die Liebe geschrieben wurde. Während ich auf der CD ein Lied nach dem anderen höre und mich in Leanders Arme träume, verspüre ich mit einem Mal einen derart dringenden Wunsch, in seiner Nähe zu sein, dass ich beschließe, den Brief sofort einzuwerfen. Spontan entscheide ich, dass die erste Variante es exakt auf den Punkt bringt. Er möchte mich sehen – ich ihn, und damit basta! Es ist zwar zwei Uhr morgens, aber nichts und niemand wird mich jetzt aufhalten, ihm meine Antwort zu übermitteln.

Weil ich es so eilig habe, mache ich mir nicht einmal die Mühe, mich anzuziehen. Es ist mitten in der Nacht. Wer also sollte um diese Uhrzeit in Eppendorf herumspazieren und mich sehen?

Gesagt, getan. Wenige Minuten später befinde ich mich vor Leanders Haus, und mir fällt schon wieder ein Songtext ein. Diesmal aus dem Musical *My fair Lady*. Die Textzeile lautet in etwa: *In der Straße, mein Schatz, wo du lebst.*

Ich stehe in der schönsten Straße Hamburgs, in der Straße, in der Leander wohnt. Während ich leise vor mich hinsumme, fällt mir ein, dass sich die Briefkästen ja im Haus befinden. Um diese Uhrzeit kann ich natürlich keinesfalls irgendwo klingeln und behaupten, ich sei der Pizzabote. Was mache ich denn jetzt? Kieselsteine gegen seine Fensterscheibe werfen? Versuchen, die Eingangstür aufzuhebeln? Mich mitten auf die Straße stellen und laut den Song aus *My fair Lady* schmettern wie eine Minnesängerin? Oder schlicht und einfach klingeln, den Brief einwerfen und mich dann davonschleichen, als sei nichts geschehen?

Die Entscheidung wird mir abgenommen, denn plötzlich vernehme ich die Stimme eines Mannes dicht neben mir. Mir wird abwechselnd heiß und kalt, und ich wage nicht, mich zur Seite zu drehen. Was mache ich denn jetzt?

Leander ergreift zart und vorsichtig meine Hand. Ich schließe die Augen, weil sich seine Nähe und die Wärme seiner Hände so unendlich schön anfühlen, dass ich glaube zu träumen. Zu träumen? Das könnte die Rettung sein!

Ich halte meine Augen also weiterhin geschlossen und rühre mich nicht vom Fleck. Nur nicht das Atmen vergessen, ermahne ich mich selbst, während Leander leise auf mich einredet. »Keine Sorge, Frau Sander, ich bin es nur, Wolfhard. Sie sind hier im Abendrothweg in Hamburg Eppendorf. Wenn Sie jetzt aufwachen, dürfen Sie sich keinesfalls erschrecken. Ich bin bei Ihnen und werde Sie nach Hause bringen.« Ich beiße mir auf die Zunge, um nicht zu antworten, und versuche, den Impuls zu unterdrücken, meine Augen zu öffnen und mich Leander an die Brust zu werfen. Wenn ich nicht vollkommen blöd dastehen will, muss ich mich jetzt zusammenreißen. Und ich muss überlegen, was Schlafwandler normalerweise tun, wenn sie aufgefunden werden. Öffnen sie einfach irgendwann die Augen und sind voll da? Geraten sie in einen Schockzustand, wenn man sie weckt? Oder schlafen sie einfach ungehemmt weiter, bis sie – auf welchem Weg auch immer – wieder in ihrem Bett liegen? Ich beschließe, mich einfach weiter schlafend zu stellen. Leander wird schon wissen, was zu tun ist.

Er weiß es tatsächlich und dirigiert mich sanft in Richtung Husumer Straße. Dort nimmt er mir den Schlüssel aus der Hand und öffnet meine Wohnungstür. Da ich im Erdgeschoss lebe, müsste es eigentlich glaubhaft sein, dass ich nicht »erwache«, oder?

Etwa zwei Minuten später schließt sich die Tür, und mein Retter ist verschwunden. Das Herz klopft mir bis zum Hals, und ich bete inständig, dass er nicht bemerkt hat, dass ich simuliere. Als ich jedoch mit Schrecken entdecke, dass ich ja immer noch den Brief an ihn in der Hand halte, gibt es nur zwei Möglichkeiten: Entweder hat Leander ihn übersehen, oder er hat mir die ganze Show nicht geglaubt, aber mitgespielt, um mich nicht zu kompromittieren. Momentan weiß ich ehrlich gesagt nicht, welcher Version ich den Vorzug gebe. Beide haben nämlich so ihren ganz eigenen Charme und Reiz …

KAPITEL 18

Lotterleben

Als ich am darauffolgenden Tag kurz nach zwölf erwache, überfällt mich schlagartig ein schlechtes Gewissen. Inka und Tinette sind seit mindestens drei Stunden in ihren Büros und freuen sich bereits auf die Mittagspause. Ich hingegen führe ein absolutes Lotterleben und bin noch nicht einmal angezogen, obwohl draußen die Sonne scheint. Vielleicht sollte ich meine Ferienwoche lieber drastisch kürzen, bevor ich mich noch daran gewöhne, in den Tag hinein zu leben respektive zu schlafen. Auch Rosamunde scheint mein neuer Rhythmus nicht zu behagen, denn sie steht mit vorwurfsvoller Miene vor meinem Bett und maunzt. Natürlich, die Ärmste hat Hunger. Okay, raus aus den Federn!

Während ich frisches Wasser in ihren pinkfarbenen Trinknapf fülle und ein paar besondere Leckerlis herausrücke (Bestechung!), umschmeichelt die Katze maunzend meine Knöchel. Ich habe also offensichtlich nicht nur ihr Bedürfnis nach Nahrung nicht hinlänglich befriedigt, sondern ihr auch noch wichtige Streicheleinheiten vorenthalten. Da ging es ihr vermutlich bei Inka tausendmal besser. Auf dem Küchentisch liegt immer noch der Brief des Amor-Verlages, dessen Anblick ich mittlerweile wirklich satthabe. Seit vorgestern schleppe ich ihn ständig kreuz und quer durch die ganze Wohnung und habe ihn bestimmt schon hundertmal gelesen. Doch dadurch verändert sich die darin enthaltene Botschaft auch nicht. Es nützt alles nichts – ich muss dringend eine Lösung in Hinblick auf meine berufliche Zukunft finden. Nur welche?

Da mir im Augenblick absolut nichts Schlaues einfällt, ich mich vollkommen überfordert fühle und die Sonne blendet, beschließe ich, mich der Realität zu entziehen, und schließe alle Vorhänge. Niemand soll Zeuge meines Untergangs sein! Weil ich es nach der Cornwall-Reise nicht geschafft habe einzukaufen, bestelle ich mir beim Lieferservice eine Pizza Hawaii und setze mich vor den DVD-Player. Ich werde einfach den ganzen Nachmittag damit verbringen, mich zu entspannen. Ich werde darauf vertrauen, dass mein Unterbewusstsein für mich arbeitet und mir irgendwann (hoffentlich noch in diesem Leben) eine wie auch immer geartete Lösung präsentiert. Bis es allerdings so weit ist, werde ich meine wohlverdiente Freizeit genießen. Schließlich arbeite ich seit zehn Jahren quasi nonstop, da wird eine zweiwöchige Pause doch wohl mal erlaubt sein, oder?

Ich ignoriere zahllose Anrufe auf meinem Festnetz und schalte das Handy gar nicht erst ein. Nichts kann so wichtig sein, dass es nicht auch noch ein paar Stunden Zeit hat. Oder ein paar Tage. Und wenn ich mehrere Wochen benötige, um wieder zu mir zu finden, dann soll es eben so sein! Andere Menschen nehmen sich schließlich auch ihre Auszeiten, gehen für ein Jahr in ehemalige Kriegsgebiete, um Landminen zu entschärfen, retten Orang-Utans auf Sumatra, leisten im israelischen Kibbuz Abbitte oder hängen einfach am Strand von Goa ab und rauchen einen schwarzen Afghanen nach dem anderen …

Bis der Pizzamann liefert, vertreibe ich mir die Zeit damit, mir Synonyme für Wörter wie *Entspannung* und *Auszeit* zu überlegen. Wenn ich es so recht bedenke, gibt es eine unendliche Palette an Begriffen, die sich alle rund um diese Themen ranken. *Chillen, Loungen, Relaxen, Sabbatical,* um nur wenige englische Vokabeln zu nennen, die scheinbar mühelos in unseren deutschen Sprachschatz hinübergeglitten sind. So, wie ich gleich wieder ins Reich der Träume gleiten werde, wenn nicht endlich die Pizza kommt. Gerade als ich wirklich in einen Nachmittagsschlaf zu sinken drohe, klingelt es an der Tür. Gott sei Dank! Ich sterbe nämlich schon vor Hunger. Ungeschminkt, ohne die Zähne geputzt zu haben und mit tellergroßen Ringen unter den Augen öffne ich die Tür einen Spalt für *Joeys Pizzaservice.* Ich kann es kaum erwarten, in den ungesunden Mix aus klebrigem Käsebelag, viel zu salzigem Kochschinken und widerlich süßen Ananas-Stückchen aus der Dose zu beißen und dazu die Flasche

Chianti zu köpfen, die ich ebenfalls bestellt habe. Und das, obwohl ich sonst nie vor zwanzig Uhr Alkohol trinke. Ich lehne sogar das obligatorische Glas Prosecco beim Sonntags-Brunch stets ab, weil ich es nicht vertrage. Aber heute werde ich eben mal nicht brav sein und in jeder Beziehung über die Stränge schlagen! Während ich beinahe wortlos den Tausch mit dem Boten vollziehe (ich Pizza und Wein, er inklusive Trinkgeld zwanzig Euro – noch habe ich ja Geld), vernehme ich auf dem Flur weitere Schritte. Das ist sicher Frau Müffelmann, meine Nachbarin von gegenüber. Die alte Dame mit dem seltsamen Namen geht schnittig auf die achtzig zu, was ich absolut bewundernswert finde, weil sie noch mühelos allein leben und den gesamten Haushalt schmeißen kann. Beim Gedanken an sie überfällt mich sofort das schlechte Gewissen. Wenn ich nämlich ehrlich bin, habe ich in den letzten Tagen nicht nur mich und meinen Körper vernachlässigt, sondern auch meine vier Wände. Die Wände stehen zwar alle noch ordnungsgemäß, aber das Interieur lässt derzeit zu wünschen übrig. Nun ja, es ist nicht gerade eine Messie-Wohnung, aber wenn ich so weitermache, kann ich bald für nichts mehr garantieren.

Während ich mir den Pizzakarton und die Weinflasche schnappe, klingelt es an der Tür. Huch? Ist das etwa Frau Müffelmann, die mich auf einen Nachmittagstee einladen will? Das macht sie nämlich manchmal, wenn sie ihre himmlischen Eierlikörpuffer gebacken hat. Wenn dem so ist, muss ich natürlich öffnen, denn sie weiß ja, dass ich zu Hause bin. Ich werde also den Spalt so eng wie möglich halten, etwas von Sommergrippe murmeln, demonstrativ hüsteln und mich dann endlich vor *Vom Winde verweht* fallen lassen. Allmählich habe ich wirklich Hunger, und die Vorstellung, mich gnädig vom Rotwein einlullen zu lassen, übt einen ganz besonderen Reiz auf mich aus.

Doch zu meinem großen Entsetzen ist es nicht meine Nachbarin, die da Einlass begehrt, sondern Leander. Was macht der Mann an einem Dienstagnachmittag hier?, frage ich mich, bevor ich zu irgendeiner verbalen Reaktion fähig bin. Muss er nicht arbeiten wie jeder andere Jurist auch? »Hallo, was machen Sie denn hier?«, piepse ich durch den Spalt, bereit, meine Sommergrippen-Show einfach einem anderen Zuschauer vorzuspielen.

»Ich wollte mich nach Ihrem Befinden erkundigen«, lautet die Antwort, und ich bin (wieder einmal) verwirrt. Woher weiß Leander, dass ich eine Sommergrippe habe?

Während ich schon mal mit dem Husten-Programm starte, fällt mir ein, dass er gar nicht wissen kann, dass ich eine Grippe habe, weil ich ja bis gerade eben selbst nichts davon wusste. Beziehungsweise ja gar nicht wirklich krank bin. Es sei denn, im Kopf. Daran aber besteht mittlerweile kaum mehr ein Zweifel. Und dann fällt es mir schlagartig ein: Leander ist sicher hier, um sich zu erkundigen, ob ich nach dem Schlafwandeln wohlauf bin.

»Darf ich eintreten?«, fragt mein Besucher höflich, und ich gerate augenblicklich in eine schwere Krise. Ich kann diesen wunderbaren, gepflegten, geschmackvoll gekleideten und grandios duftenden Mann doch unmöglich in meine Wohnung lassen? Und ihn mit meinem momentanen Anblick konfrontieren? Nun gut, der unterscheidet sich nicht wesentlich von dem der vergangenen Nacht, aber immerhin konnte ich da behaupten, gebürstetes Haar gehabt und insgesamt etwas manierlicher ausgesehen zu haben.

»Äääh, ja«, antworte ich schließlich, denn meiner Meinung nach kann ich die Situation nur noch dadurch verschlimmern, dass ich ihn jetzt abweise und auf meiner Türschwelle verhungern lasse. Apropos: Vielleicht hat er ja Appetit auf Pizza? Mir ist selbiger nämlich schlagartig vergangen.

»Geben Sie mir bitte eine Sekunde, dann bin ich wieder bei Ihnen.« Mit diesen Worten öffne ich die Tür, deute mit einer Handbewegung auf das Wohnzimmer und flüchte ins Bad. Auf dem Weg dorthin stolpere ich beinahe über Rosamunde, die neugierig ist zu erfahren, wer da zu Besuch kommt. Hastig wasche ich mir das Gesicht, putze die Zähne, tusche mir die Wimpern und ärgere mich, dass sich alle anderen kosmetischen Utensilien in meiner Handtasche befinden. Diese wiederum befindet sich leider im Wohnzimmer, in unmittelbarer Nähe meines Gastes. Da ich im Badezimmer natürlich keinen Kleiderschrank habe, sehe ich mich gezwungen, Leander in meinem Snoopy-Nachthemd (wieso habe ich das nach Cornwall nicht längst gewechselt?) und meinem Frotteebademantel nebst rosa Fellpuschen entgegenzutreten. Aber auch dieses Outfit kennt er ja bereits, schließlich hatte er heute Nacht ausreichend Zeit, es zu begutachten.

»Darf ich Ihnen etwas anbieten?«, frage ich artig – ganz vollendete Gastgeberin. Leanders Blick ruht auf dem Pizzakarton und der Flasche Chianti, die ich in meiner Panik auf den Couchtisch gelegt habe. O mein Gott, was denkt der Mann jetzt von mir?

»Das ist noch von gestern«, beeile ich mich zu erklären und hoffe, dass Leander den penetranten Duft nicht bemerkt, der dem Karton entströmt.

»Ach so«, antwortet dieser ohne weiteren Kommentar und lächelt. »Hätten Sie vielleicht Tee?«

Tee? Ja, äh, sicher doch! Ich eile in die Küche und durchwühle meine Schränke. Meiner Meinung nach habe ich dem letzten seiner Art den Garaus gemacht, während ich den Überblick über meine Finanzen aufstellte. Alles, was ich jetzt noch im Angebot habe, ist eine Kräutermischung aus Anis, Fenchel und Kümmel, die ich immer trinke, wenn ich Magenprobleme habe. Was zum Glück äußerst selten vorkommt. Vielleicht sollte ich lieber mal nach dem Verfallsdatum schauen? Ich sehe mit einem Blick, dass die Mischung lediglich bis November vergangenen Jahres haltbar war. Außerdem entspricht ein Magentee sicher nicht Leanders Vorstellungen. Ob ich mal kurz bei Frau Müffelmann klingeln soll? Die kredenzt immer diesen fantastisch duftenden Assam zu ihren Likörpuffern.

Während Leander Rosamunde streichelt (ein Mann, der Katzen mag, wie schön!), durchsuche ich weiterhin hektisch meine Küche.

»Kann ich Ihnen irgendwie behilflich sein?«, ertönt es nun aus dem Wohnzimmer, und ich werde noch nervöser, als ich es ohnehin schon bin. »Oder wäre es Ihnen lieber, wir gingen in ein Café?«

»Ehrlich gesagt, wäre das wundervoll«, entgegne ich. »Und noch viel wundervoller wäre es, wenn Sie mir zwei Minuten gäben, damit ich mich anziehen kann.«

»Wissen Sie, was«, schlägt mein Gast vor, »was halten Sie davon, wenn ich Sie jetzt allein lasse, Sie sich in aller Ruhe zurechtmachen und wir uns – sagen wir mal, in einer Stunde? – im *Petit Café* treffen?«

Ach, ich könnte ihm um den Hals fallen, weil er so feinfühlig ist!

Als ich um neunzehn Uhr gedankenverloren nach Hause komme und sehe, dass sich acht nicht abgehörte Nachrichten auf meinem AB befinden, beschließe ich, mein Lotterleben für beendet zu erklären und ab sofort die Dinge des Lebens in Angriff zu nehmen. Während ich die Fenster aufreiße und lüfte, die Pizza entsorge und den Wein ins Küchenbord lege, höre ich ab, was sich auf meinem Anrufbeantworter angesammelt hat. Sobald ich das erledigt habe, werde ich mein Handy einschalten, meine Mails lesen, meine Wäsche aufhängen, die seit Sonntagnacht immer noch in der Trommel liegt, und eine neue Ära einläuten.

Nachricht eins und zwei sind von Inka und Tinette, die sich jeweils danach erkundigen, wie es mir geht und ob sie mir irgendwie behilflich sein können. Tinette schlägt vor, sofort die Wohnung zu kündigen und bei ihr einzuziehen, und Inka erzählt mir von einem neuen Auftrag, den sie an Land gezogen hat und bei dem sie gut meine Hilfe gebrauchen könnte. Schließlich hat sie immer noch keinen Ersatz für ihre ehemalige Mitarbeiterin Sally gefunden.

Nummer drei stammt von meiner Mutter, die wissen will, ob ich schon aus Cornwall zurück bin.

Nachricht vier ist von Leander, der fragt, ob ich nach meiner nächtlichen Aktion gut geschlafen habe und ob er vorbeikommen darf. Das hat sich ja mittlerweile von selbst erledigt.

Nachricht fünf stammt – o Wunder – von Ben. Der lässt tatsächlich nicht locker. Tja, Pech für ihn!

Nummer sechs und sieben sind von Paula Persson, die sich wundert, dass ich nicht zu unserem verabredeten Termin um siebzehn Uhr in ihrer Agentur erschienen bin. MIST – das habe ich über Tee und zwei Stücken Kirsch-Streuselkuchen mit Leander total vergessen! Umgehend versuche ich, sie zu erreichen. In der Agentur ist sie um diese Zeit natürlich nicht mehr, aber ich erwische sie auf dem Handy. Sie ist gerade unterwegs zu der Lesung eines ihrer Autoren. Ich versuche wortreich zu erklären, weshalb ich nicht zu unserer Verabredung erschienen bin, stoße aber nicht auf das erhoffte Verständnis. Paula Persson macht mir unmissverständlich klar, dass sie auch ohne mich genug zu tun und dass der liebe Gott ja für exakt solche Fälle das Telefon erfunden hat. Ich lege wenig später mit dem unguten Gefühl auf, mir eine echte Chance verdorben zu haben. Wie unglaublich blöd von mir! Ich ärgere mich nicht nur über meine Unhöflichkeit, sondern auch über meine Schusseligkeit. Sonst bin ich doch die Zuverlässigkeit in Person. Was ist denn nur auf einmal los mit mir? Habe ich neben meiner Schreibkrise auch so etwas wie eine Midlife-Crisis?

Ich beschließe, ein wenig Gras über die Sache wachsen zu lassen und mich dann wieder bei ihr zu melden. Vielleicht sogar mit einem kleinen Entschuldigungs-Präsent. Welche Frau ist schon dauerhaft böse, wenn man ihr Blumen schenkt?

Mit der Aussicht darauf, zumindest diese Geschichte in absehbarer Zeit wieder geradebiegen zu können, melde ich mich auch bei meinen Freundinnen und bei meiner Mutter zurück. Letzterer wage ich nicht zu erzählen, dass ich beim Amor-Verlag rausgeflogen bin und mein Geld nur noch für sechs Monate reicht. Natürlich weiß ich, dass meine Eltern mir in einer Notsituation unter die Arme greifen würden, aber ich finde, dass ich mit Mitte dreißig zu alt für so etwas bin.

Als ich schließlich aufgeräumt und auch meine E-Mails gecheckt habe (hatte keine, außer den üblichen Spams), lasse ich mich aufs Sofa sinken. Welch ein seltsamer Tag! Welch ein seltsames Leben! Ab morgen muss wirklich ALLES anders werden. Ich werde mich im Internet nach einem geeigneten Job umsehen, selbst wenn ich kellnern gehen muss. Natürlich helfe ich Inka gern bei ihrem nächsten Hochzeitsprojekt, aber das ist keine dauerhafte Lösung. Es ist in der Regel keine gute Idee, Privates mit Beruflichem zu mischen, und meine Freundschaft mit Inka ist mir heilig! Ich muss etwas finden, das Zukunft hat, damit ich selbst auch eine habe.

Meine Konzentrationsfähigkeit lässt bedauerlicherweise zu wünschen übrig, denn wann immer ich meine, eine gute Idee in Bezug auf meine künftige Arbeit zu haben, schiebt sich Leanders Gesicht vor mein inneres Auge. Ich versuche den Gedanken an ihn und an den gemütlichen Nachmittag im *Petit Café* zu verdrängen. Und ebenfalls den unerfreulichen Gedanken daran, wie Lizzie van Düren plötzlich wieder zum Gegenstand unserer Konversation wurde. Offensichtlich haben ihre Beschreibungen von Barcelona Leander derart animiert, dass er diese Stadt ebenfalls so schnell wie möglich besuchen möchte. Nein, nein, nein, ich denke jetzt nicht daran, wie es wäre, Hand in Hand zusammen mit ihm durch die Altstadt zu laufen, die Architektur Gaudís zu bestaunen oder einen Spaziergang am Stadtstrand zu unternehmen. Ich träume auch nicht davon, mit ihm abends in den Sonnenuntergang zu schauen und dabei ein Glas Rioja zu trinken. NEIN, NEIN und nochmals NEIN! Erst einmal wird die Jobfrage geklärt. Vielleicht sollte ich wieder eine meiner berühmten Listen anfertigen? Ich könnte ja mal aufschreiben, was ich alles kann und worin ich gut bin.

Hm, das ist gar nicht so einfach.

Lobhudeleien in Bezug auf mich selbst sind eigentlich nicht so mein Ding. Mir fällt auch bei längerem Nachdenken überhaupt nichts ein, das mich von anderen Menschen auf diesem Planeten unterscheidet, geschweige denn besonders qualifiziert.

Ob ich mal jemand anderen zu diesem Thema befragen soll?

Selbstbild und Fremdbild – dazwischen liegen bekanntlich meist Welten.

»Inka, hilf mir bitte. Kannst du mir auf Anhieb fünf Punkte nennen, die man guten Gewissens als meine Stärken bezeichnen könnte? Oder wenigstens drei Bereiche, in denen ich so etwas wie talentiert bin?«, frage ich, obwohl es um zweiundzwanzig Uhr schon reichlich spät für derartige Gedankenakrobatik ist.

Inka schweigt eine Weile, und ich bereue meinen Anruf augenblicklich. Heißt das, dass meine Freundin sich jetzt etwas aus den Fingern saugen muss, weil ihr spontan nichts dazu einfällt? Dass ihr vielleicht auch nach längerer Zeit des Überlegens nichts einfallen wird, weil es da schlicht und einfach nichts gibt?

»Bist du noch da?«, frage ich zaghaft, aber auch leicht beleidigt.

»Nenn du mir doch deine Stärken, und ich werde dir sagen, ob ich es auch so sehe.« Das ist alles, was Inka dazu zu sagen hat. Na toll! Dies ist wieder einer ihrer dämlichen Therapeuten-Tricks – kann sie das nicht allmählich mal lassen? Genau diese Art von Reaktion respektive Nicht-Reaktion ist es nämlich, weshalb ich nie im Leben eine Therapie machen würde. Ich hasse es, auf eine Frage eine Gegenfrage gestellt zu bekommen. Das ist schlichtweg unhöflich. Und unproduktiv! Was passiert eigentlich, wenn man einen Psychologen fragt, ob er es in Ordnung findet, wenn man seinen Mann betrügt, seine minderjährigen Kinder verlässt oder gar plant, jemanden zu ermorden? Sitzt er dann, den Kopf hin und her wiegend, da und fragt mit ruhiger Stimme: »Sagen Sie es mir, finden Sie es in Ordnung?«

»Inka, bitte«, flehe ich in den Telefonhörer. »Ich sitze bereits seit einer geschlagenen halben Stunde hier und zerbreche mir den Kopf darüber, was aus mir werden soll. Sosehr ich auch nachdenke, mir fällt einfach nichts ein. Kann es sein, dass es Menschen gibt, die keinerlei Talente haben und keine anderen Fähigkeiten, als tagzuträumen?«

»Also jetzt mach mal einen Punkt!«, entgegnet Inka streng.

Ist sie jetzt sauer? Erwartet sie etwa einen Anruf von Max, und ich blockiere die Leitung?

»Du hast jede Menge Talente, und das weißt du ganz genau. Aber ich finde es wichtig, dass du selbst draufkommst und nicht ich es bin, die dir sagt, wo deine Stärken liegen. Also tu mir einen Gefallen und streng dich weiter an. Und komm nicht auf die Idee, Tinette anzurufen. Oder hast du das etwa schon getan?«

Nun bin ich wirklich beleidigt. Weshalb hätte ich denn Tinette anrufen sollen? Ich starte ja schließlich keine Meinungsumfrage in der halben Stadt. Obwohl? Vielleicht wäre das ja gar keine so schlechte Idee? Ich rufe einfach alle Menschen an, die meinen schulischen und beruflichen Werdegang begleitet haben, und ziehe anschließend ein Resümee. Vielleicht müsste ich das ja gar nicht selbst tun, sondern könnte ein Forschungsinstitut damit beauftragen. FORSA, zum Beispiel, oder die GFK?

»Nein, habe ich nicht«, brummle ich in den Hörer. »Schließlich ist sie keine Psychologin. Ich dachte eben, dass ich mit solchen Fragen bei dir an der richtigen Adresse bin.«

»Okay.« Aha, Inka lenkt ein! »Ich mach dir jetzt einen Vorschlag. Du schreibst alles auf, was dir einfällt. Egal, was. Diese Liste lässt du dann einen Tag liegen und schaust sie dir später noch mal an. Dann kannst du noch streichen oder ergänzen. Und wenn du damit durch bist, sehen wir uns das Ganze gemeinsam an. In Ordnung?«

»In Ordnung«, antworte ich, wenig überzeugt. Scheint so, als müsste ich mein Problem doch allein lösen. Und auf die Idee mit der Liste bin ich selbst schon längst gekommen.

Also zurück auf Anfang, seufze ich. Zweiter Versuch. Aus meiner persönlichen Perspektive betrachtet bin ich:

kreativ
kommunikativ
fleißig
diszipliniert/organisiert
sprachbegabt

Ich kann:

kochen
backen
Feste organisieren
Kanu fahren …

KAPITEL 19

Memorys ...

»Na, Rosamunde, was sagst du dazu?«, frage ich meine Katze und zeige ihr das Blatt Papier, auf dem ich meine angeblichen Stärken notiert habe. Ihre Antwort lautet schlicht »Miau« – wie auch sonst?

An diesem Punkt beschließe ich, dass es Zeit ist, die Liste beiseitezulegen und alles wirken zu lassen. Zur Ablenkung werde ich mir jetzt eine kleine Fernsehzeit gönnen. Mit Sicherheit läuft gerade irgendeine Talkshow, in die ich mich noch einklinken kann. Und so ist es auch: Bei *Kerner* sitzen gerade Senta Berger (Irgendwie ist die andauernd da, oder irre ich mich?), ein Politiker, eine Bergsteigerin und – ich traue meinen Augen kaum – Randolf Regner.

Na, das ist ja ein Ding! Hoffentlich war er noch nicht dran ...

Nachdem Senta Berger mal wieder ihre Memoiren promotet hat, ist der Politiker offensichtlich derart angetan von der Präzision, mit der sie weit zurückliegende Kindheitserinnerungen beschreiben kann, dass er am liebsten ebenfalls sofort zu Stift und Papier greifen würde, das sieht man ihm an. Auch Randolf und die Bergsteigerin schauen ganz gerührt und schwärmen vom Lesen und davon, wie glücklich gute Bücher machen können.

Oder wie unglücklich, denke ich für einen kurzen Moment. Nämlich dann, wenn man nicht in der Lage ist, solche zu schreiben.

Auch die Bergsteigerin hat einiges zu Papier gebracht, allerdings in Sachbuchform. Vielleicht wäre das ja eine Geschenkidee für Inka, überlege ich und beschließe, gleich morgen in eine Buchhandlung zu gehen. Und wenn ich schon mal da bin, kann ich ja auch einen klitzekleinen Blick in Senta Bergers Werk werfen …

Am darauffolgenden Morgen erwache ich um sieben Uhr. Nicht von allein, muss ich zu meiner Schande gestehen, sondern mithilfe meines Weckers. Zu meiner Ehrenrettung muss allerdings gesagt sein, dass ich immerhin bereits um sieben Uhr dreißig im Bad bin und mich für den vor mir liegenden Tag rüste. Duftend, mit glänzenden Haaren, einem dezenten Make-up, gekleidet in meine Lieblingsjeans und ein altrosafarbenes T-Shirt von *Noa Noa*, sitze ich um acht Uhr am Frühstückstisch, lese den *Spiegel*, den ich seit Wochen habe links liegen lassen, und stelle mit Blick auf die Bestsellerliste fest, dass sich bei den Sachbüchern jede Menge Autobiografien und persönliche Berichte tummeln. Angeführt von Hape Kerkelings »*Ich bin dann mal weg*«, das sich nunmehr seit Monaten konkurrenzlos auf Platz eins behauptet. Noch nicht mal die Erinnerungen unseres ehemaligen Bundeskanzlers haben es in diese Spitzenposition geschafft.

»Ich bin dann mal weg!«, rufe ich Rosamunde zu, die mich maunzend an der Tür verabschiedet, als ich mich wenig später auf den Weg zu meiner Lieblingsbuchhandlung am Eppendorfer Baum mache. Um acht Uhr dreißig wird mein neu erwachter Elan allerdings jäh gebremst, weil die Türen noch verschlossen sind. Zehn Uhr, lese ich enttäuscht auf dem Schild mit den Öffnungszeiten. Und nun?

Da es ein schöner, sonniger Tag ist, beschließe ich, einen kleinen Spaziergang zu machen, auf dem ich weiter über die Punkte auf meiner Liste grübeln kann. Die Grübelei unterbreche ich eine halbe Stunde später, indem ich einen Latte macchiato im *Café Savory* trinke und dabei den Auftritt von Randolf Regner bei *Kerner* Revue passieren lasse. Im Fernsehen wirkte er seltsamerweise ganz anders als in Cornwall. Natürlich mag das unter anderem daran gelegen haben, dass er anstelle seines unsäglichen Mallorca-Shirts und der Boxershorts einen anthrazitfarbenen Anzug trug, äußerst lässig mit einem schwarzen T-Shirt darunter, natürlich ohne Krawatte. Seine *Ich-bin-so-wichtig-und-berühmt*-Attitüde trug er zudem so überzeugend, dass man für einen Moment glauben konnte, dass es sich bei der Pilcher-Produktion um einen legitimen Nachfolger der Filme von Ingmar Bergman oder François Truffaut handeln würde.

Kann ich das auch? Kann ich mich und das, was ich mache, gut verkaufen?, frage ich mich, während ich das Biografien-Regal bei *Heymann* ansteuere. Ich verbringe zwei geschlagene Stunden damit, Klappentexte, erste Kapitel, Schlusssätze und Impressumsangaben durchzulesen. Ich bin erstaunt, dass ein relativ hoher Prozentsatz der Publikationen mithilfe von Co-Autoren oder, schlimmer noch, von Autoren erstellt wurde, deren Namen lediglich in Miniatur-Form im Impressum auftauchen. Nennt man so etwas nicht Mogelpackung?

Hat Senta Berger wenigstens selbst geschrieben? Doch, sie hat, konstatiere ich, als ich mich näher mit ihrem Buch beschäftige. Und ich muss sagen, dass ich von ihrem Text angenehm überrascht bin. Also kaufe ich das Buch, den Bergsteiger-Ratgeber für Inka und eine weitere Starbiografie, in deren Impressum verschämt der Name des eigentlichen Autors genannt wird.

Zu Hause mache ich es mir mit beiden Biografien auf dem Sofa gemütlich, die Fenster zur Straße weit geöffnet, damit die Sonne an meinem Leben teilhaben kann. Oder ich an ihrem. Während ich Roibusch-Tee trinke, blättere ich fasziniert in meiner Beute. Dann fällt mein Blick auf die Liste, die demonstrativ auf dem Couchtisch liegt und darauf wartet, von mir überarbeitet zu werden. Ich beginne mich zu fragen, welche Qualitäten jemand haben muss, der die Biografie eines anderen schreiben soll.

Er muss mit Sicherheit folgende Fähigkeiten mitbringen: Kreativität, Kommunikationsbereitschaft, Disziplin, Organisationstalent, Sprachbegabung und Fleiß – alles Eigenschaften, die auf *meiner* Liste stehen!

Mein Herz klopft eine Spur schneller, und ich frage mich, ob ich gerade des Rätsels Lösung auf der Spur bin …

Irgendwie fasziniert mich die Vorstellung, für andere Menschen zu schreiben, plötzlich sehr. Denn es ist ja schließlich nicht so, dass mir das Schreiben selbst keinen Spaß mehr gemacht hat. Ich war nur die Themen leid, und wenn ich ganz ehrlich bin, hatte ich das Gefühl, das Thema Liebe nun wirklich in allen Variationen rauf und runter erzählt zu haben. Aber die Lebensgeschichte eines Menschen ist so individuell wie nichts anderes auf der Welt.

Aber wie wird man eigentlich Ghostwriterin?

Eine Stunde später beschließe ich, alles auf eine Karte zu setzen, und klingle an der Tür von Paula Perssons Agentur in der *Alten Pianofabrik* im Schanzenviertel. Bewaffnet mit einem Blumenstrauß, der an Größe seinesgleichen sucht, und mein sonnigstes Lächeln auf den Lippen. Just in dem Moment, als ich mich räuspere und zum zweiten Mal klingeln will, öffnet sich die Tür, und Paula kommt heraus.

»Oh«, sagt sie und starrt uns beide an – mich und den Strauß.

»Der ist für dich, als Entschuldigung für gestern«,

erkläre ich und hoffe, dass Paula sich als nicht nachtragend erweisen wird. Zu meinem großen Glück tut sie das auch nicht, und so finden wir uns wenige Minuten später vor dem *Family Bok,* einem asiatischen Restaurant, wieder und essen Hühnercurry in Kokosmilchsauce. Der Blumenstrauß steht im Wassereimer und nimmt einen kompletten Sitzplatz ein.

»Ein kleinerer hätte es auch getan.« Paula lacht, als wir mit Mineralwasser auf unsere Versöhnung anstoßen.

Nach anfänglichem Small Talk während des Essens nähere ich mich langsam, aber sicher dem Ziel. Ich möchte wissen, ob Paula eine reale Chance für mich sieht, in das Metier des Ghostwritings einzusteigen. Nachdem ich ihr meine Idee unterbreitet habe, zieht Paula die Nase kraus und denkt nach. Zumindest glaube und hoffe ich das, denn sie sagt bestimmt fünf Minuten lang gar nichts.

»Das könnte Schicksalsfügung sein«, beginnt sie schließlich und lächelt geheimnisvoll. »Was weißt du über das Thema Film?«

Nun bin ich diejenige, die nachdenkt. Na ja, eigentlich alles, denke ich zumindest.

»Ich glaube, recht viel«, antworte ich. »Ich gehe gern ins Kino, kann mir Schauspielernamen merken und weiß meistens, wer mit wem liiert ist.« Paula nickt und sieht zufrieden aus. Erhalte ich jetzt hundert Punkte auf der Filmquiz-Skala?

»Sagt dir der Name Randolf Regner etwas?«

»Äh, ich verstehe nicht recht«, stammle ich, denn allmählich wird mir das Ganze unheimlich. Erst feiere ich mit dem Mann in Cornwall seinen Geburtstag, spiele mit ihm *Hasch mich, ich bin der Frühling* auf dem Schlossflur, sehe ihn dann in der Talkshow … Und was kommt nun?

»Randolf Regner hat kürzlich seinen neunundfünfzigsten Geburtstag gefeiert.« Ich nicke, denn ich war ja dabei. »Anlässlich seines Sechzigsten will er sich selbst ein Denkmal setzen und seine Memoiren veröffentlichen. Natürlich wissen du und ich, dass der Mann zwar ein guter Handwerker seines Fachs ist und in seinem Leben mehr geleistet hat, als nur Pilcher-Filme zu drehen, aber trotz allem ist das natürlich ein bisschen dürftig für ein Buch. Ich habe zwar für Randolf bereits einen Verlagsvertrag abgeschlossen, aber wir sind immer noch auf der Suche nach jemandem, der sich des Stoffs annimmt und ihn ein wenig aufpeppt. Der ein bisschen in seinem Leben stöbert und darin Seiten zutage fördert, die Lesestoff hergeben. Jemandem, der bereit ist, sich mit ihm zusammenzusetzen und ihn zu interviewen, was mit Sicherheit ein bis zwei Wochen dauern würde.«

Nun wird mir doch ein wenig mulmig, trotz der großen Versuchung, einen Auftrag in Aussicht zu haben. Ich beschließe, ein wenig Zeit zu schinden, indem ich in den Waschraum gehe. Dort angekommen, lasse ich mir kaltes Wasser über den Puls laufen, was mich sofort wieder zur Besinnung bringt.

»Damit käme ich doch vom Regen in die Traufe«, sage ich zu meinem Spiegelbild und binde meine Locken zu einem Zopf, was mich strenger und erwachsener aussehen lässt.

»Tut mir leid, aber so gern ich dir auch helfen würde, ich fürchte, das wird nichts«, erkläre ich wenig später todesmutig und weihe Paula in die Geheimnisse jener Nacht in Cornwall ein.

»Na, das klingt ja gar nicht gut«, entgegnet diese mit angewidertem Gesichtsausdruck. »Wenn der wirklich so drauf ist, kann man ihn keinesfalls einem weiblichen Ghost zumuten. Gut zu wissen. Okay, dann werden wir uns eben etwas Neues einfallen lassen. Ich weiß ja jetzt, dass du für derartige Projekte zur Verfügung stehst, vielleicht ergibt sich bald eine andere Möglichkeit. Bis dahin würde ich dir raten, deine Bewerbungen an alle Publikumsverlage zu schicken, die Biografien dieser Art publizieren, und dort einfach telefonisch nachzuhaken. Viel Glück dabei.«

Mit diesen Worten entschwinden Paula und der Blumenstrauß, und ich schlendere gedankenverloren durch das Schanzenviertel. Allein. Schlagartig überfällt mich eine riesige Sehnsucht nach Leander.

Zu Hause angekommen, ringe ich mit mir, ob ich die Initiative ergreifen und ihn für Samstag zum Kanufahren einladen soll. Was aber werden Tinette und Inka davon halten? Und natürlich umgekehrt?

Hm, ich bin nicht wirklich überzeugt. Solange ich

keine Ahnung habe, was da mit Lizzie van Düren läuft und ob Leander auch nur im Mindesten dasselbe für mich empfindet wie ich für ihn, sollte ich vom Gedanken an gemeinsame Aktivitäten mit meinen Freundinnen lieber Abstand nehmen. Obwohl Kanufahren natürlich wirklich eine romantische Sache ist …

Wie finde ich nur endlich heraus, ob er mich attraktiv findet oder in mir lediglich eine etwas skurrile Frau sieht, die zufällig in der Nachbarschaft wohnt und mit der man ein Chopin-Konzert besuchen kann, wenn die Freundin in Barcelona weilt? Vielleicht ist Leander ja auch einer dieser Geistesmenschen, denen das Gespräch mit einer Frau wichtiger ist als eine Berührung?

Ich dagegen bin eine Frau aus Fleisch und Blut. Und diese Frau möchte endlich seine Lippen küssen, ihm wirklich nahe sein, ihm Koseworte zuflüstern. Kurzum: all das machen, was Liebespaare normalerweise so tun.

Vielleicht sollte ich einfach aufs Ganze gehen und ihn verführen?

Ich denke nochmals nach. Wollte ich nicht meinem Leben eine vollkommen neue Wendung geben? Wollte ich die Dinge nicht ab jetzt selbst aktiv in die Hand nehmen, anstatt nur darauf zu warten, was mir das Schicksal zuschanzt? Todesmutig nehme ich den Hörer in die Hand und spreche kurz darauf auf den Anrufbeantworter des Mannes, den ich unbedingt haben will. Schluss mit parfümierten Briefen und simuliertem Schlafwandeln. Schluss mit bedeutungsschwangeren Textzeilen aus Gedichten (War ich nicht noch vor Kurzem sein *Leuchtfeuer in der Nacht*? Was ist daraus eigentlich geworden?) und diesem ganzen Mumpitz. Was ich jetzt ganz dringend brauche, ist eine echte Verabredung. Und eine reale Umarmung. Ansonsten garantiere ich für nichts mehr …

Samstagnachmittag ist es dann so weit: Ich sitze mit Leander zusammen im selben Boot. Und zwar real, nicht metaphorisch gemeint. Nachdem ich meine Freundinnen davon überzeugt habe, dass sich unser Paddeltermin auch hervorragend eine Woche später nachholen lässt, befinde ich mich samt eines Picknickkorbs und dem Objekt meiner Begierde auf einem Seitenarm der Alster und schicke ein Dankgebet an Petrus, der heute schönsten Sonnenschein auf das Gesicht der Stadt zaubert.

Leander hatte meinem Vorschlag, ohne zu zögern, zugestimmt und schien sich sogar richtig auf unseren Ausflug zu freuen. Kein Wort von Lizzie oder davon, dass er am Samstag noch seine Steuererklärung machen muss, oder was man sonst an abstrusen Ausreden aus dem Ärmel zaubert, wenn man sich vor einer Verabredung drücken will.

Er trägt – so lässig habe ich ihn bislang noch gar nicht gesehen – eine Jeans und ein hellblaues Hemd, dessen Ärmel er aufgekrempelt hat. Das ist auch nötig, denn schließlich muss er paddeln. Ein wahrer

Gentleman lässt die Dame seines Herzens ja nicht schuften, sondern erfreut sich an ihrem Anblick, ohne dass sie sich den Schweiß der Anstrengung von der Stirn tupfen muss. Ich selbst sitze gut gelaunt an der Spitze des Kanus und erteile Kommandos. In unserer Mitte thront ein Korb voller Delikatessen, den ich mit wahrer Hingabe gepackt habe und der später (nebst eisgekühltem Champagner) zum Einsatz kommen soll. Ich grüße huldvoll alle anderen Boote, die unseren Weg kreuzen, und fühle mich wie eine Königin. Es ist schlichtweg perfekt!

Nun ist es an mir, das Beste aus dieser Chance zu machen, und ich hoffe sehr, dass ich nicht in letzter Minute zu schüchtern bin, um zu handeln. Heute werde ich alles auf eine Karte setzen, auch wenn ich mir dafür Mut antrinken muss! Heute wird der Tag sein, an dem ich endlich erfahre, ob Leanders Lippen sich wirklich so gut anfühlen, wie sie aussehen.

»Oh, ist der nicht süß?«, frage ich, als ich im Bug eines Nachbarbootes einen Dalmatiner entdecke, dessen Ohren im Wind flattern. Der Hund hat ganz offensichtlich Spaß an der Bootstour, hechelt fröhlich in den Sommerwind und wedelt mit dem Schwanz.

»Hallihallo«, grüße ich ihn freundlich und strecke ihm die Hand entgegen, als sich deren Kanu unserem nähert.

Und dann geht plötzlich alles ganz schnell: Der Hund will an meiner Hand schlecken und beugt sich vor. Dabei verliert er das Gleichgewicht und fällt ins

Wasser. Und ich mit ihm, weil ich mich ebenfalls zu weit hinausgebeugt habe, um ihn streicheln zu können. Leander erweist sich als Mann der Tat, denn er legt sofort das Paddel beiseite und springt mir nach, wobei allerdings das Kanu kippt und sich einmal um die eigene Achse dreht. Während ich mich schon beinahe fühle wie die Ertrinkenden der *Titanic*, stelle ich fest, dass das Wasser an dieser Stelle nicht besonders tief ist. Um nicht zu sagen, es reicht mir kaum bis an die Hüfte, und ich bin ja bekanntlich nicht besonders groß. Leander zupft eine Schlingpflanze aus meinem Haar, und wir lachen. Es muss ziemlich komisch aussehen, wie wir hier beide mitten in der Alster stehen. Neben uns paddelt der Hund, der sichtlich Spaß an seinem spontanen Bad hat, im Gegensatz zu seinem Besitzer, der schimpft wie ein Rohrspatz.

Ich sehe, wie sich Leanders Brustkorb unter seinem nassen Hemd abzeichnet, und auf einmal tanzen meine Hormone Tango. Ehe ich es mich versehe, greife ich sein Gesicht mit beiden Händen, ziehe es zu mir herab, hauche ihm einen Kuss auf den Mund und flüstere: »Vielen Dank für die Rettung!«

Mein Held ist für einen kurzen Moment irritiert, reagiert dann aber zum Glück so, wie ich es mir erhofft habe. Er drückt mich fest an sich, und seine Lippen berühren wieder meine. Hm, seine Augen sehen ja schon aus wie Schokolade, aber sein Mund schmeckt nach Trüffel. Ich bin hin und weg. Mein Herz pocht an seiner Brust, und ich sehe Sternchen. Ich kann mich nicht erinnern, jemals zuvor derart hingebungsvoll und leidenschaftlich, aber auch unendlich zärtlich geküsst worden zu sein. Der Kuss geht mir durch und durch, und mein Innerstes ruft laut, dass er nicht aufhören soll. Ich möchte nie wieder in meinem Leben etwas anderes tun, als hier mit diesem Mann zu stehen und zu knutschen. Nun gut, es gäbe da noch Steigerungsmöglichkeiten …

Während ich mich in sein Bett hineinfantasiere, legt Leander meinen rechten Arm um seine Schulter und hebt mich aus dem Wasser, als sei ich eine Feder. Auf diese Weise befördert er mich elegant über den Rand des Kanus, welches er mit der anderen, der freien Hand zu sich herangezogen hat. Auch in diesem Fall bewundere ich sein Reaktionsvermögen; mir wäre das Boot schon längst abgehauen und würde an der Krugkoppelbrücke wieder aufgefunden werden, während ich zu Fuß nach Hause gehen müsste. Gibt es eigentlich etwas, das dieser Mann nicht kann?

Ja, leider – er kann kein Zweitpicknick aus dem Hut zaubern, und unseres taugt nur noch als Fischfutter. Zum Glück hat der Champagner den kleinen Zwischenfall unbeschadet überstanden, wenngleich die Gläser abgetrieben sind. Wenn Leander die Flasche jetzt auch noch mit einem Handkantenschlag öffnet, verführe ich ihn hier, jetzt und vor allen Leuten.

»Ich finde, wir sollten darauf anstoßen, dass wir noch mal mit dem Leben davongekommen sind«, sagt

Leander feierlich, und der Verschluss fliegt mit einem sanften Plopp ins Wasser. Zum Glück ist es noch ein echter Korken, trägt also nicht zur Umweltverschmutzung bei, denke ich, während ich besorgt beobachte, ob das Ding nicht aus Versehen eine Ente am Kopf getroffen und sie versenkt hat.

»Auf uns!«, wage ich vorwitzig zu sagen, bevor sich das prickelnde Getränk seinen Weg von der Zunge über den Gaumen in den Hals bahnt. Himmlisch – das könnte ab sofort mein Lieblingsgetränk werden!

»Dann also auf uns«, antwortet Leander. Nein, er sieht wahrlich nicht danach aus, als bereue er es, mit mir hier zu sein, durchnässt bis auf die Knochen und geküsst von einer Frau, die nachts angeblich schlafwandelt, einen Brief an ihn in der Hand. Eine Frau, die es schafft, ein Kanu zum Kentern zu bringen, nur weil sie zu oft *101 Dalmatiner* gesehen hat, und die sich an einem Dienstagmittag Pizza Hawaii und eine Flasche Chianti bestellt, weil sie gerade ihren Job als Autorin von Liebesromanen verloren hat.

Klatschnass, aber glücklich, sitzen wir beide dicht aneinandergeschmiegt, soweit die Stabilität unseres schwimmenden Untersatzes dies zulässt, und trinken Veuve Cliquot. Geküsst wird aus irgendeinem Grund leider nicht mehr, und so verkneife ich es mir, an Leanders Ohrläppchen zu knabbern, was ich eigentlich furchtbar gern tun würde. Aber für heute war ich offensiv genug, wie ich finde, und möchte auf alle Fälle vermeiden, als Vamp dazustehen, der auf der Alster wehrlose Männer anfällt. Nein – den ersten Schritt habe ich getan, und nun ist definitiv er am Zug!

Als ich nach einem gemeinsamen Abendessen später im Bett liege und dem Mond zublinzle, bin ich glücklich. Dieser Tag hat jetzt schon einen Spitzenplatz in meinen Erinnerungen errungen …

KAPITEL 20

Blitzlichtgewitter

Am Montagabend trifft sich das Kleeblatt seit längerer Zeit wieder einmal bei mir. Es gibt Salat und Pasta Frutti di Mare – vermutlich als Reminiszenz an mein Sommerbad in der Alster. Mit dieser Geschichte bin ich natürlich der Star des Abends, denn Inka hat zwar ebenfalls ein romantisches Wochenende hinter sich, aber keines, das einen derart spektakulären Höhepunkt vorzuweisen hat.

Inka hat Max ihre Stadt gezeigt und sich jede erdenkliche Mühe dabei gegeben, den eingefleischten Naturburschen davon zu überzeugen, dass auch eine Großstadt wie Hamburg ihre guten und durchaus auch grünen Seiten hat. Max bleibt sogar noch bis einschließlich Mittwoch, sodass ich damit rechne, dass Inka nach einer gewissen Anstandsfrist unser Dreimädelhaus verlassen und in die Arme ihres Österreichers eilen wird.

Tinette bläst ganz offensichtlich Trübsal. Sie ist für ihre Verhältnisse ziemlich schweigsam und für meinen Geschmack etwas blass um die Nase.

»Hast du immer noch nichts von Dominic gehört?«, frage ich mitfühlend, da ich weiß, dass seine selbst gesetzte *»Ich-muss-über-alles-nachdenken-und-mir-über-meine-Gefühle-klar-werden*-Frist« bald abläuft. Tinette seufzt.

»Nicht so richtig. Er hat vorhin kurz angerufen, als ich schon auf dem Weg zu dir war, und wollte wissen, was ich heute Abend mache und wo ich bin. Also habe ich ihm deine Adresse gegeben, ich hoffe, das war in Ordnung?«

»Aber natürlich«, sage ich und nicke. »Aber wieso schaust du aus der Wäsche, als hätte dir jemand einen Eimer Wasser über den Kopf gegossen?«, frage ich. »Wenn er wissen will, wo ich wohne, will er dich doch mit Sicherheit hier abholen.«

»Um mir dann schonend beizubringen, dass er zurück zu seiner Frau und Grünwalder Vorstadtexistenz geht«, mault Tinette, und ich frage mich, wo der Optimismus geblieben ist, den sie sonst meist an den Tag legt.

»Aber wieso das denn?«, mischt sich nun auch Inka in unser Gespräch. »Du hattest doch nach Cornwall so ein gutes Gefühl mit euch beiden. Wolltest du nicht sogar Nelly als Trauzeugin und Patentante für euer erstes Kind? Wobei ich mich etwas ausgeschlossen fühle, wenn ich das mal so sagen darf«, fügt sie hinzu und tut so, als würde sie schmollen.

»Du kannst Trauzeugin werden«, biete ich großzügig an. Den Job der Patentante will ich mir nämlich auf keinen Fall streitig machen lassen. Wenn ich schon kein eigenes Kind bekomme, dann will ich wenigstens Tinettes kleinen Sonnenschein im Arm halten und verwöhnen dürfen. Ich persönlich hoffe ja, dass es ein Mädchen wird, das wir Lilly nennen können. Nelly und Lilly – wunderbar …

»Ach was, ich fürchte, ich habe mir da etwas vorgemacht«, antwortet Tinette mit erstickter Stimme. O nein, gleich werden Tränen fließen!

»Er wird sich nie und nimmer von Sandra trennen können. Sie hat ihn doch finanziell in der Hand und spielt außerdem immer den Muttterersatz für ihn.«

»Wie meinst du das?«, frage ich, weil ich ergründen möchte, wie der Mann tickt, den Tinette zu ehelichen gedenkt, sollte er sich von seiner Gattin trennen.

»Na ja, Dominic lebt doch fast ausschließlich in seinen Rollen, ist kaum in der Lage, vernünftig mit Geld umzugehen oder seine Verträge zu lesen. Ein typischer Künstler eben – mit allen Vor- und Nachteilen. Deshalb muss Sandra sich auch um alles kümmern und Händchen halten, wenn es mal bei ihm nicht so läuft oder er seine hypochondrischen Attacken bekommt.«

Ich weiß nicht, was ich denken oder sagen soll, außer, dass das von ihrer Seite aus wirklich wahre Liebe sein muss, wenn sie bereit ist, sich auf einen derart komplizierten Mann einzulassen. Und dass ich es mir an Dominics Stelle gut überlegen würde, mich von meiner Frau zu trennen, denn Tinette ist nicht gerade das, was ich ein Muttertier nennen würde. Sie hat zwar durchaus ihre liebevollen Seiten, möchte aber in einer Beziehung auch nicht komplett zurückstecken, was ich gut nachvollziehen kann.

»Klingt, als wäre es besser für ihn, wenn er bei seiner Frau bliebe«, sagt Inka nach einer kleinen Denkpause. »Und es klingt auch danach, als sei er nicht der richtige Mann für dich, wenn ich ehrlich bin. So ein Künstler braucht jede Menge Aufmerksamkeit, und ehe du dich's versiehst, hast du kein eigenes Leben mehr, sondern lebst nur noch seines. So ungern ich dir das auch sage, aber ich hoffe fast, er beendet eure Geschichte frühzeitig, bevor du endlos leidest.«

»Aber ...«, setzt Tinette gerade zum Protest an, als es an meiner Tür klingelt. Rosamunde maunzt und nimmt Wachhundallüren an. Muss ich mir jetzt Sorgen machen?

»Das ist wahrscheinlich Max«, mutmaßt Inka, während ich den Summer betätige. »Ich habe ihm angeboten vorbeizukommen, wenn ihm bei mir zu langweilig wird.«

Aha – interessant. Scheint, dass die Zeiten ungestörter Frauenabende vorbei sind. Zumindest momentan. Ob ich noch Leander anrufen soll?

Als ich öffne, steht jedoch nicht Max vor der Tür, sondern Dominic. Und er kommt nicht allein. Er ist in Begleitung von vielen, vielen Koffern.

»Tinette«, rufe ich, »es ist für dich!«

Meine Freundin springt wie von der Tarantel gestochen vom Boden auf und stürzt zur Tür. Ich selbst trete den Rückzug an, denn die beiden sollten jetzt wirklich allein sein. Nachdem Tinette zunächst einen spitzen Freudenschrei ausstößt (Aha, sie hat gerade die Koffer entdeckt!), folgt ein zweiter. Dieser klingt allerdings nicht mehr nach Freude, sondern nach …

»HAUT AB!«, ruft Dominic, und zwar in einem Tonfall und einer Lautstärke, die ich ihm gar nicht zugetraut hätte, denn er wirkt sonst eher sanft. Ich eile zu den beiden, denn was auch immer passiert ist, ich muss auf alle Fälle meiner Freundin beistehen. Inka hat denselben Gedanken, und so befinden wir uns Sekunden später am Eingang. Dort halten Dominic und Tinette sich umklammert, während um sie herum Kameras klicken und eine Reporterin mit ausgestrecktem Mikrofon auf den Schauspieler zugeht. Scheint, als sei dies ein Freudentag für Paparazzi und Presse.

Wird meine Wohnungstür morgen auf der Titelseite der BILD-Zeitung prangen? Ich sehe schon die Schlagzeile vor meinem geistigen Auge:

GESCHEITERTE AUTORIN VON
LIEBESROMANEN GEWÄHRT
EHEBRECHERISCHEM PAAR UNTERSCHLUPF –
DIE VERLASSENE GATTIN WEINT
UND DROHT MIT ROSENKRIEG.

»Kommt rein«, zische ich und bugsiere das Paar, das vor der Presse steht wie ein paralysiertes Reh im Lichtkegel der Autoscheinwerfer, in meine Wohnung, während Inka energisch die Tür schließt und die Sicherheitskette vorlegt. Das finde ich persönlich zwar ein bisschen übertrieben, aber andererseits weiß man ja nie, was diesen Zeitungsleuten alles einfällt. Ob ich die Vorhänge zuziehen soll? Vielleicht kommt am Ende ja noch einer von ihnen auf die Idee, sich am Sims entlangzuhangeln und von draußen ein Foto zu schießen.

Du hast eindeutig zu oft *Notting Hill* geschaut, schimpfe ich mit mir. Dominic Grafenberg ist schließlich nicht Julia Roberts, und Tinette sieht definitiv nicht aus wie Hugh Grant. Aber Vorsicht ist besser als Nachsicht, also verdunkle ich das Wohnzimmer. Auf der Couch sitzen Dominic und Tinette, die einander immer noch umklammert halten und zittern wie Espenlaub, ein Anblick, der mich zutiefst rührt. Während ich meinen Notfall-Portwein hervorkrame und den beiden einen ordentlichen Schluck einschenke, telefoniert Inka mit Max und informiert ihn darüber, dass er sich besser nicht auf den Weg zu mir machen soll und dass sie keine Ahnung hat, wann sie hier wegkann.

Allmählich dämmert es mir, dass ich heute Nacht mindestens drei Personen Asyl gewähren muss. Oder sogar für die kommenden Tage, je nachdem, wie viel Ausdauer die Pressemeute beweist. Oder ob etwas in der Stadt geschieht, das für die Leser interessanter ist als die Tatsache, dass sich ein Pilcher-Darsteller von seiner Frau getrennt hat.

Blöd, denke ich, denn momentan ist mir gerade gar nicht nach Besuch zumute. Ich weiß auch nicht, ob ich genug zu essen im Hause habe, um vier Personen mehrere Tage lang zu verköstigen. Nun ja, notfalls könnte ich Frau Müffelmann um Hilfe bitten … Vorausgesetzt, die gibt nicht schon Interviews. Böses ahnend, schleiche ich auf Zehenspitzen zur Tür, dicht gefolgt von meiner Katze, die sichtlich Spaß daran hat, dass in meiner Wohnung endlich mal was los ist. Vorsichtig spähe ich durch den Spion und weiß nicht, ob ich lachen oder weinen soll. Auf dem Flur steht doch tatsächlich meine Nachbarin und spricht mit einem Reporter. Leider kann ich nicht von den Lippen lesen, denn ich wüsste zu gerne, was Frau Müffelmann da von sich gibt. Sie hat Tinette zwar schon ein paar Mal bei mir ein und aus gehen sehen, aber man kann wahrlich nicht behaupten, dass sie echte Insiderinformationen über sie preiszugeben hätte. Na, das kann ja lustig werden!

Als ich zurück ins Wohnzimmer komme, herrscht dort eine seltsame Atmosphäre. Meine Freundin scheint vollkommen durcheinander zu sein, was ich gut nachvollziehen kann. »Wollen Sie jetzt bei Tinette einziehen?«, fragt Inka, und ich bin ihr dankbar für die Geradlinigkeit. Schließlich wollen wir alle wissen, was das mit den Koffern zu bedeuten hat. Dominic räuspert sich ein wenig verlegen, entschließt sich jedoch zum Glück zu einer Antwort.

»Ja«, beginnt er, und ich frage mich, was wohl Tinette dazu sagt. Hat er sie in seine Entscheidung einbezogen? Oder hat er im Alleingang entschieden, wie seine Zukunft mit ihr aussehen soll? Meines Wissens war Tinette bislang noch nie besonders scharf darauf, mit einem Mann zusammenzuwohnen, selbst wenn sie immer standhaft das Gegenteil behauptet hat. Doch wir alle drei wissen trotz gelegentlicher Einsamkeitsattacken die Vorteile des Alleinwohnens zu schätzen.

»Ich weiß, Liebes, ich hätte das alles vorher mit dir besprechen sollen«, fährt Dominic fort, womit meine Fragen beantwortet sind. »Aber plötzlich war mir klar, dass ich den Rest meines Lebens mit dir verbringen will, und da wollte ich auf einmal keine Sekunde mehr verstreichen lassen …«

Und Hotelzimmer gibt es in Hamburg ja auch keine, denke ich und ertappe mich dabei, den Schauspieler mit etwas kritischeren Augen zu betrachten. Vielleicht hat Inka ja wirklich recht, und Tinette sollte die Finger von ihm lassen? Wobei es jetzt zu spät dazu zu sein scheint, denn sie wird ja vor vollendete Tatsachen gestellt.

»Wie süß von dir«, haucht Tinette und sieht Dominic so verliebt an, dass es mir plötzlich egal ist, wie ich seinen Alleingang bewerte. Wenn er meine Freundin glücklich macht, dann ist mir alles recht.

»Tja, dann müssen wir nur noch abwarten, bis sich

die Meute da draußen verzogen hat«, sagt nun Inka, »denn solange die hier campieren, könnt ihr nicht im Traum daran denken, in die andere Wohnung umzusiedeln.«

»Aber wie komme ich denn morgen in die Agentur?«, fragt Tinette, offensichtlich wieder in der Realität angekommen, worüber ich sehr froh bin. »Und du zu deinen Proben?«, überlegt sie, zu Dominic gewandt.

»Ich würde sagen, dass ihr das erst morgen früh entscheiden könnt«, kommentiert Inka nüchtern die Tatsache, dass Spekulationen an dieser Stelle überhaupt nichts bringen. »Es sei denn, ihr seid bereit, offensiv mit der Situation umzugehen und mit eurem Glück an die Öffentlichkeit zu treten.«

»Aber wäre das nicht ein bisschen früh?«, widerspreche ich. »Die beiden müssen ja erst einmal die Chance haben, in Ruhe miteinander zu reden.«

Und die haben sie auch, als ich ihnen einige Minuten später schweren Herzens mein Schlafzimmer überlasse. Dominics Koffer versperren den Flur, und draußen herrscht noch immer Trubel; das kann ich durch die Tür hören. Ohne es zu wollen, bin ich auf einmal Teil einer Geschichte geworden, die definitiv nicht meine ist, worüber ich auch ganz froh bin. Ich selbst lasse es ja lieber ruhig angehen und hätte jetzt nichts dagegen, händchenhaltend zusammen mit Leander auf meinem Sofa zu sitzen und einen Film anzuschauen. Vorausgesetzt, es ist nicht gerade *Notting Hill.*

Ob es wirklich jemals so weit kommen wird, dass er und ich ein Paar werden?, frage ich mich, während Inka und ich es uns in der Küche gemütlich machen. Das Wohnzimmer grenzt direkt an mein Schlafzimmer, und ich möchte Tinette und Dominic nicht stören. Die beiden sollen erst einmal in Ruhe überlegen, was sie jetzt machen wollen.

»Ungewohnte Situation, nicht?«, frage ich, während wir Tee trinken und Inka Rosamunde streichelt. »Scheint so, als hätten wir alle drei unsere Traumprinzen gefunden.« Inka nickt. »Stimmt. Es ist das erste Mal, dass wir alle drei zur selben Zeit verliebt sind. Und das erste Mal, dass unsere Liebesgeschichten halbwegs nach Happy End aussehen.«

»Denkst du wirklich, dass jetzt alles gut wird?«, frage ich und schlucke. Was mich selbst betrifft, bin ich mir da leider nicht so sicher. »Okay, für den Moment ist Tinette noch glücklich, weil Dominic sich für sie entschieden hat. Aber wird sie es auch noch toll finden, wenn er sich bei ihr einnistet und bemuttert werden möchte, wie er es bislang gewohnt war? Und wie sieht es mit dir aus? Wenn Max wirklich der Richtige ist, wie du sagst, kommt ihr irgendwann nicht umhin, eine Entscheidung zu treffen. Du müsstest dich entweder entschließen, zu ihm nach Österreich zu ziehen, oder er ist gezwungen, seiner geliebten Bergwelt den Rücken zu kehren und die Skier gegen den Regenmantel zu tauschen.«

»Hm«, ist alles, was Inka zu meinen Ausführungen

zu sagen hat. Dann aber führt sie meine Gedanken fort: »Was du in Bezug auf uns beide gesagt hast, stimmt natürlich. Aber wie sieht es bei dir aus? Welchen Haken hat deine Geschichte, und wie schätzt du das Ganze ein? Meinst du, er ist es, und hast du eine Zukunft mit Leander?«

Nun ist es an mir zu überlegen.

»Ehrlich gesagt, habe ich keine Ahnung«, gebe ich zu. »Irgendwie glaube ich schon, dass er mich mag, sonst würde er nicht immer wieder meine Nähe suchen. Und sonst hätte er mich auf der Alster bestimmt nicht so geküsst. Aber andererseits ist er immer noch sehr distanziert und irgendwie undurchsichtig. Und immerhin siezen wir uns auch noch.«

»Ihr tut was?«, fragt Inka entsetzt und schreit beinahe. »Findest du das nicht ein wenig merkwürdig?«

Ja, in der Tat, das finde ich. Aber was soll ich denn tun? Ich habe keine Ahnung, wozu der Knigge in solchen Fällen rät. Schließlich entstamme ich keiner adligen Familie – mir fehlt schlicht die Erfahrung mit solchen Situationen. »Hat er denn schon mal signalisiert, dass er mit dir schlafen möchte, oder will er lieber auf ewig mit dir Händchen halten?«, bohrt Inka weiter nach, was ich als ziemlich unangenehm empfinde. Ohne es zu wollen, trifft sie nämlich einen wunden Punkt, denn ich fand es schon merkwürdig, dass Leander mich im Laufe des vergangenen Abends nach unserem Bad in der Alster kein einziges Mal mehr geküsst hat. Und auch nicht mit hinaufkommen wollte, als er mich nach Hause gebracht hat.

»Nein, hat er nicht«, antworte ich schließlich kleinlaut. In meinem Fall könnte also der Haken an der Sache sein, dass Leander sich für mich lediglich als Begleitperson für Konzerte, Bootstouren oder Café-Besuche interessiert.

»Vielleicht ist er schwul? Oder verheiratet? Oder impotent?«, mutmaßt Inka.

Ich bin entsetzt. Keine der drei Möglichkeiten gefällt mir in irgendeiner Weise. Na ja, verheiratet wäre noch vergleichsweise okay.

»Er kann nicht schwul sein«, protestiere ich lauthals und hoffe, dass keiner der Reporter draußen auf dem Flur dies gehört hat. »Sonst hätte er mich doch nicht so leidenschaftlich geküsst.«

»Vielleicht ist er noch ein wenig orientierungslos und wollte bloß mal ausprobieren, ob es ihm gefällt?«, spekuliert Inka. »Oder er ist bi?«

Bi – wie entsetzlich! Ich schüttle mich. Bevor jemand sich überhaupt nicht festlegen kann, ist es mir noch lieber, er ist homosexuell. Das ist wenigstens für ihn selbst und alle anderen Beteiligten übersichtlich.

»Und hast du mittlerweile herausgefunden, was da mit dieser Cousine läuft? Vielleicht sind die beiden ja verlobt und sollen irgendwelche Dynastien weiterführen oder etwas in der Art.«

Lizzie van Düren – die entfernte Cousine. Die Frau, deren Existenz ich mit schöner Regelmäßigkeit verdränge. Die kommt aus meiner Sicht noch am ehesten als Ursache für Leanders Zurückhaltung infrage.

»Andererseits …«, sagt Inka und beginnt plötzlich zu kichern. Was ist denn nun los? Ich bin gerade traurig und verwirrt, und meine Freundin hat nichts Besseres zu tun, als zu lachen?

»… ist das doch genau die Art von Mann, die du immer haben wolltest. Romantisch, höflich, zärtlich, gebildet, nicht zu sehr auf das Körperliche fixiert. Alle deine bisherigen Männer waren dir doch zu draufgängerisch, und du hattest immer Angst, dass sie in erster Linie deinen Körper wollen.«

Irgendwie hat Inka recht. Bislang war es wirklich so, dass ich es überhaupt nicht eilig hatte, mit jedem Nächstbesten gleich ins Bett zu hüpfen. Ich bin nicht die Jungfrau Maria, aber ich halte nicht viel davon, Liebhaberzahlen im zweistelligen Bereich aufzuweisen. Diesbezüglich habe ich eine etwas andere Einstellung als meine Freundinnen. Ein (durchaus altmodischer) Teil von mir glaubt unbeirrbar an die eine, die wahre Liebe. Und intime Momente teile ich nun mal am liebsten mit dem Menschen, den ich wirklich in mein Herz geschlossen habe.

»Kann es sein, dass wir in Wirklichkeit gar nichts damit anfangen können, wenn sich Träume und Wünsche erfüllen?«, beginne ich zu philosophieren. »Vielleicht ist es einfacher, sich hinter der Vorstellung zu verstecken, dass man das, was man sich am meisten wünscht, sowieso nicht bekommen kann. Das ist ein bisschen wie mit der Puppenstube, die ich mir als Kind so sehnlich gewünscht habe. Ein ganzes Jahr habe ich meine Mutter damit terrorisiert und davon geträumt, wie es wäre, endlich ein Zuhause für meine Barbies zu haben. Und als ich sie dann zu Weihnachten tatsächlich geschenkt bekam, konnte ich kaum mehr etwas mit dem Geschenk anfangen, weil ich mittlerweile aufs Lesen umgestiegen war.«

»Deine Theorie ist aber eher ein Beleg dafür, dass Träume sich auch zur richtigen Zeit erfüllen müssen. Weil auch sie ihre Zeiten und ihre Phasen haben«, entgegnet Inka kritisch.

»Was würdest du denn sagen, wenn Max sich plötzlich entschließt, nach Hamburg zu ziehen, um immer in deiner Nähe zu sein?«, frage ich, zugegebenermaßen etwas provokant. Aber ich bekomme allmählich Spaß an meiner Theorie.

»Äh«, ist alles, was Inka zunächst dazu zu sagen hat. Aha! »Nun ja, das wäre, das wäre schon etwas seltsam. Schließlich kennen wir uns ja erst seit Kurzem.«

Doch ich lasse nicht locker; so leicht kommt Inka mir nicht davon. »Nehmen wir einmal an, ihr kennt euch seit zwei Jahren. Ihr habt genug vom Pendeln, und du möchtest auf keinen Fall nach Hallein ziehen, weil du deine Agentur hier hast und nicht so auf Berge stehst. Was machst du dann?«

Nun wird Inka unruhig und zappelt dermaßen auf dem Stuhl hin und her, dass Rosamunde mit einem beleidigten Maunzer von ihrem Schoß springt.

»Tja, dann hätten wir vermutlich ein kleines Problem. Ich wüsste nicht, was Max hier arbeiten sollte. Schließlich kann man in Hamburg weder Bergtouren organisieren noch Ski laufen. Noch nicht einmal Wasserski.«

»Also würde sich der Wunsch nach einem Mann, der bereit ist, deinetwegen sein Leben aufzugeben und hierherzuziehen, zwar erfüllen, aber du wärst trotzdem nicht glücklich?«, frage ich unsicher und gehe in Gedanken sogar so weit, zu fragen, ob das in letzter Konsequenz nicht vielleicht bedeutet, dass auf lange Sicht alle Liebesgeschichten zum Scheitern verurteilt sind. Oder müssen wir einfach lernen, kompromissfähiger zu werden?

»Unglücklich wäre ich wohl nicht«, lenkt Inka ein. »Aber ich denke schon, dass das eine enorme Herausforderung wäre. Allerdings läge das aus meiner Sicht nicht daran, dass sich mein Wunsch erfüllt hat und ich mit dem Ergebnis nichts anfangen kann, sondern vielmehr daran, dass Max' Beruf in dieser Konstellation zu einem Problem werden könnte. So realistisch bin ich nämlich.«

Eine Stunde später liege ich, eingewickelt in meine Tagesdecke, auf der Couch. Inka hat sich gegen ein Uhr morgens hinausgeschlichen und ist offensichtlich unbeschadet an den Paparazzi vorbeigekommen. Von Tinette und Dominic habe ich weder etwas gesehen noch gehört. Vermutlich genügen sie ganz sich selbst.

Irgendwie lässt meine Theorie mich nicht schlafen. Vielleicht geht es letzten Endes gar nicht um die Erfüllung von Wünschen und Träumen, sondern darum, wie viel man bereit ist, für die Liebe in Kauf zu nehmen?

KAPITEL 21

Strandperlen

Am darauffolgenden Morgen werde ich unsanft durch lautes Gepolter im Hausflur geweckt. Ich fühle mich wie zerschlagen, denn mein Sofa ist definitiv nicht geeignet, um darauf eine ganze Nacht zu verbringen. Ich bin vollkommen verspannt und habe Kopfschmerzen. Es dauert einen Moment, bis ich zu mir komme und mich erinnern kann, weshalb ich überhaupt im Wohnzimmer genächtigt habe. Während ich mich unter großem Ächzen und Stöhnen vom Sofa quäle, scheint auch im Schlafzimmer der Tag zu erwachen. Ich höre Tinette kichern und freue mich, dass wenigstens einer von uns gut gelaunt ist. Neugierig luge ich durch den Spion, habe aber den Eindruck, dass niemand mehr im Hausflur ist, um Dominic und Tinette aufzulauern. Vermutlich liegt das daran, dass nichts so alt ist wie die News von gestern. Das wäre ja schön, denke ich, während ich gähnend in die Küche schlurfe und den Kühlschrank nach etwas Essbarem für uns drei durchforste. Immerhin finde ich ein paar Becher Joghurt, Aufbackbrötchen und etwas Käse. Nicht gerade viel, aber es müsste reichen. Dann gehe ich ins Bad, denn ich will zumindest geduscht und angezogen sein, wenn ich schon mit einem Filmstar am Frühstückstisch sitze.

»Guten Morgen! Gut geschlafen?«, fragt Tinette, als ich mit nassen Haaren aus der Dusche komme. Sie strahlt, dass es eine wahre Freude ist, und ich bete zu Amor, dass er ihr gnädig ist und dieser Liebe eine längere Laufzeit beschert als sonst.

Nach dem gemeinsamen Frühstück – Dominic ist offensichtlich kein Morgenmensch, denn er ist sehr ruhig und isst kaum etwas – beschließen die beiden zu gehen, denn Tinette muss in die Agentur und Dominic ins Ernst-Deutsch-Theater, um sich dort mit seinem Regisseur zu treffen. Bevor die beiden mich jedoch verlassen, öffne ich die Tür einen Spalt, geschützt von der Sicherheitskette, um nachzusehen, ob draußen wirklich alles in Ordnung ist. Die Luft scheint rein zu sein. Auf meiner Fußmatte befindet sich anstelle eines erschöpften Reporters zum Glück nur das *Hamburger Abendblatt*, welches ich abonniert habe und das mir jeden Morgen von Frau Müffelmann vor die Tür gelegt wird, wenn sie von ihrem Frühspaziergang zurückkommt. Diesmal wird die Tageszeitung sogar noch von der *Morgenpost* flankiert, was ich ungewöhnlich finde, weil das so gar nicht die Art von Zeitung ist, die meine Nachbarin oder ich lesen. Ich schnappe mir beide Ausgaben, neugierig, zu erfahren, ob darin etwas über Dominics Trennung steht. Eine Sekunde später muss ich mich setzen, während Tinette mir Luft zufächelt und Tee einflößt. Ich bin am Rande eines Herzinfarktes …

DOMINIC GRAFENBERG VERLÄSST EHEFRAU WEGEN AUTORIN VON LIEBESROMANEN

steht da. Und darunter – etwas kleiner:

> Wird Nelly Sanders Honorar reichen, um ihn zu unterstützen und die Alimente für seine Tochter aus erster Ehe zu zahlen?

Wiederum darunter steht das Interview, das Frau Müffelmann der Tageszeitung gegeben hat. Darin schwärmt sie von meinen Qualitäten als Autorin von Liebesromanen und meiner Vorliebe für Pilcher-Filme. »Da wächst doch zusammen, was zusammengehört, finden Sie nicht?«, fragt meine Nachbarin zu guter Letzt und lächelt selig in die Kamera. Ich bin mir sicher, dass sie es nur gut gemeint hat – aber ruiniert bin ich jetzt trotzdem!

»Oh, mein Gott!«, stöhne ich, während Dominic und Tinette betretene Gesichter machen.

Eine Minute später klingelt das Telefon, doch ich lasse den Anrufbeantworter drangehen. Es ist meine Lektorin – pardon, Exlektorin –, die mir mit verschwörerischer Stimme zu meinem Fang gratuliert und berichtet, dass heute Morgen die Anzahl der Bestellungen für meine Romane schlagartig angestiegen ist. Wie gut, dass Frau Müffelmann gegenüber der Presse mein Pseudonym gelüftet hat, dann kann ich wenigstens noch von der Misere profitieren und ein paar zusätzliche Tantiemen einstreichen. Als Krönung des Ganzen verabschiedet sich Doktor Lydia Fuchs mit dem Angebot, die *Herzblatt*-Reihe doch noch weiterzuführen. Aber selbstverständlich nur, wenn meine Zeit jetzt überhaupt noch zulässt, dass ich arbeite …

»Das Leben selbst schreibt eben manchmal die besten Geschichten«, lauten ihre abschließenden Worte (die ja eigentlich meine sind), und ich verstehe die Welt nicht mehr. Avanciere ich auf einmal wieder zur begehrten Autorin, nur weil ich die Geliebte von Dominic Grafenberg bin? Beziehungsweise natürlich nicht bin.

»Ihr müsst das sofort geradebiegen!«, verlange ich von meinen Gästen, die synchron nicken. Wie sie das anstellen, ist mir egal. Hauptsache, die Öffentlichkeit erfährt möglichst schnell, dass nicht Nelly Sander schuld am Zerbrechen der Grafenberg-Ehe ist, sondern Tinette. Oder Dominic.

Als die Tür wenig später hinter den beiden ins Schloss fällt, setze ich mich nochmals an den Küchentisch, um nachzudenken.

Soll ich wirklich so unverfroren sein und das Angebot des Amor-Verlages annehmen, bevor die Geschichte auffliegt? Verdient hätten sie es ja! Doch so verführerisch der Gedanke an das üppige Honorar auch ist (das ich bestimmt ordentlich in die Höhe treiben könnte, solange das Missverständnis noch nicht öffentlich aufgeklärt wurde), das kann ich nicht machen. Ich werde lieber meine Energie darauf verwenden, tatsächlich Bewerbungen um Aufträge als Ghostwriterin zu schreiben, wie Paula Persson es mir empfohlen hat.

Nachdem ich die Wohnung aufgeräumt und mein Bett frisch bezogen habe, setze ich mich an den Computer und bringe meine Vita auf den neuesten Stand. Wirklich viel gibt es zwar nicht zu schreiben, aber immerhin kann ich mittlerweile auf eine beachtliche Publikationsliste blicken. Allerdings bräuchte ich dringend mal wieder ein neues Foto; auf der letzten Aufnahme sehe ich nämlich aus wie zwölf Jahre. Nicht die Art von Bild, die ich brauchen kann, wenn ich mich als seriöse Autorin von Biografien verkaufen will. Ich durchforste das Branchenbuch nach Fotostudios in der Nähe, suche mir einige Adressen heraus und beschließe, einen Spaziergang zu machen und bei der Gelegenheit einen Blick auf die Arbeiten der jeweiligen Fotografen zu werfen. Es ist wieder ein strahlender Sonnentag, und ich beglückwünsche mich dazu, in einer Stadt wie Hamburg zu wohnen. Vielleicht sollte ich nachher mal einen kleinen Abstecher an die Elbe unternehmen? Ich war schon ewig nicht mehr an der *Strandperle* …

Eine Stunde später befinde ich mich an Deck des Elbschiffes und genieße es, den Wind im Haar und auf meiner Haut zu spüren. Geschützt durch eine Sonnenbrille, betrachte ich während der Fahrt amüsiert das Treiben in den drei hippen Beachclubs, in denen sich alles tummelt, was in dieser Stadt etwas auf sich hält. Mir persönlich ist das alles zu sehr schickimicki, auch wenn ich es toll finde, mich auf Kissen zu rekeln oder in einem Himmelbett zu liegen und von dort aus aufs Wasser zu schauen. Allerdings bilden der Oriental-Look und die sonstige Strenge der Hanseatenstadt eine für mein Empfinden äußerst gekünstelte Konstellation. Da lobe ich mir doch den urigen Charme der *Strandperle*, eines simplen Kiosks, an dem Würstchen, Kartoffelsalat und Bier verkauft werden und es nur wenige Tische und Stühle gibt, an denen man Platz nehmen kann. Die braucht man aber auch nicht, denn es macht weitaus mehr Spaß, sich auf die Steine zu setzen, die das Elbufer säumen, und kreischend zu flüchten, wenn eines der großen Containerschiffe Wellen erzeugt, die rüberschwappen und alles unter Wasser setzen.

Ich bestelle mir zur Feier des Tages ein Becks Gold und gönne mir eine Laugenbrezel dazu. Dann setze ich mich mutig ans Ufer, meine Jeansjacke als Unterlage. Auf meinen Knien befinden sich ein BlackBerry und ein Notizbuch, in dem ich alle Verlage notieren will, denen ich meine Unterlagen schicken möchte. Wie gut, dass man auch im Freien im Internet surfen kann, denke ich und atme tief den Geruch der Elbe ein, die einen Hauch von Nordsee in sich trägt.

Neben mir nimmt eine weißhaarige Dame undefinierbaren Alters Platz, die eine dermaßen tolle Ausstrahlung hat, dass sie die Sonne weit in den Schatten stellt. Auch sie trinkt ein Becks Gold und hat eine Mappe dabei. Ob sie Künstlerin ist?, überlege ich neugierig und ertappe mich dabei, lieber die Fremde zu beobachten, als mich auf meine Recherchen zu konzentrieren. Pro forma rufe ich die Seite der Verlagsgruppe Random House auf, schiele aber währenddessen auf meine Nachbarin, neugierig, zu erfahren, was sich in deren Mappe befindet. Wenige Augenblicke später weiß ich es. Es sind beeindruckend schöne Schwarz-Weiß-Fotos, welche die Dame stirnrunzelnd betrachtet und teilweise mit einer Lupe prüft. So betrachtet man keine Urlaubsbilder oder privaten Aufnahmen, denke ich und versuche, einen genaueren Blick auf die Motive zu erhaschen. Es scheint sich überwiegend um Aufnahmen von Frauen zu handeln, aufgenommen in einer Stadt, die nicht Hamburg ist.

»Wollen Sie mal sehen?«, fragt die Unbekannte unvermittelt, und ich fühle mich zunächst nicht angesprochen. Doch dann wendet die Weißhaarige mir ihren Kopf zu, und ich bin zunächst unfähig zu reagieren. Ich bin dermaßen fasziniert von ihren Gesichtszügen, dass ich beinahe vergesse, ihre Frage zu beantworten. So möchte ich auch aussehen, wenn ich alt bin, denke ich und kann meinen Blick kaum abwenden. Wenn Linien und Fältchen im Antlitz eines Menschen Geschichten erzählen, so erzählt das Gesicht dieser Frau ganze Romane. Ihre graublauen Augen sehen aus, als hätten sie schon alles gesehen und als sei ihnen nichts auf dieser Welt fremd.

»Gern«, antworte ich und rücke ein Stück näher. Vor mir öffnet sich ein Kaleidoskop an Bildern von Frauen, die allesamt verloren und traurig wirken, aber gleichzeitig so entrückt, als könne das irdische Leben ihnen nichts anhaben. Die Fotografierten befinden sich in großer Distanz zu den sie umgebenden Motiven wie Häuserwänden, Mülltonnen, Regenpfützen, in denen sich Gebäude widerspiegeln, oder Schuhen, die am Bildrand liegen, als hätte jemand sie achtlos weggeworfen.

»Wie schön«, hauche ich, vollkommen ergriffen. Während ich dies sage, bin ich traurig, dass ich nicht besser in Worte fassen kann, welche Empfindungen der Anblick dieser Fotos bei mir auslöst. Ich hoffe, dass der Ausdruck meiner Stimme mehr sagt, als ich selbst es momentan kann.

»Ich danke Ihnen«, entgegnet die Fremde und lächelt, als verstünde sie mich. »Ja, diese Frauen sind alle wunderschön. Traurig, verlassen, einsam – aber stolz und schön. Es sind Prostituierte, die ich in den Armenvierteln von Paris aufgenommen habe. Mädchen der Nacht, ans Tageslicht gekommen, um mir zu erlauben, einen kurzen Moment ihres Lebens für die Ewigkeit zu bannen.«

Ich schweige, beeindruckt von dem Talent dieser Frau und von ihr selbst.

»Ich stelle übrigens demnächst hier in Hamburg aus«, fährt die Fotografin fort und kramt in ihrer großen, abgewetzten Ledertasche. »Hier, eine Einladung zur Vernissage. Vielleicht haben Sie ja Zeit und Lust zu kommen.«

Immer noch unfähig, etwas zu sagen, das nicht banal und lächerlich klingt, studiere ich den Flyer und bin erst recht sprachlos, als ich lese, was diese Frau in ihrem Leben schon alles gemacht hat und wer ihre Weggefährten waren. Kein Wunder, dass ihr Gesicht Geschichten erzählt, denn sie selbst muss zahllose erlebt haben. Nicht nur wegen der vielen Künstler, die sie begleitet haben oder von deren Leben sie ein Teil gewesen ist, sondern auch ihre Aufenthalts- und Wohnorte zeugen von unendlich viel Neugier der Welt und dem Leben gegenüber. Marrakesch, Paris, Tokio und Buenos Aires sind nur einige Stationen auf der großen Reise, welche Valerie Nolden quer über den Erdball geführt hat.

»Haben Sie schon mal daran gedacht, alles aufzuschreiben, was Sie erlebt haben?«, frage ich spontan. Diese Biografie würde ich nämlich selbst sehr gerne lesen. Valerie Nolden stutzt einen Moment und schenkt mir dann ein nahezu überirdisches Lächeln.

»Diese Frage wurde mir schon häufiger gestellt, nicht zuletzt von Verlagen«, antwortet sie, was mich nicht weiter verwundert. Denn abgesehen davon, dass sie einer wunderschönen Profession nachgeht, werden ihre Bilder auch in den namhaftesten internationalen Magazinen veröffentlicht. Sie ist ganz offensichtlich ein Star der Fotografenszene, in der ich mich allerdings nicht besonders gut auskenne.

»Aber?«, frage ich, obwohl ich mir die Frage eigentlich selbst beantworten kann. Soll ich es sagen? »Aber Sie haben sich gegen ein solches Angebot entschieden, weil die Fotos selbst Ihre Geschichte erzählen, nicht wahr?«

Nun ist es an ihr zu schweigen, während sie einen langen Blick über die Elbe schickt. Bin ich ihr zu nahe getreten? Ist sie auf Motivsuche?

»Sie scheinen eine intuitive und kluge Frau zu sein«, antwortet sie schließlich, und ich fühle mich geschmeichelt. Also lag ich mit meiner Vermutung richtig. »Was machen Sie denn beruflich?«

Ich erzähle ihr – leicht verschämt – von meinem (ehemaligen) Leben als Auftragsautorin von Liebesromanen und meinen Plänen, auf das Schreiben von Biografien umzusatteln. Wie schön wäre es, das Leben von Frauen wie Valerie Nolden aufschreiben zu können, doch mir ist absolut klar, dass aus einem solchen Projekt aus gutem Grund nichts werden kann.

»Aber das klingt doch spannend«, ermutigt mich die Fotografin. »Und emotionale Fähigkeiten wie Intuition sind doch genau das richtige Handwerkszeug, das Sie für eine solche Tätigkeit brauchen werden. Und wer weiß? Vielleicht haben Sie dann eines Tages genug davon, über das Leben anderer zu schreiben, und finden zu Ihren eigenen Themen. Sie sind ja noch so jung ...«

Stimmt, ich bin ja noch jung! Weil ich den Wald vor lauter Bäumen nicht sehe, vergesse ich bisweilen, dass ich noch viele Möglichkeiten habe. Und auch, weil ich immer glaube, dass alles sofort und jetzt passieren muss, und befürchte, mir sonst etwas zu verbauen oder Wichtiges zu verpassen. Aber Valerie Nolden hat recht: Ein Mosaiksteinchen setzt sich mit der Zeit an das andere, und am Ende eines Lebens ergibt es ein Muster – das Muster meiner ganz eigenen Geschichte!

Beseelt von dieser schönen Begegnung, kehre ich am späten Nachmittag zurück. In meiner Post befindet sich mal wieder ein Brief von Leander. So romantisch ich dies zu Anfang auch fand, so sehr würde ich mich allmählich darüber freuen, wenn er den direkten Kontakt zu mir suchte. Doch nach der Lektüre kenne ich den Grund für diese distanzierte Form der Kommunikation: Er hat natürlich ebenfalls Zeitung gelesen und gratuliert mir – wenn auch in verhaltenem Tonfall – zu meinem Liebesglück mit Dominic Grafenberg.

Ich wünsche Ihnen von Herzen alles Gute und bedauere, von nun an nicht mehr in Ihrer so sympathischen Gesellschaft verweilen zu können.

»In Ihrer sympathischen Gesellschaft« – Ich weiß nicht, ob ich diese Zeile als Kompliment werten soll. Natürlich schmeichelt es mir, wenn Leander mich mag. Aber er soll mich nicht nur mögen, sondern auch BEGEHREN, verdammt noch mal! Was ist eigentlich los mit diesem Mann? Hat Inka mit ihren wilden Vermutungen am Ende doch recht? Ich trommle nervös mit den Fingern auf meinem Sekretär herum und überlege, wie ich jetzt reagieren soll. Der impulsive Teil von mir würde am liebsten in Leanders Kanzlei anrufen und ihm mitteilen, dass er sich nicht zu grämen braucht, weil ich immer noch die Seine bin.

Der andere, überlegtere Teil ermahnt mich, jetzt nichts zu überstürzen. Wie lautete noch das Fazit meiner Erfahrung mit Ben? Entzieh dich den Männern, und du wirst in ihren Augen auf einmal spannend wie nie zuvor. Ruf nicht zurück, sei unerreichbar, und sie setzen Himmel und Hölle in Bewegung, um Kontakt mit dir aufzunehmen.

Vielleicht ist es ja ganz gut, wenn ich Leander in dem Glauben lasse, dass ich in den Armen eines attraktiven, talentierten Schauspielers liege, der mir sich selbst und die Welt der großen Bühne zu Füßen legt.

Während ich noch das Für und Wider meiner Möglichkeiten erwäge, klingelt es an der Tür. Nanu? Ein Reporter, der nur darauf gewartet hat, bis ich wieder zu Hause bin? Doch es ist nicht die Presse, sondern ein Bote, der mir einen gigantischen Strauß weißer Rosen überreicht. Der Strauß ist so groß, dass ich kaum den armen Menschen dahinter entdecken kann. Nachdem ich die Lieferung an mich genommen und Trinkgeld gegeben habe, lege ich die Blumen zunächst in meine Spüle. Ich muss erst einmal nach einem Gefäß fahnden, das über derartige Kapazitäten verfügt. Neugierig suche ich nach der Karte des Absenders, kann aber nirgends eine entdecken. Seltsam! Wer lässt einen derart üppigen Strauß liefern, ohne sich selbst oder den Anlass für ein solches Präsent preiszugeben? Ob der Bote die Karte versehentlich im Wagen vergessen hat? Dummerweise lässt jedoch die Verpackung nicht erkennen, welchem Blumenladen die Rosen entstammen. Fleurop scheint es nicht zu sein, denn die legen immer Werbung bei. Während ich die Rosen auf mehrere Vasen verteile und es in meiner Wohnung allmählich wie in einem Blumenladen aussieht, zermartere ich mir das Gehirn. Wer hat Anlass, mir Rosen zu schicken? Noch dazu weiße?

Der Amor-Verlag, um sich bei mir wieder lieb Kind zu machen?

Leander, der – angefeuert durch Eifersucht – endlich erkannt hat, dass er mich liebt?

Ob ich doch in seiner Kanzlei anrufen soll? Ich habe bereits den Finger auf der Tastatur meines Telefons, als es klingelt. Es ist Tinette, die sich erkundigt, ob der Blumenstrauß bei mir angekommen ist, den Dominic und sie als Dankeschön für die nächtliche

Unterbringung und als Entschuldigung für die entstandenen Unannehmlichkeiten geschickt haben.

»Dominics Pressefrau hat übrigens bereits eine Gegendarstellung in allen Medien lanciert, die morgen erscheinen wird«, verkündet sie stolz und klingt unheimlich glücklich.

Okay, die Rosen sind nicht von Leander ... Schade!

»Und? Konntest du alle Sachen von Dominic unterbringen?«, frage ich in Erinnerung an dessen Massen an Gepäck.

»Wir werden heute Abend auspacken; ich muss ja erst meine Schränke leer räumen«, antwortet Tinette, und ich frage mich, wo sie ihre Kleidung lassen will. Meine Freundin ist ein Fashion-Junkie und könnte mit ihren Beständen problemlos einen begehbaren Schrank mit den Ausmaßen einer Zweizimmerwohnung füllen.

»Und außerdem muss es ihm erst einmal wieder bessergehen«, ergänzt sie bedeutungsschwanger.

»Bessergehen?«, frage ich verwirrt. »Ist er denn krank? Hat er doch Ärger mit seiner Frau?«

»Nun ja, Dominic ist eben sehr sensibel«, entgegnet Tinette. Wer ist das nicht?, denke ich, doch da fährt sie schon fort: »Die Geschichte hat ihn doch mehr mitgenommen, als er sich eingestehen wollte. Und dummerweise verlief das Gespräch mit seinem Regisseur heute auch nicht ganz so wie erwartet. Nun ist Dominic sich nicht sicher, ob er die Rolle überhaupt annehmen soll.«

Tja, so etwas nennt man dann wohl künstlerische Differenzen, denke ich, während ich mich des Eindrucks nicht erwehren kann, dass Tinette im Begriff ist, in eine ganz dumme Geschichte hineinzuschlittern. Hoffentlich erweist sich dieser ach so talentierte Schauspieler am Ende nicht als arbeitsscheues Muttersöhnchen, das jetzt von meiner Freundin gehätschelt und gepäppelt werden will. »Na, dann wünsche ich euch beiden, dass ihr das alles gut hinbekommt. Melde dich, wenn du etwas brauchst.«

Mit diesen Worten beende ich das Gespräch und denke wieder an meine Traumerfüllungstheorie. Sind wir alle drei Traumfängerinnen auf der Suche nach dem Glück? Oder eher Traumtänzerinnen auf der Suche nach dem Unerreichbaren? Oder gibt es das gar nicht, das eine, das ganz große Glück? Und wenn es das nicht gibt, warum suchen wir alle danach? Oder ist GLÜCK etwas anderes als LIEBE?

Ich beschließe, nicht zu vorschnell über Dominic zu urteilen und ihm eine Chance zu geben. Schließlich hat der Mann gerade seine gesamte Existenz auf den Kopf gestellt, um mit Tinette zusammen zu sein. Allein das spricht schon mal für ihn!

Seufzend setze ich mich an den Computer und versuche, das zu vollenden, was ich an der Elbe nicht geschafft habe – meine Verlagsrecherche. Zwei Stunden später, den Kopf randvoll gestopft mit Programmprofilen, Autorennamen und Informationen, lasse ich mich erschöpft auf die Couch fallen. Hoffentlich gelingt es mir möglichst bald, mein Leben in die richtigen Bahnen zu lenken … Ich würde auch gern die Liebe finden. Und wenn nicht die, dann wenigstens das Glück!

KAPITEL 22

Liebe ist Arbeit

Zwei Wochen später – mittlerweile haben wir tatsächlich Sommer – bin ich immer noch nicht viel weiter mit meiner Lebensplanung. Im Gegensatz zu meinen Freundinnen, die anscheinend nichts anderes zu tun haben, als hemmungslos ihrem Liebesleben zu frönen, dümple ich in jeder Hinsicht so vor mich hin. Von Leander habe ich nichts gehört, weil er seit etwa zehn Tagen urlaubt, und zwar am Genfer See, wo seine Familie ein kleines Chalet besitzt. Dass dem so ist, weiß ich allerdings nicht von ihm selbst, sondern von Inka, die es ihrerseits von Max weiß, der es wiederum vom Gernot gehört hat … Wie schön, dass die Buschtrommeln so reibungslos funktionieren, doch was mich betrifft, hätte ich das alles lieber von ihm selbst erfahren. Bei der Gelegenheit hätte ich ihn dann auch darüber aufklären können, dass die Geschichte mit Dominic Grafenberg eine Verwechslung war. Aber vermutlich ist ihm das sowieso alles egal. Er findet mich ja schließlich nur *sympathisch*!

Während ich überlege, was ich mit dem lauen Sommerabend anfangen soll, klingelt das Telefon. Es ist

Inka, mit der ich heute eigentlich gar nicht gerechnet habe, weil sie wieder Besuch von Max hat.

»Hast du mal einen Augenblick Zeit?«, fragt sie und klingt atemlos. Hat sie gerade einen Marathonlauf zurückgelegt? »Ja«, antworte ich und biete ihr an vorbeizukommen. Schließlich habe ich weder ein Date noch eine Einladung zu einer Pressekonferenz, noch eine Lesung, noch …

»O super, dann komme ich mal eben vorbeigesprintet«, verkündet Inka in ungewohnt dynamischem Tonfall, und ich hoffe, dass sie das mit dem *Vorbeisprinten* nicht wörtlich meint, denn vom Schanzenviertel nach Eppendorf ist es nicht gerade ein Katzensprung.

Eine Stunde später weiß ich, dass Inka zu jemandem mutiert ist, den ich nicht kenne. Schweißüberströmt, keuchend, in einem hautengen Nike-Jogginganzug, Laufschuhe an den Füßen, steht sie vor meiner Tür, und alles, was ich denken kann, ist: Die Frau muss dringend unter die Dusche! Wohin Inka dann auch entschwindet und hinterher bereitwillig in meinen Bademantel schlüpft, während ich ihre Sachen zum Trocknen aufgehängt habe.

»Was ist denn auf einmal mit dir los?«, frage ich, während wir auf meinem Balkon sitzen und Apfelschorle trinken. »Ich versuche, fit zu werden«, erklärt Inka, als sei es das Normalste auf der Welt, durch die halbe Stadt zu traben, um mich zu besuchen. Zumal zu Hause eigentlich Max auf sie warten müsste.

»Ja, das sehe ich«, antworte ich. »Aber wozu? Willst du beim Marathon mitmachen, oder trainierst du für den Ironman?«, bohre ich spöttisch nach, denn es gab Zeiten, da konnte man Inka noch nicht einmal zu einem kurzen Spaziergang an der Alster überreden.

»Für die nächste Hüttentour mit Max«, klärt meine Freundin mich auf.

Für eine Hüttentour? Ich unterdrücke mühevoll ein Kopfschütteln, denn ich will sie natürlich nicht demotivieren. Prinzipiell finde ich es toll, wenn Menschen Sport treiben und sich fit halten. Man fühlt sich danach immer so gut. Eine Sekunde regt sich das schlechte Gewissen in mir wegen des Ballettunterrichts, den ich seit Wochen schon schwänze. Und das, obwohl ich Leander gegenüber vollmundig behauptet habe, dass ich mir ein Leben ohne *Battements*, *Arabesquen* oder jede andere Form von *Exercices* überhaupt nicht vorstellen kann.

»Dann scheint es dir mit Max also immer noch ernst zu sein«, konstatiere ich. »Aber macht es dir denn wirklich Spaß, auf Bergen herumzukraxeln und in Feldbetten zu nächtigen? Meinst du nicht, dass der Hüttenzauber irgendwann nachlassen wird?«

Ups, den letzten Satz hätte ich mir wohl besser verkniffen. Was bin ich denn plötzlich so negativ?

»Momentan ist es das Wichtigste für mich, mit Max zusammen zu sein, egal, was wir machen«, antwortet Inka, und ich spare mir die Frage, weshalb sie jetzt bei mir ist, anstatt mit ihm Händchen zu halten,

Sit-ups zu machen oder eine Kletterwand im Sportstudio zu erklimmen.

»Ich interessiere mich eben dafür, was er macht und was ihn bewegt. Natürlich ist das alles totales Neuland für mich, aber das ist ja gerade das Spannende. Außerdem tut Sport wirklich gut, und ich schlafe, seit ich trainiere, einfach besser. Meine Haut ist rosig, mein Kreislauf stabil, mein …«

Ich rufe »STOPP«, weil ich momentan keine Lust habe, mir Inkas *Ode an den Sport* anzuhören. Nach tollem Sex hat man ebenfalls rosige Haut, schläft besser und kann einen stabilen Kreislauf sein Eigen nennen.

O mein Gott, ich muss endlich aufhören, an Sex zu denken …

Ich weiß auch nicht, was auf einmal mit mir los ist. Seit ich Leander kenne, spielen meine Hormone verrückt. Erst recht, seitdem ich den schriftlichen Beweis dafür habe, dass er lediglich eine Freundin in mir sieht und ich ihn absolut nicht anzuturnen scheine. Fühle ich mich nur deshalb wie Dörrobst in der Wüste, weil ich nicht das bekommen kann, was ich mir vor Leander eigentlich niemals wirklich gewünscht habe? Falle ich jetzt nur deshalb erotischen Fantasien anheim, weil ich weiß, dass sie sich garantiert nicht erfüllen? Schon gar nicht mit ihm? Träumen wir denn wirklich immer von dem, was wir niemals werden haben können?

Als Inka eine halbe Stunde später mit dem Taxi nach Hause fährt, beschließe ich, in der Angelegenheit Wolfhard Leander von Sandersdorf dasselbe zu tun, was ich in beruflicher Hinsicht unternommen habe: Ich setze mich in Bewegung und kämpfe für die Erreichung meines Ziels. Allerdings schreibe ich in diesem Fall keine Bewerbung, sondern zücke mein Handy. Am Genfer See hat man ja wohl hoffentlich auch Empfang …

Mit klopfendem Herzen wähle ich seine Nummer und lasse eine Sekunde später frustriert mein Telefon sinken. Am Apparat war nicht der Mann meines Herzens, sondern eine Frau. Und wenn ich mich nicht vollkommen irre, war es Lizzie van Düren, die adelige Kuh. Traurig schaue ich von meinem Balkon auf die unter mir liegende Straße. Dort lustwandeln, eng umschlungen, turtelnde Pärchen, bewaffnet mit einer Flasche Wein oder Grillutensilien. Cabrios rauschen vorbei und wirbeln aus ihren Musikboxen Liebesmelodien durch die Luft. Alles, was ich tun kann, ist, Rosamunde zu streicheln und davon zu träumen, auch Teil dieses Sommernachtstraumes zu sein.

Während sich ein Kloß in meinem Hals zu bilden beginnt, bekomme ich eine SMS. Ob die von Leander ist, der meine Handynummer bei sich im Display erkannt hat? Schließlich habe ich Rufnummernerkennung. Doch die Kurzmitteilung ist von Tinette. Und sie klingt gar nicht gut.

So kommt es, dass ich mich um zehn Uhr abends plötzlich an *Bodos Bootssteg* an der Alster wiederfinde. Ursprünglich hatte Tinette mich besuchen wollen, aber allmählich fällt mir in meiner Wohnung die Decke auf den Kopf. Und gemäß Inkas Sporttheorie wollte ich meine gedrückte Stimmung mit ein wenig Abendluft und Fahrradfahren bekämpfen.

Als ich meine *Loreley* an der Brücke vor *Bodos* abschließe, sehe ich schon von oben meine Freundin auf einem der begehrten Liegestühle sitzen und auf die Alster starren. »Schön, dass du da bist«, begrüßt sie mich schniefend und sieht genauso unglücklich aus, wie ich mich fühle.

»Ärger mit Dominic?«, frage ich mitleidig und lasse mich auf den Liegestuhl neben ihr fallen.

»Zwei Caipis, bitte«, ordert Tinette, und ich ergebe mich seufzend in mein Schicksal. Okay, dann betrinken wir uns heute eben. Habe ich schon ewig nicht mehr gemacht und wird mir auch nicht schaden. Schließlich habe ich morgen sowieso nichts vor.

Während ich sorgenvoll beobachte, wie meine Freundin ihren Drink in einer Geschwindigkeit hinunterkippt, in der ich nur Wasser zu trinken pflege, spricht sie sich ihren Kummer von der Seele.

»Ich kann es nicht mehr hören«, schimpft sie in einer derartigen Lautstärke, dass sie ein Entenpärchen aufschreckt, das daraufhin, wild mit den Flügeln schlagend, auf und davon fliegt.

»Dieser Hypochonder, dieser Narziss, dieser Egoist, dieser …«

Puh, stöhne ich innerlich. Das klingt ja gar nicht gut. Wie lange war das noch mal her, dass Tinette den

Schauspieler heiraten wollte? Ich überschlage grob und komme auf etwa drei Wochen. Das ging ja schnell mit der Ernüchterung.

»Aber was ist denn passiert?«, frage ich, neugierig, dem Grund für ihren Unmut auf die Spur zu kommen.

»Was los ist?«, wiederholt sie meine Frage, und ihre Stimme überschlägt sich beinahe. Hat sie etwa vor diesem Drink schon Alkohol getrunken?

»Dieser Mann ist so was von selbstverliebt, dass es schon nicht mehr feierlich ist. Den ganzen Tag steht er vor dem Spiegel, übt Posen und rezitiert irgendwelche Schwachsinnstexte. Er schneidet Grimassen und kann sich kaum von seinem eigenen Anblick losreißen. Wenn ich mich schminken will, muss ich mich mit dem kleinen Badezimmerspiegel begnügen, der total schlecht ausgeleuchtet ist. In der ganzen Wohnung liegen seine Textbücher herum, und mein Schrank platzt aus allen Nähten, weil seine Theatergarderobe so viel Platz braucht.«

»Der Mann ist Schauspieler, das ist sein Job«, schicke ich mich an, Dominic zu verteidigen. »Er muss doch irgendwo üben. Und seine Sachen irgendwo lassen. Er wohnt nun mal jetzt bei dir.«

»Aber er muss sich doch nicht überall so breitmachen«, protestiert Tinette, was ich ein bisschen ungerecht finde. »Das alles soll er gefälligst im Theater machen oder sonst wo, aber nicht bei mir.«

»Süße, nun komm mal wieder runter«, versuche

ich, sie zu beschwichtigen. »Du bist nur in Panik, weil das alles Neuland für dich ist. Du bist es eben nicht gewohnt, ständig jemanden um dich zu haben. Und erst recht nicht jemanden, der auch noch deinen Spiegel okkupiert. Du bist ein typisches Einzelkind, das nicht gern teilt. Freust du dich denn gar nicht, dass du ihn endlich für dich allein hast und mit ihm zusammen sein kannst, wann immer du magst? Das war doch dein Traum.«

Nun wird Tinette für einen Moment stutzig.

»Doch, schon«, antwortet sie gedehnt. »Aber ich habe mir das alles ganz anders vorgestellt. Ich habe gedacht, er ist viel im Theater oder am Filmset, und wenn wir uns sehen, konzentriert er sich ganz auf mich und darauf, dass wir es schön miteinander haben. Aber anstatt mal etwas für mich zu kochen, mich mit etwas Nettem zu überraschen oder den feurigen Liebhaber zu geben, sitzt er da wie die Spinne im Netz und wartet darauf, dass ich endlich nach Hause komme. Das ist nicht unbedingt meine Vorstellung von Romantik.«

»Aber das ist doch schön …«, wage ich zu sagen, denn ich würde mich freuen, wenn ich abends Leander bei mir zu Hause vorfinden würde, der nur darauf wartet, dass sich mein Türschlüssel endlich im Schloss dreht.

»Ja, im Prinzip schon«, prasselt bereits der nächste Einwand auf mich ein, »doch sobald ich einen Fuß in die Wohnung gesetzt habe, muss ich mir anhören, wer wieder total unfähig ist oder ungerecht zu ihm war, muss beurteilen, ob seine Kopfschmerzen der Auftakt zu einem tödlichen Gehirntumor sind, und soll dann auch noch dafür sorgen, dass wir etwas zu essen haben. Und das darf dann keinesfalls vom Lieferservice kommen, sondern muss frisch gekocht und absolut gesund sein. Sonst bekommt Dominic nämlich Pickel, einen Ausschlag, eine Magenverstimmung oder Migräne. Und dann kann er natürlich nicht mehr spielen. Aber glaub mal ja nicht, dass er seine freie Zeit tagsüber nutzt, um sich selbst darum zu kümmern – beileibe nicht. Ich bin diejenige, die in ihrer Mittagspause schnell in den Bioladen laufen und sich abends an den Herd stellen muss.«

Ich unterdrücke mühevoll ein Kichern, weil ich mich einer gewissen Schadenfreude nicht erwehren kann. Tinette ist von Kindesbeinen an derart verwöhnt, kein Wunder, dass sie vollkommen überfordert ist. Sie musste noch nie in ihrem Leben für jemand anderen da sein, es sei denn in ihrem Job, und da wird sie für ihre Dienste fürstlich bezahlt. Außerdem ist sie eine echte Niete in der Küche.

»Und wenn wir dann endlich gegessen haben und auf der Couch sitzen, hätte der Herr es am liebsten, wenn ich ihn massiere. Fußreflexzonenmassage, Freiklopfen von Meridianen oder was auch immer ihm gerade einfällt.«

Nichts gegen eine ausgiebige Massage, das kann ja zuweilen ganz entspannend und erotisierend sein.

Aber Meridiane freiklopfen? Das klingt eher anstrengend und nicht nach einer aufregenden Variante des Vorspiels, das muss ich zugeben.

»Okay, das klingt wirklich, als sei er ein bisschen zu anspruchsvoll«, lenke ich ein, weiß aber auch nicht, wozu ich Tinette raten soll. Schließlich wollte sie mit ihm zusammen sein. Sie wollte seinen Ring am Finger tragen und sogar die Mutter seines Kindes werden. Aber nun scheint es, als wäre sie dazu verdammt, seine Mutter zu spielen. Ich beginne zu kichern.

»Was ist denn daran so komisch?«, schimpft Tinette und wedelt mit ihrem Strohhalm. Wenn ich nicht aufpasse, sticht sie mir damit noch ein Auge aus.

»Nichts«, antworte ich glucksend, »absolut nichts. Ich sehe dich nur noch immer auf der Erde vor diesem Schloss in Cornwall liegen und fantasieren, dass du eines Tages Frau Grafenberg sein wirst. Scheint so, dass du deine Pläne mittlerweile geändert hast und ich nun keine Patentante mehr werde. Und Inka keine Trauzeugin.«

»Ich will überhaupt nicht mehr heiraten«, knurrt meine Freundin und klingt sehr überzeugend. Im Grunde genommen bestätigt sie mir damit nur, was ich vermutet habe, seit wir uns kennen: Tinette hat nur deshalb ein Faible für V-Männer, weil sie tief in ihrem Inneren nicht bereit ist, sich zu binden. Sie liebt nur den Traum vom Glück zu zweit – doch der Realität hält dieser Traum dann nicht stand. Ob es der Caipirinha ist oder die vermeintliche Gunst der

Stunde – was auch immer die Ursache ist, ich entwickle ein geradezu teuflisches Vergnügen daran, meine Traumerfüllungstheorie noch weiterzuspinnen. Tinette ist der lebende Beweis für die Richtigkeit meiner Thesen.

»In Wirklichkeit willst du dich doch gar nicht binden und schon gar nicht heiraten«, doziere ich – zugegebenermaßen unaufgefordert. »Du liebst es, allein zu sein. Du brauchst deinen Kleiderschrank für dich selbst und willst nicht Platz für das Jackett eines anderen machen, es sei denn, es stünde dir auch. Du träumst zwar davon, dass jemand deine Hand hält, wenn du traurig bist, dir Wadenwickel macht, wenn du Fieber hast, und dir zuhört, wenn du von deinen Sorgen erzählen möchtest. Aber du bist nicht bereit, den Preis dafür zu zahlen.«

»Den Preis?«, fragt Tinette verwirrt und reißt ihre Augen auf. »Welchen Preis? Wovon sprichst du?«

»Den Preis des Gebens, der Rücksichtnahme, der Empathie, der Toleranz, der Anteilnahme, des Engagements, der …« Ich könnte noch endlos mit der Liste der Eigenschaften fortfahren, die nötig sind, um eine Beziehung dauerhaft zu gestalten, doch irgendwie scheine ich damit bei meiner Freundin auf wenig Gegenliebe zu stoßen.

»Hör auf!«, protestiert sie und hält sich die Ohren zu. »Das klingt ja, als sei ich egoistisch und nicht Dominic. Wie kannst du angeblich meine Freundin sein und gleichzeitig einen Mann verteidigen, der nun wirklich nicht gerade dem Traumbild eines Partners entspricht?«

»Ich behaupte doch gar nicht, dass ich gut finde, wie Dominic sich verhält«, versuche ich zu erklären. »Und ich bin auch die Letzte, die an dieser Stelle ihren Mund zu weit aufmachen sollte. Schließlich habe ich selbst noch keine längere Beziehung gehabt. Aber ich weiß auch, dass jeder Mann an deiner Seite Ansprüche, Wünsche und Sehnsüchte haben wird, so wie du welche hast. Ein anderer wird dir zwar vielleicht nicht den Platz vor deinem Spiegel streitig machen, dafür aber ständig Sportsendungen schauen oder andauernd golfen gehen oder einem Computerspiel verfallen sein. So wie auch du deine Macken hast, die manchmal schwer erträglich sind.« Ob ich mit dieser Aussage zu weit gegangen bin? Noch protestiert meine Freundin nicht. »Ich will damit doch nur sagen, dass du Dominic nicht gleich abschreiben solltest, nur weil er sich nicht exakt nach deinem Drehbuch verhält. Hast du ihm denn überhaupt schon mal gesagt, was dich an ihm stört?«

»Nein«, antwortet Tinette nach einigem Zögern kleinlaut. »Vielleicht sollte ich das tun.«

»Genau«, stimme ich zu. »Und wenn er sich nicht ändert, kannst du ihn immer noch vor die Tür setzen. Denn das ist ja der unschlagbare Vorteil an deiner Situation. Es ist DEINE Wohnung und DEINE Tür!«

Nach diesem Dialog bestellen wir uns einen zweiten Cocktail und blicken beide nachdenklich in die Nacht.

Irgendwo habe ich mal den Satz gelesen, dass Liebe Arbeit ist. Und allmählich beschleicht mich das dumpfe Gefühl, dass dem wirklich so sein könnte. Nicht umsonst hat Inka plötzlich begonnen zu joggen und interessiert sich angeblich für Bergwanderungen. Oder übernachtet in Feldbetten, obwohl sie nichts auf der Welt mehr liebt als ihren Futon mit der Seidenbettwäsche.

Was werde ich wohl in Kauf nehmen müssen, um an der Seite eines Mannes glücklich zu sein?, frage ich mich und wünsche, die Sterne wüssten eine Antwort.

In genau diesem Moment erhalte ich eine SMS, und diesmal ist sie tatsächlich von Leander.

»Sie haben versucht, mich zu erreichen?«, steht da. »Worum geht's?«

Worum es ging? Es ging darum, dass ich liebend gern bereit wäre, für die Liebe zu arbeiten. Und zwar zusammen mit ihm. Aber das kann ich ihm ja schlecht simsen, oder?

KAPITEL 23

Katerstimmung

Am darauffolgenden Morgen erwache ich spät. Viel zu spät. Es ist zwölf Uhr mittags, und ich fühle mich wie in dem gleichnamigen Western. Als hätte ich die ganze Nacht in einem obskuren Saloon Whiskey getrunken und mir anschließend eine wilde Schießerei geliefert. Ich kann immer noch den Laut der Pistolenkugel hören, die dicht an meinem Ohr vorbeizischt. MIST – warum hört das denn nicht auf?

Um meinen Traum abzuschütteln, setze ich mich auf und blinzle in den neuen Tag. Da ist es wieder, dieses Geräusch!

Das Geräusch entstammt allerdings keiner Pistole, sondern vielmehr der Türglocke. Es ist ein *DHL*-Bote, der mir ein dickes Paket überreicht. Absender ist einer der Verlage, bei denen ich mich als Ghostwriter beworben habe. Während ich mit zitternder Hand den Empfang quittiere, dreht sich alles um mich. Ich schlurfe zurück zu meinem Bett und bin froh, dass Rosamunde mich in Ruhe lässt und ich mich noch nicht mit dem Öffnen einer Katzenfutterdose belasten muss. Ich habe das dumpfe Gefühl, dass ich heute dazu nicht in der Lage wäre, denn mir ist übel. Ob ich mich wieder ins Bett lege oder vorsichtshalber am Rand sitzen bleibe? Nur für den Fall, dass …? Ein Tee wäre jetzt schön, sinniere ich, während ich überlege, ob man für so einen Fall auch einen Service bestellen kann. Man kann sich doch allen möglichen Unsinn nach Hause liefern lassen, wieso also nicht ein Komfortpaket gegen Katerstimmung? Aspirin, Rollmöpse, Cola, Salzstangen, ein Sauerstoffspray, eine DVD …

Doch natürlich würde es mindestens ebenso viel Energie erfordern, im Netz nach einem solchen Anbieter zu suchen wie mir selbst einen Tee zu machen und damit die erste große Hürde des Tages zu nehmen.

Zehn Minuten später sitze ich am Küchentisch und stütze meinen schmerzenden Kopf in beide Hände. Mein Gott, ist mir elend zumute! Was, um Himmels willen, haben Tinette und ich vergangene Nacht eigentlich alles getrunken? Bei *Bodos Bootssteg* waren es zwei Caipirinhas, zumindest daran kann ich mich noch erinnern. Aber was ist danach passiert? Hm …

»Jetzt reiß dich mal zusammen«, schimpfe ich mit mir selbst, denn ich bin wirklich nicht der Typ für einen Blackout. Ich simuliere zwar gelegentliches Schlafwandeln oder bin nicht immer so diszipliniert, wie ich es gern sein würde, aber ich bin keine Frau für Alkoholexzesse mit anschließendem Gedächtnis- und Kontrollverlust – oder etwa doch?

Mein Blick fällt auf das Handy, das auf der Küchenanrichte liegt, weil es laut zu piepen beginnt. Eine deutliche Aufforderung meines Mobiltelefons, es zu füttern. Der Akku neigt sich nämlich dem Ende zu. Offensichtlich animiert von diesem Geräusch, kommt nun auch Rosamunde in die Küche und fordert ihr Frühstück respektive Mittagessen ein.

»Tut mir leid, für den Moment gibt's nur Trockenfutter«, entschuldige ich mich bei meiner Katze und vermeide es einzuatmen, während ich die braunen Kügelchen in den pinkfarbenen Futternapf fülle. Danach schließe ich das Handy an sein Ladegerät an.

Eigentlich müsste nur noch ich etwas essen, dann wären wir alle versorgt. Ich fürchte nur, ich kann nie wieder etwas essen. Schon der bloße Gedanke daran treibt mir den Schweiß auf die Stirn.

Okay, dann also einen Espresso!

Während der starke italienische Kaffee sich laut zischend einen Weg in die obere Hälfte der Kanne bahnt und einen verführerischen Duft in der Küche verbreitet, spiele ich mit meinem Handy herum. Vage erinnere ich mich, dass ich eine SMS von Leander bekommen hatte. Wie lautete sie noch mal?

Es ist jedoch nicht nur eine Kurzmitteilung, die vom Genfer See aus im Speicher meines Telefons gelandet ist, sondern ein ganzes Bataillon. Huch? Die letzte Mitteilung ging um drei Uhr vierzig morgens ein. Wenn ich nur wüsste, wo ich in diesen frühen Morgenstunden war! Und was, um alles in der Welt, hat Leander mir bloß um diese Uhrzeit geschrieben?

Jetzt schlafen Sie aber bitte, liebste Nelly, und kommen Sie endlich zur Ruhe. Ihr Wolfhard

IHR Wolfhard? Ich bin (mal wieder) verwirrt.

Um dieses Rätsel aufzuklären, bleibt mir nichts anderes übrig, als mich durch unsere gesamte nächtliche Korrespondenz zu arbeiten und sowohl den Eingangs- als auch den Ausgangsspeicher zu checken.

Wäre mir nicht bereits sowieso schon schummerig, so würde ich spätestens jetzt weiche Knie bekommen. Ich kann nicht glauben, was ich da lese ... Um es kurz zu machen: Ich habe – offensichtlich im Vollrausch – Wolfhard Leander von Sandersdorf meine Liebe gestanden. Was an sich schon peinlich genug ist. Noch peinlicher ist es allerdings, dass ich ihn – mir schießt schon die Schamesröte ins Gesicht, wenn ich nur daran denke – auch ziemlich offensiv dazu aufgefordert habe, sich mir körperlich zu nähern. Nun ja, das ist vergleichsweise harmlos ausgedrückt. In Wahrheit habe ich geschrieben:

Ich kann es kaum erwarten, in Ihren Armen zu liegen und mit Ihnen Liebe zu machen. Ich verzehre mich vor Verlangen nach Ihnen und Ihrem sensationellen Körper!

OH MEIN GOTT! Das ist eine eindeutige Aufforderung zum Sex! Und tausendmal schlimmer formuliert als in meinen finstersten textlichen Niederungen der Ära *Herzblatt*. Wie tief kann man eigentlich sinken?

Ich widerstehe meinem Impuls, wieder ins Bett zurückzukriechen, mir die Decke über den Kopf zu ziehen und dort für den Rest meines Lebens zu bleiben. Ich bin erwachsen genug, um zu wissen, dass das keine Lösung ist. Vielleicht könnte ich stattdessen auswandern? Zu Inka und Max nach Hallein ziehen? In Peru eine Panflötenschule aufmachen oder ins Dschungelcamp gehen? Tripolis soll ja auch ganz schön sein oder die Gegend um den Amazonas. Momentan fände ich sogar die Vorstellung, in Pakistan zu leben, ganz reizvoll, denn da herrscht immerhin Schleierpflicht, was bedeuten würde, dass mich kein Mensch erkennt.

Für welche Variante auch immer ich mich entscheide, es muss auf alle Fälle eine schnelle Lösung her! Ich muss verschwunden sein, ehe Wolfhard Leander von Sandersdorf seinen Fuß wieder auf deutschen Boden setzt. Und ich muss natürlich aufpassen, dass ich nicht gerade dann am Flughafen aufkreuze, wenn er aus der Schweiz kommt.

Hektisch zerre ich einen meiner Koffer vom Schrank, der leider nicht geschlossen war. Mit dem Ergebnis, dass mir sämtliche Sommerutensilien, die man für einen Badeurlaub benötigt, auf den Kopf fallen. Begraben unter Sonnenmilch, zahllosen Bikinis, Pareos und einem Strohhut, gehe ich zu Boden und beginne zu weinen.

Ich bin so dämlich, so furchtbar doof, dass ich es nicht besser verdient habe. Kein Wunder, dass Leander geschrieben hat, ich solle *endlich zur Ruhe kommen*. Das war eine höfliche Umschreibung dafür, sich nie wieder bei ihm zu melden und ihn unsittlich zu belästigen. Vermutlich denkt er, ich bin nymphoman oder eine Stalkerin. Momentan weiß ich gar nicht, was schlimmer wäre – aber mit Sicherheit wäre mir die Nymphomaninnen-Version noch unangenehmer. Bestimmt hat Leanders Anwalt (Oder er selbst, wozu ist er schließlich Jurist?) schon eine einstweilige Verfügung für mich vorbereitet, die mir alsbald per Einschreiben zugestellt wird.

Sie dürfen sich Herrn Wolfhard Leander von Sandersdorf bis auf Weiteres nicht mehr als auf die Distanz von einer Million Kilometern nähern ...

Just in diesem Moment klingelt es erneut an der Tür, und ich zucke schuldbewusst zusammen. Doch es ist kein Staatsanwalt, der Einlass begehrt, und auch nicht die Polizei, die neckisch mit Handschellen wedelt. Es ist schon wieder ein Paketbote – ich erhalte Post von einem weiteren Verlag. Was für ein grauenvoller Tag! Was soll ich denn jetzt nur tun?

Ich entscheide mich dafür, zunächst einmal Ruhe zu bewahren und meine Badesachen wieder in den Koffer zu befördern. Vermutlich wäre es wirklich das Beste, für eine Weile das Land zu verlassen. Muss ja nicht gleich ein exotisches Ziel sein, vielleicht wäre es auch mit Ibiza, Mallorca oder den Kanarischen Inseln getan? Der Koffer ist so gut wie gepackt, ich bräuchte nur noch zum Flughafen zu fahren und den erstbesten Flieger in den Süden zu nehmen. Das Meer soll ja bekanntlich den Kopf freimachen, und das erscheint mir im Moment eine sehr gute Idee.

Allerdings muss ich zuvor noch für eine Katzensitterin sorgen, denn Rosamunde verträgt das Fliegen und allzu große Hitze nicht besonders.

Und ob ich vorher nicht noch die beiden Verlagspakete öffnen soll? Sieht aus, als seien Bücher darin. Die könnte ich dann gleich als Reiselektüre mitnehmen. Außerdem tut mir ein Hauch von Alltäglichem und Normalität jetzt bestimmt gut. Und lenkt mich für einen kurzen Moment davon ab, was ich da angezettelt habe. Getrieben von Alkohol, Irrsinn und Begehren …

Das erste Päckchen enthält einen Querschnitt aus dem Biografien-Programm des Art-Verlags in Frankfurt. Anspruchsvolle Memoiren aus den Bereichen Kunst, Musik, Film und Theater. Ich muss unwillkürlich an Valerie Nolden denken – in diesem Umfeld wäre sie gut aufgehoben, sollte sie ihre Meinung zum Thema Lebenserinnerungen doch noch ändern. Im zweiten Paket befinden sich neben Biografien auch eine Handvoll Sachbücher, weshalb auch immer die da reingeraten sind. Vielleicht ein Versehen. Es sind Ratgeber rund um die Themen *Liebe* und *Partnerschaft*. Ob das ein Fingerzeig Gottes ist? Gott, der sorgenvoll sein greises Haupt schüttelt, weil eines seiner

Schäflein, Nelly Sander mit Namen, gerade völlig aus dem Ruder läuft?

Beiden Sendungen liegen ausgesprochen nette und ermutigende Briefe der zuständigen Lektorinnen bei, die mich bitten, einen Blick auf die jeweiligen Bücher zu werfen und sich nach der Lektüre zu melden. Gern auch zu einem persönlichen Gespräch vor Ort.

Vielleicht wäre ja auch das eine Lösung? Anstatt in der Sonne zu brutzeln und Hautkrebs zu riskieren, könnte ich doch auch nach Frankfurt oder München fliegen und mich mit den beiden Lektorinnen treffen. Sind beides schöne Städte, in die ich ziehen könnte, und sie sind auf alle Fälle weit genug von Hamburg entfernt.

Ich beschließe, für den Moment erst einmal nichts zu überstürzen. Denn wenn ich im Laufe meines (durchaus noch jungen) Lebens eines gelernt habe, dann, nicht immer spontan das zu machen, was mir gerade durch den Kopf schießt. Es ist wirklich besser, über alles die berühmte *eine Nacht* zu schlafen und im Lichte des darauffolgenden Tages alles noch einmal nüchtern zu betrachten.

»Könnte ich bitte mit Frau Oberhausen sprechen?«, höre ich mich zu meiner eigenen Verwunderung zwei Minuten später sagen.

Weitere zehn Minuten später bin ich für den darauffolgenden Tag mit der zuständigen Sachbuchlektorin des Art-Verlags in Frankfurt verabredet. Sie würde mich gern persönlich kennenlernen, weil sie der Meinung ist, eventuell ein passendes Projekt für mich zu haben. Mir ist momentan alles recht. Hauptsache, ich kann meiner Schmach entfliehen und mich ein wenig ablenken.

Nach einer Nacht, in der ich etwa zwanzig Stunden geschlafen haben muss, befinde ich mich auf der Fahrt nach Fuhlsbüttel. Ich will die Mittagsmaschine nach Frankfurt nehmen und freue mich schon auf den Termin mit Frau Oberhausen. Es wird Zeit, dass ich mein desaströses Leben wieder in den Griff bekomme. Im Taxi bin ich schweigsam und verweigere mich einem Flirtversuch des Fahrers, der mich äußerst charmant lächelnd im Rückspiegel mustert und fragt, ob ich gern Motorrad fahre.

Motorrad? Was soll das denn nun wieder?

»Äh, ich glaube nicht«, stammle ich, froh darüber, endlich mein Sprachzentrum wiedergefunden zu haben, das nach meinem Exzess beachtlich gelitten hatte. Zumindest war ich nicht besonders begeistert von dem, was ich beim Telefonat mit der Lektorin von mir gegeben habe.

»Okay, kein Motorrad«, fährt mein Chauffeur fort und grinst. »Dann vielleicht Fahrrad?«

Beim Gedanken an meine *Loreley* und den Unfall mit Leanders weißem Drahtesel bekomme ich umgehend Schluckauf und würde am liebsten weinen. Jedes für sich allein betrachtet finde ich schon schlimm, aber beides zusammen ist unerträglich. Der nette Taxifahrer scheint irritiert. Kein Wunder, ich bin schließlich auf dem besten Wege, eine echte Irre zu werden …

»Hier, trinken Sie«, sagt der Fahrer und reicht mir eine Flasche Wasser nach hinten auf den Rücksitz.

»Hicks, danke, hicks«, murmle ich, während mir Tränen über die Wangen kullern, und ich überlege, ob ich mir durch das Trinken aus fremden Flaschen Hepatitis zuziehen könnte. Oder irgendeine andere schlimme Krankheit mit Todesfolge.

Ob das vielleicht eine Lösung wäre? Dann müsste ich Leander auch nicht mehr begegnen.

»Könnte Sie vielleicht eine Pferdekutsche reizen?«

Wow, der Mann lässt nicht locker. Wieso eigentlich? Gibt es keine anderen Frauen in Hamburg, die er anbaggern kann?

Bei dem Wort KUTSCHE gibt es kein Halten mehr. Ich muss an die Hochzeit in Husum denken und daran, wie wunderschön Gernot und Estella in ihrer Kutsche ausgesehen haben. Das perfekte Liebespaar und eine perfekte Hochzeit. Und vermutlich ein perfektes Leben im Anschluss an diesen perfekten Tag. Es war der Tag, an dem ich zum ersten Mal mit Leander getanzt habe. Den Hochzeitswalzer …

Es hätte alles so schön sein können, aber ich dumme Pute habe alles kaputt gemacht. Ich habe mich an ihn rangeworfen wie eine liebestolle Nymphomanin auf Entzug. Vor so einer Frau hat kein Mann der Welt Respekt – so eine Frau heiratet man nicht. Und schon gar nicht in Adelskreisen!

»Na, na, na, was ist denn los?«, erkundigt sich der Taxifahrer und hält in einer Parklücke. »Ich wollte Sie doch nicht belästigen. Es tut mir leid, wenn ich Sie bedrängt haben sollte.« Mit diesen Worten überreicht er mir ein blütenweißes Stofftaschentuch. Endlich kann ich meine Nase putzen.

»Kann ich Ihnen irgendwie helfen?«, fragt der Fahrer besorgt und ganz offensichtlich nicht beleidigt, weil ich mit ihm weder Motorrad, Fahrrad noch in einer Kutsche fahren möchte.

»Nnnnein – ich fürchte, mir ist nicht zu helfen«, schniefe ich und versenke mein Gesicht in das Taschentuch. Wie schön groß es ist – kein Vergleich zu diesen mickerigen Tempos. »Es sei denn, Sie können mir erklären, weshalb ein Mann mich nur sympathisch findet und weiter nichts mit mir zu tun haben will.«

HILFE! Was habe ich denn jetzt wieder erzählt?

Nun dreht sich der Fahrer zu mir um und sieht mich an. Er hat wunderschöne bernsteinfarbene Augen und ein dermaßen entwaffnendes Lächeln, dass ich mich auf der Stelle in ihn verlieben würde, wäre der Platz in meinem Herzen nicht schon besetzt.

»Keine Ahnung. Ich fürchte, ich bin da der falsche Ansprechpartner.«

Aha, denke ich, der Mann ist also schwul. Aber weshalb will er dann mit mir Motorrad fahren? Oder sollte das am Ende gar keine Anmache sein, sondern nur eine Frage nach den Transportmitteln, die ich sonst zu nutzen pflege, wenn ich nicht gerade Taxi fahre? Da habe ich wohl etwas falsch verstanden …

Ich bin eben keine begehrenswerte Frau, sondern eine arme Irre, die in einem Taxi sitzt und gleichzeitig heult und Schluckauf hat.

»Ich finde Sie nämlich äußerst attraktiv und – verzeihen Sie, wenn ich das jetzt so unverblümt sage – ziemlich sexy. Ich würde mit Ihnen nicht nur Händchen halten wollen«, ertönt es vom Fahrersitz, und für eine Sekunde fühle ich mich geschmeichelt.

Doch dann bin ich empört! Darf der Mann so etwas überhaupt? Darf er einfach so eine Kundin anbaggern, noch dazu auf wenig subtile Weise? Mein Blick schweift zu dem Schild, auf dem der Name seines Arbeitgebers und die Wagennummer notiert sind. Den Typen werde ich wegen sexueller Nötigung melden, jawohl!

»Also, wer auch immer der Anlass für diesen Sturzbach an Tränen ist, kann meines Erachtens nur ein Herz aus Stein haben. Eine Frau wie Sie muss man doch lieben.«

Nun schmelze ich wieder dahin. Vielleicht werde ich ihn doch nicht melden. Vielleicht werde ich ihm stattdessen ein dickes Trinkgeld geben.

»Hier, was sagen Sie zu dieser SMS?«, frage ich spontan und halte ihm Leanders letzte Kurzmitteilung entgegen. Die, in der er mir empfiehlt, mich zu beruhigen und endlich zu schlafen. Die, in der er sich mehr als deutlich von mir distanziert. Der Taxifahrer liest die Nachricht laut vor und betont dabei die Worte *Liebste* und *Ihr* in einer Weise, die vollkommen neu klingt. Irgendwie netter und gar nicht mehr so negativ. Vielleicht sollte der Taxifahrer die Branche wechseln und auf Sprecher umsatteln?

»Aber wo ist denn Ihr Problem?«, fragt der Mann mit der tollen Stimme und Talent zur Modulation. »Diese SMS klingt doch sehr nett. Und liebevoll.«

Nett? Liebevoll? Hm …

»Er schreibt, dass Sie seine Liebste sind und dass er der Ihrige ist. Was wollen Sie noch mehr? Dieser Mann klingt, als würde er Ihnen demnächst einen Heiratsantrag machen, wenn Sie mich fragen. Schade, dann wird es wohl wirklich nichts mit uns beiden.«

In just diesem Moment versiegen auf wundersame Weise sowohl meine Tränen als auch mein Schluckauf.

Wie heißt es doch so schön: Es hat alles zwei Seiten. Und es scheint, als hätte ich auf die falsche geschaut …

KAPITEL 24

Entgleist

Summend stehe ich am darauffolgenden Nachmittag vor dem Spiegel und betrachte mich und mein neues Kleid, das ich in einer edlen Boutique am Frankfurter Flughafen erstanden habe. Es war zwar ziemlich teuer, aber da ich meinen ersten Auftrag als Biografin in der Tasche habe, darf ich mir wohl mal eine kleine Belohnung gönnen.

Ich kann mein Glück immer noch nicht fassen: Der Art-Verlag hat mir einen Vertrag für das Schreiben der Memoiren einer Fotografin gegeben. Und zwar nicht irgendeiner Fotografin, sondern von Valerie Nolden. Der Künstlerin, die eigentlich ihre Bilder sprechen lassen wollte. Als ich das Büro von Cordelia Oberhausen betrat, stachen mir als Erstes gerahmte Schwarz-Weiß-Aufnahmen von Frauen ins Auge, die sich später als Arbeiten von Valerie Nolden entpuppten, deren Fotobände der Art-Verlag publiziert. Vertreten wird sie von Paula Persson, einer mir nicht ganz unbekannten Agentin. Wie sich herausstellte, hatten die beiden Damen im Hintergrund ihre Fäden für mich gezogen, nachdem sie durch einen Zufall feststellten, dass sich binnen kürzester Zeit unser aller Wege gekreuzt hatten. Sowohl Paula als auch Valerie sind sehr intuitive Menschen und vertrauen darauf, dass unsere Dreiecksgeschichte eine Fügung des Schicksals ist und dass die Künstlerin eine zweite erzählende Ebene für ihr Leben finden muss. Und dass ich die Richtige bin, um diese Lebenserinnerungen aufzuschreiben, weil ich über genug Einfühlungsvermögen verfüge, jawohl.

Der Tag in Frankfurt, der nette Taxifahrer und die Aussicht auf eine Aufgabe, die nicht nur gut honoriert ist, sondern auch meine gesamte Energie und Kreativität fordern wird, geben mir so viel Auftrieb, dass ich beschließe, auch dem Debakel mit Leander aufrecht entgegenzutreten. Natürlich ist Alkohol weiß Gott keine Rechtfertigung, aber ich hoffe doch, dass er zumindest mildernde Umstände gelten lassen wird, wenn ich mich für mein Benehmen entschuldige. Bleibt nur die Frage, wie ich das am besten anstelle.

Soll ich ihn mit einer Einladung bestechen?

Vielleicht mit einer Kutschfahrt in der Lüneburger Heide?

Einem Mondscheinpicknick am Meer?

Einer Ballonfahrt über der Elbe?

Einem Romantikwochenende auf einer einsamen Hallig?

HALT, STOPP – ermahne ich mich. All diese Ideen, die da in meinem Kopf herumspuken, entspringen meiner verliebten Fantasie, bringen aber Leander automatisch in Zugzwang. Was ich jetzt dringend brauche, ist ein seriöser Vorschlag für ein Treffen auf einer distanzierten Ebene, jawohl! Vielleicht haben ja Inka oder Tinette eine Idee. Ich muss den beiden sowieso noch von der grandiosen Neuigkeit berichten, dass ich einen Auftrag als Biografin habe. Und ich muss Tinette unbedingt fragen, wo ich diese Unmengen an Alkohol getrunken habe, die mich Leander gegenüber haben dermaßen entgleisen lassen.

»Das trifft sich gut«, sagt Inka, die ich als Erstes erreiche, um zu einem Kleeblatt-Pizza-Treffen auf meinem Balkon einzuladen. »Ich muss euch nämlich etwas erzählen.«

Aha, das klingt ja spannend.

Tinette klingt etwas grummelig, als ich sie in der Agentur anrufe. Scheint, als hätte sich ihre häusliche Situation nicht wirklich entspannt.

»Ich schätze, es dauert nicht mehr lange, und ich setze ihn wirklich an die Luft«, flüstert sie, und ich bedaure, dies zu hören. Es tut mir allerdings nicht nur leid für meine Freundin, sondern auch für Dominic, der immerhin Tinettes wegen seine Frau verlassen hat.

»Du, sag mal …«, beginne ich nach einer Anstandspause, die dem dräuenden Ende dieser ehemals verheißungsvollen Liebe geschuldet ist, »hast du irgendeine Ahnung, was wir beide gemacht haben, nachdem *Bodos* geschlossen hatte? Und vor allem, was ich danach noch getrunken habe?«

Tinette schweigt einen Moment. Ist das, was sie mir jetzt zu sagen hat, so schlimm?

»Wir waren auf dem Kiez«, antwortet sie, und das kann ich nun wirklich nicht glauben. Auf die Reeperbahn setze ich meinen Fuß allerhöchstens mal, um im Operettenhaus ein Musical zu besuchen oder im St.-Pauli-Theater ein Stück mit Ulrich Tukur zu sehen, aber ich gehe niemals dorthin, um zu …

»Wir haben vor dem *Hans-Albers-Eck* gestanden, und wenn ich mich recht erinnere, hast du lauthals *Seemanns Braut ist die See* gesungen. Und dabei den einen oder anderen Tequila gekippt. Zusammen mit Kai.«

Hans Albers?

Tequila?

Und wer ist eigentlich Kai?

Was meine Freundin erzählt, bringe ich überhaupt nicht mit meinen sonstigen Feiergewohnheiten zusammen. Ich hasse den norddeutschen Sangesbarden, der ewig sein Akkordeon mit sich herumschleppt, ein albernes Tuch um den Hals trägt und triefäugig in die Kamera schaut. Und Tequila trinke ich nicht mehr, seit ich im zarten Alter von sechzehn Jahren (übrigens zusammen mit Tinette!) übelst abgestürzt bin. Und ich pflege mich auch nicht des Nachts mit fremden Männern namens Kai auf der Reeperbahn herumzutreiben und harte Drinks in mich hineinzukippen. Scheint, als wäre ich in dieser Nacht in mehr als nur einer Hinsicht entgleist.

»Und wer ist Kai?«, frage ich, und mein Herz klopft. Habe ich mich diesem Mann etwa auch an den Hals geworfen und ihm ewige Liebe geschworen?

»Kai ist ein Hund«, antwortet Tinette, und nun verstehe ich überhaupt nichts mehr. »Der neue Hund von Ruthild.«

Ach, da fällt es mir wieder ein. Kai ist der übergewichtige Mops mit dem Kindergesicht. Aber soweit ich weiß, trinken Hunde keinen Alkohol, auch wenn man Möpsen bekanntlich nachsagt, dass sie sehr menschliche Züge haben.

»Na ja, ich weiß auch, dass man einem Hund keinen Tequila geben darf, aber Ruthild und du, ihr wart so in Fahrt, dass ich euch kaum bremsen konnte. Und ein kleiner Drink wird den dicken Mops schon nicht umhauen, oder?«

Beschämt denke ich, dass Inkas Neuigkeit vielleicht darin besteht, dass der Liebling ihrer Mitbewohnerin an einer Alkoholvergiftung gestorben ist.

»Ich muss jetzt auflegen, Süße. Bis später«, sagt Tinette plötzlich in äußerst geschäftsmäßigem Tonfall. Vermutlich ist ihr Chef zu einem seiner Spontanbesuche in der Agentur aufgetaucht. Und er mag es gar nicht, wenn sie privat telefoniert. Denn das ist ein Privileg, das allein ihm zusteht.

Am frühen Abend sitzen wir drei auf meinem Balkon und essen Pizza, belegt mit Rucola und Parmaschinken. Alkohol trinken wir keinen – ich kredenze nur

Wasser und Bionade. Gespannt warte ich auch auf Inkas Neuigkeit. Sie sieht so aus, als würde sie gleich platzen – also stelle ich meinen Verlagsvertrag erst einmal hintan.

»Ich werde zu Max nach Hallein ziehen«, sagt sie unvermittelt. Tinette und ich verschlucken uns zeitgleich an unserem Essen.

»Du machst bitte was?«, fragt Tinette, der die Pizzakrümel im Hals offensichtlich nicht so zu schaffen machen wie mir.

»Ich ziehe zu Max«, wiederholt Inka. Das Wort Hallein lässt sie weg; vermutlich ist ihr der Gedanke an dieses Minidörfchen selbst unheimlich. In mir toben widersprüchliche Gefühle: Einerseits bin ich traurig, dass Inka unserem Kleeblatt den Rücken zukehrt, andererseits habe ich das Gefühl, dass das genau die richtige Entscheidung ist. Wenn man jemanden gefunden hat, den man von ganzem Herzen liebt, dann sollte man auch alles dafür tun, um dieses Glück festzuhalten. Und schließlich ist Hallein ja nicht am Nordpol, sondern eine halbe Stunde Autofahrt vom Salzburger Flughafen entfernt.

»Herzlichen Glückwunsch!«, rufe ich und falle meiner Freundin so euphorisch um den Hals, dass ich fast einen meiner Hortensientöpfe zu Boden reiße. »Wann soll's denn losgehen?« Ich hoffe sehr, dass Inka noch ein Weilchen bleibt, denn wir sind in diesem Sommer noch gar nicht zusammen in unserem Kanu gefahren, bald beginnt die neue Staffel von *Dr. House,* und überhaupt gibt es noch so vieles, was ich gern in unserer Dreierkonstellation erleben möchte.

»Zum Ende des Jahres«, antwortet Inka, und ich bin froh, denn dann bleibt uns noch ein knappes halbes Jahr.

»Und was wird aus deiner Agentur?«, fragt Tinette mit skeptischem Blick. Ach ja, *Alternative Weddings*, daran hatte ich ja noch gar nicht gedacht. Im Gegensatz zu Inka, die mit ihrem üblichen Pragmatismus und Elan natürlich bereits alles in die Wege geleitet hat.

»Ich mache eine Dependance in Salzburg auf, denn dort wird sehr, sehr häufig geheiratet. In Hamburg wird Viv Geschäftsführerin, und ich suche eine gute Kollegin für sie.« Inkas Blick wandert zu mir, und sie zieht fragend die Augenbraue hoch. Das ist der passende Moment, um zu erzählen, dass ich die Memoiren von Valerie Nolden schreiben werde. Meine Neuigkeit lenkt Tinette für einen Moment davon ab, dass sie ein wenig neidisch auf Inkas Glück ist. Beide Freundinnen freuen sich mit mir, und ich habe das Gefühl, dass der Balkon gleich mit uns in die Tiefe rauschen wird, so sehr werde ich geherzt und geküsst. Rosamunde flüchtet laut maunzend – derartige Gefühlsausbrüche stören sie zu sehr in ihrer Kontemplation.

»Valerie Nolden«, flüstert Tinette ehrfürchtig. Dass sie die Fotografin kennt, hätte ich mir denken können. Wer liest schließlich *Harper's Bazaar,* die französische Ausgabe der *Vogue* und die amerikanische *Vanity Fair*, wenn nicht sie? Und natürlich darf man an dieser Stelle auch nicht vergessen, dass sie ein echter Starbiografien-Junkie ist.

»Das finde ich großartig«, bekräftigt sie und umarmt mich nun schon zum hundertsten Mal. »Wann erscheint das Buch denn?«

Während ich ein bisschen von meinem Tag in Frankfurt und den Planungen bezüglich des Buches erzähle, beobachte ich zufrieden, wie glücklich und strahlend Inka aussieht. Scheint, als hätte es nur des Richtigen bedurft, und mit einem Mal führt ihr chronisches, ehemals beziehungsverhinderndes Beuteschema zum großen Treffer.

»Und du?«, frage ich nach Tinettes Befinden. »Was macht die Baustelle Dominic?«

»Baustelle?«, fragt Inka irritiert – offensichtlich ist sie noch nicht auf dem neuesten Informationsstand. Vermutlich war sie wieder joggen oder auf dem Stairmaster und hat deshalb verpasst, was im Leben ihrer Freundin gerade gewaltig schiefläuft.

»Leider gibt es da nichts Gutes zu vermelden«, seufzt Tinette. »Ich habe versucht, mit ihm zu sprechen, aber es scheint, als sei er auf diesem Ohr taub. Er beruft sich auf seine empfindsame Seele und darauf, dass er allen Komfort und jede Fürsorglichkeit braucht, um auf der Bühne brillieren zu können. Er unterstellt mir, dass ich ihn nicht wirklich liebe, weil ich nicht bereit bin, mich seinen Bedürfnissen unterzuordnen.«

»Na, das ist ja eine bequeme Haltung«, sagt Inka und sieht ziemlich sauer aus. »Ich weiß, dass Selbstlosigkeit nicht dein zweiter Vorname ist, aber ich finde, dass Dominic sich zunächst einmal dir anzupassen hat, schließlich ist er dein Gast. Ich meine damit zwar nicht, dass er seine Wünsche völlig zurückstellen soll, aber er muss dafür sorgen, dass er deine Privatsphäre nicht mit seinen Bedürfnissen erdrückt.«

Dem kann ich nur zustimmen, bei aller Sympathie für den Schauspieler.

»Aber was ist dran an der Theorie, dass ich ihn nicht genug liebe?«, fragt Tinette kleinlaut, obwohl Selbstzweifel eigentlich nicht ihr Ding sind.

»Liebe muss aber doch beidseitig sein«, sage ich und mische mich in das Gespräch ein. »Frag ihn doch, ob er schon mal was von Geben und Nehmen in wechselseitigem Verhältnis gehört hat.«

»Aber Sandra war immer für ihn da und hat ihm jeden Wunsch von den Augen abgelesen. Vielleicht sollte ich mir ein Beispiel an ihr nehmen? Vielleicht bin ich ja wirklich zu egoistisch?«, fragt Tinette in piepsigem Tonfall, der mir beinahe das Herz zerreißt.

»Wenn ich mich recht erinnere, musste diese Sandra in ein tibetisches Kloster, um wieder zu sich zu finden«, wirft Inka ein. »Das klingt doch wirklich nicht danach, als sei sie in dieser Ehe glücklich gewesen. Man kann es auch übertreiben, wenn man sich für den anderen aufopfert und dabei sich selbst vergisst. Bist du dir eigentlich sicher, dass Dominic Sandra verlassen hat und nicht umgekehrt?«

Für einen Moment herrscht Schweigen auf meinem Balkon.

Kann es sein, dass Inka auf einer ganz heißen Spur ist?

»Äh, nein, ich glaube nicht«, stottert Tinette, sieht allerdings sehr verunsichert aus. »Obwohl …«

Oh, oh, wenn dem tatsächlich so sein sollte, dann sieht diese vermeintlich große Liebesgeschichte gleich vollkommen anders aus. Und dann kann sogar ich meiner Freundin nur dringend raten, den werten Herrn vor die Tür zu setzen. Und zwar schleunigst.

»Und wie finde ich das heraus?«, fragt Tinette, um Fassung ringend.

Tja, wie findet man so etwas heraus? Bei Sandra anrufen und fragen? Wohl keine so tolle Idee …

An dieser Stelle zeigen sich wieder Inkas Therapeutenqualitäten. »Schätzchen«, beginnt sie, und ich zucke zusammen. Immer wenn Inka *Schätzchen* sagt, wird sie streng und hat etwas Unangenehmes mitzuteilen. »Es geht doch gar nicht darum, wer hier wen verlassen hat und wer von wem welches Maß an Liebe einzufordern sich berechtigt sieht. In diesem Fall geht es doch einzig und allein darum, was DU willst. Womit DU dich wohlfühlst. Wenn du Dominic wirklich liebst und eine Zukunft mit ihm aufbauen willst, dann musst du wohl oder übel in den sauren Apfel beißen. Du weißt doch selbst am besten, wie diese Künstler ticken. Aber wenn du Angst davor hast, wieder allein zu sein, kann ich dir nur sagen, dass das der komplett falsche Weg ist. Ich an deiner Stelle würde mich lieber auf meinen Job konzentrieren und überlegen, ob du deinen Chef, diese Nullnummer, nicht allmählich mal aus dem Sattel heben könntest, um selbst die Agentur zu leiten.«

Wahnsinn, was für ein kluger Monolog! Ich lasse Inkas Worte auf mich wirken und komme schließlich zu dem Ergebnis, dass sie in allen Punkten recht hat. Vor allem in dem letzten. Thomas Grabau hat schon zu lange den großen Max markiert, obwohl jeder in dieser Branche weiß, dass Tinette es in Wahrheit ist, die den Laden schmeißt. Nicht umsonst fühlt Dominic sich ja so zu ihr hingezogen. Von ihrem aparten Schneewittchen-Look natürlich mal abgesehen. Er weiß, dass er auf lange Sicht immer gute Rollen bekommt, weil meine Freundin genau dafür sorgen wird. Wie praktisch!

Tinette ist weiß wie die Wand, was ihren kirschroten Lippenstift noch mehr zur Geltung bringt. Hoffentlich ist sie jetzt nicht sauer, weil Inka so ehrlich war.

Sie ist es nicht – ganz im Gegenteil! Inkas Worte scheinen sie ermutigt zu haben. Sekunden später finden wir uns in einem Schlachtplan wieder, der zur Entthronung Thomas Grabaus führen soll. Und dann wird es hoffentlich nicht mehr lange dauern, bis Tinettes Name am Firmenschild von *Actors and Artists* prangt.

»Wahrscheinlich ist es wirklich besser, mich auf meine Karriere zu konzentrieren, anstatt immer nur nach der Liebe zu suchen.« So lauten ihre Abschiedsworte. Ich nicke und finde meine Freundin sehr tapfer. Vermutlich wird uns beiden dasselbe Schicksal zuteil, und Inka ist die Einzige, die Glück in der Liebe hat …

Als ich später im Bett liege und über den Abend mit meinen Freundinnen nachdenke, bin ich glücklich. Denn was auch immer mit uns passiert und was auch immer das Schicksal für Überraschungen für uns parat hat – auf eines können wir uns immer verlassen: dass wir füreinander da sind, egal was geschieht. Und egal wie weit wir räumlich voneinander entfernt sind. Vielleicht sollte ich mich auch mal näher mit den Themen Bergwandern und Skifahren beschäftigen. Denn schließlich will ich ja mithalten können, wenn es Inka in die Berge zieht und ich sie in Österreich besuche. Echte Freundinnen teilen schließlich alles miteinander.

Kapitel 25

Everybody loves somebody

Am darauffolgenden Morgen stehe ich barfuß in der Küche, während die Sommersonne meine Nase kitzelt. Im Radio (Ich muss gestehen, ich höre hin und wieder ganz gern *Oldie* 95) läuft gerade mein Lieblingssong von Dean Martin. Natürlich weiß ich, dass es eher zeitgemäß wäre, James Blunt oder Amy Winehouse zu hören, aber heute passt der Schmachtfetzen *Everybody loves somebody* einfach besser zu meiner Laune.

Ob das Liebeslied, das bereits meine Mutter in ihrer Jugend in Entzücken versetzt hat, ein Omen für den vor mir liegenden Tag ist?

Summend bestreiche ich mein Vollkornbrot mit Hagebuttenmarmelade und schaue aus dem Fenster. Ich freue mich über die farbenprächtige Balkonbepflanzung meiner Nachbarn und lache, als ich sehe, wie ein Junge und ein Mädchen sich auf dem Gehweg kabbeln. Ich kann zwar nicht genau verstehen, worum es geht – aber vermutlich um das ewig gleiche wunderbare Thema: LIEBE.

Beschwingt hole ich das Hamburger Telefonbuch

und suche nach der Nummer der Kanzlei, in der Wolfhard Leander von Sandersdorf arbeitet. Leider kenne ich den exakten Namen nicht, aber wie viele wird es wohl geben, die in der Heimhuder Straße liegen?

Es gibt zwei, aber nur eine davon heißt *Sandersdorf, van Düren & Partner.*

Van Düren? Ist Lizzie van Düren etwa Leanders Partnerin?

Ich weiß nicht, ob das eine gute oder schlechte Nachricht ist. Im positiven Fall würde das bedeuten, dass Lizzie lediglich mit Leander zusammenarbeitet und die beiden nichts weiter verbindet als entfernte Verwandtschaft und derselbe Job. Im negativen Fall steht allerdings zu befürchten, dass die beiden in doppelter Hinsicht ein Paar sind – beruflich und privat. Eine Verbindung, deren Ketten vermutlich noch schwerer zu sprengen sein dürften, als wenn sie »nur« ein Liebespaar wären. Hm, was nun?

Ich ermahne mich, mir erst einmal keinen Kopf darüber zu machen, in welchem Verhältnis die beiden wirklich zueinander stehen. Zunächst gilt es ja, mich in seinen Augen wieder zu rehabilitieren und mich für meine nächtliche SMS-Orgie zu entschuldigen. Alles Weitere ergibt sich dann sicher von allein …

Beherzt wähle ich also die Telefonnummer in Hamburgs nobelstem Stadtteil und erfahre von einer nicht minder noblen, sehr nasal klingenden Stimme, dass *Herr von Sandersdorf* erst heute Nachmittag vom Genfer See zurückerwartet wird.

Ob ich ihn vom Flughafen abholen soll?

Ich forsche im Netz nach allen Fluglinien wie Swiss oder Lufthansa, die von der Schweiz nach Hamburg fliegen. Ich weiß zwar nicht, was genau Leanders Sekretärin unter Nachmittag versteht, aber ich nehme einmal an, dass die Zeit zwischen vierzehn und siebzehn Uhr nicht ganz verkehrt sein kann. Zum Glück müssen alle Passagiere den Ausgang von Terminal 2 nehmen, das dezimiert die Gefahr, ihn zu verpassen, enorm.

Bewaffnet mit meinem schönsten Lächeln, dem strengsten Outfit, das ich besitze (ein mausgrauer Hosenanzug), die Haare zu einem Dutt gesteckt und meine Hornbrille auf der Nase (anstelle der Kontaktlinsen), warte ich ab ein Uhr am Hamburger Flughafen auf den Mann meiner Träume. Ich blättere ostentativ in einer Biografie über die Familie von Gerhard Richter, zum einen in der Hoffnung, mich damit auf meinen neuen Job einzustimmen, und zum anderen mit der Absicht, Leander daran zu erinnern, dass ich die Frau bin, mit der er in der Kunsthalle war, und dass ich noch mehr Facetten habe als nur die der simulierenden Schlafwandlerin und enthemmten Nymphomanin.

Gegen sechzehn Uhr kenne ich das ganze Drama des Künstlers aus Dresden und bekomme zusehends schlechte Laune. Und Hunger. Natürlich könnte ich es mir jetzt im Café gegenüber dem Ausgang gemütlich machen und in aller Ruhe etwas essen und trinken. Aber wie ich mich kenne, bin ich dann dermaßen konzentriert auf die Nahrungsaufnahme, dass ich womöglich den kurzen, alles entscheidenden Moment verpasse, in dem sich die Schiebetüre öffnet und er die Halle betritt. Und trinken möchte ich nicht, weil ich dann ständig auf die Toilette muss und auch nicht zur Stelle bin, wenn es so weit ist.

Um siebzehn Uhr vierzig (die *Swiss* hat Verspätung!) bin ich am Ende meiner Kräfte. Und meiner Nerven. Ich weiß nicht, wie oft ich schon mein Gesicht im Taschenspiegel überprüft habe. Mein Magen knurrt, und mein Hals ist trocken wie Sandpapier. Mittlerweile ist es mir fast schon egal, ob Leander heute noch kommt oder nicht. Alles, was ich jetzt will, ist, nach Hause zu gehen, mir etwas zu essen zu machen und eine Flasche Vitell in einem Zug zu leeren. Als um achtzehn Uhr fünf zwar das »Gelandet«-Symbol im Display aufleuchtet, aber von Leander weit und breit jede Spur fehlt, gebe ich entnervt auf. Meine Rehabilitation muss eben warten – was soll's. Rom wurde schließlich auch nicht an einem Tag erbaut.

Im Flughafenkiosk besorge ich mir eine kleine Flasche Wasser sowie ein Snickers und haste dann zum Taxistand, der wie immer vollkommen überfüllt ist. Vielleicht hätte ich mir die Wagennummer des netten Fahrers notieren sollen, der mich letztes Mal zum Flughafen gebracht hat, als ich nach Frankfurt musste. Während ich mich seufzend in die Schlange einreihe und damit rechne, eine weitere Stunde hier stehen bleiben zu müssen, ertönt auf einmal eine unangenehm hohe weibliche Stimme. O nein – das ist doch nicht etwa …?

Richtig, es ist Lizzie van Düren, die mich dummerweise erkannt hat.

»Na, das ist ja eine Überraschung«, sagt sie und verzieht keine Miene. Nun gut, sie muss mir ja nicht gleich um den Hals fallen, aber ein kleines Lächeln hat bekanntlich noch niemandem geschadet.

»Was machen Sie denn hier?«

Was soll diese dämliche Frage?, denke ich knurrig und nicke zur Begrüßung. Kann mir mal jemand sagen, weshalb ich nicht am Flughafen sein sollte? Sehe ich nicht aus wie jemand, der von einer Geschäftsreise zurückgekommen sein könnte?

»Ach, Frau Sander, welch ein Zufall«, vernehme ich nun auch Leanders Stimme – dann wären wir ja komplett.

»Wollen wir uns ein Taxi teilen? Schließlich sind wir ja quasi Nachbarn.« Belustigt nehme ich zur Kenntnis, dass sich Lizzies Kopf nervös hin und her dreht. Wusste sie etwa nicht, dass wir beide aus Eppendorf sind? Oder irritiert sie eher die Tatsache, dass Leander weiß, wo ich wohne?

»Aber wir wollten doch noch in die Kanzlei«, protestiert sie, ganz das fleißige Arbeitsbienchen. Doch da hat sie die Rechnung ohne ihren Partner gemacht, der anscheinend lieber mit mir Taxi fahren möchte, als mit Lizzie langweilige Akten zu wälzen.

»Ach, weißt du, ich denke, der Tag war lang genug. Eigentlich ist mir nicht mehr nach arbeiten. Das können wir morgen früh immer noch. Ich wünsche dir einen schönen und erholsamen Abend.« Mit diesen Worten wendet er sich von Lizzie ab und mir zu. Ich nehme aus dem Augenwinkel wahr, dass sie schmollend in einen Wagen steigt (Leander hat ihr netterweise den Vortritt gelassen), und befinde mich auf einmal wie durch ein Wunder gemeinsam mit dem Mann meines Herzens auf der Rückbank eines Taxis wieder. Am Steuer sitzt der Fahrer mit den bernsteinfarbenen Augen und dem charmantesten Lächeln, abgesehen von Leander. Er mustert mich im Rückspiegel, und für einen Moment hoffe ich, dass er mich nicht erkennt. Doch dann zieht er seine Augenbraue verschwörerisch fragend in die Höhe, und ich nicke. Ja, der Mann neben mir ist der Mann, dessen SMS ich ihm ein paar Tage zuvor gezeigt habe. Unser Chauffeur schmunzelt und verstellt den Sender. Bislang lief *Radio Hamburg*, aber nun steht *Oldie* 95 auf dem Display. Und als hätte Gott seine Finger im Spiel, ertönt auf einmal wieder *Everybody loves somebody*, der ultimative Soundtrack zu meinem persönlichen Liebesfilm.

Eine Viertelstunde später, die wir schweigend nebeneinander verbracht und der Musik gelauscht haben, biegt der Wagen in die Husumer Straße ein.

»Oder haben Sie Lust, noch zu mir zu kommen, damit wir gemeinsam etwas essen?«, fragt Leander, und ich sehe, dass der Fahrer ein Victory-Zeichen macht und lächelt.

Soll ich das Angebot annehmen?

»Gern zu Ihnen«, hauche ich, das Taxi wendet und biegt in den Abendrothweg ein. Als wir die Stelle passieren, an der Leander und ich unseren Fahrradunfall hatten, bildet sich ein kleiner Kloß in meinem Hals. Damals hatte ich an Schicksalsfügung gedacht, und wenn ich ehrlich bin, tue ich das immer noch.

»Komm«, sagt Leander ungewohnt zärtlich und zieht mich von der Rückbank. »Wir sind da.«

Wie in Trance folge ich ihm in die schöne Stadtvilla und bin gespannt, was als Nächstes passiert. Ich übe meinen Monolog, in dem ich erklären will, was mich dazu veranlasst hat, ihn per SMS derart anzumachen. Ich will gerade meinen Mund öffnen, um loszulegen, als dieser von Leanders weichen Lippen versiegelt wird. Wir sind zwar noch nicht ganz in seiner Wohnung, aber immerhin auf dem Weg dorthin. Während wir uns küssen, uns dabei aber keinen Zentimeter weiterbewegen, geht das Licht aus. Natürlich ist es Sommer und von daher um diese Uhrzeit noch nicht stockfinster. Aber in so einem Treppenhaus ist es ähnlich düster wie in einem Schloss in Cornwall … Und von daher schäme ich mich gar nicht so sehr, als Leanders Hände plötzlich meine hochgeschlossene weiße Bluse öffnen und sich behutsam zu meinem BH vortasten.

»Ich hoffe, dass du unter deinem Nonnenkostüm etwas Aufregenderes trägst«, sagt er abschließend, während ich noch überlege, ob Sex im Treppenhaus eigentlich eine Straftat ist. Aber selbst wenn … Ich habe ja meinen Anwalt dabei!

Diana Verlag

REBECCA FISCHER

Lügst du noch oder liebst du schon?

Wenn aus Lügen Liebe wird …

Wo sind sie bloß, die guten Männer? Vom Erdboden verschluckt? Oder wittern sie schon von fern, dass die 40-jährige Franca alleinerziehende Mutter ist, und suchen das Weite? Beim Speed-Dating macht sie die Probe aufs Exempel: Sie behauptet, erfolgreiche PR-Frau und vogelfrei zu sein. Und tatsächlich machen Lügen Liebe. Zwischen ihr und Oliver, dem geschiedenen Vater einer kleinen Tochter, sprühen Funken. Dumm nur, dass auch er nicht ganz ehrlich war. Schon bald lügen die beiden Liebesschwindler, dass sich die Balken biegen …

978-3-453-35459-3

www.diana-verlag.de